古典詩歌研究彙刊

第三輯

龔鵬程 主編

第 4 冊

唐詩中的女性形象研究

李孟君 著

國家圖書館出版品預行編目資料

唐詩中的女性形象研究／李孟君 著 — 初版 — 台北縣永和市：
花木蘭文化出版社，2008〔民97〕

序 2+ 目 2+194 面；17×24 公分
（古典詩歌研究彙刊 第三輯：第 4 冊）

ISBN 978-986-6831-81-2（精裝）
1. 唐詩　2. 女性文學　3. 詩評

820.9104　　　　　　　　　　　　　　97000338

ISBN 978-986-6831-81-2

9 789866 831812

古典詩歌研究彙刊
第三輯　第 四 冊　　　　　ISBN：978-986-6831-81-2

唐詩中的女性形象研究

作　　　者　李孟君
主　　　編　龔鵬程
出　　　版　花木蘭文化出版社
發 行 所　花木蘭文化出版社
發 行 人　高小娟
聯絡地址　台北縣永和市中正路五九五號七樓之三
　　　　　　電話：02-2923-1455／傳真：02-2923-1452
電子信箱　sut81518@ms59.hinet.net
初　　　版　2008 年 3 月
定　　　價　第三輯 20 冊（精裝）新台幣 28,000 元

唐詩中的女性形象研究

李孟君　著

作者簡介

李孟君，輔仁大學中文研究所博士，現任建國科技大學通識教育中心副教授，專長：戲劇、詩詞、民俗與文化、電影與文學，著有《唐詩中的女性形象研究》，輔仁大學中研所碩士論文，1992 年 6 月。《楊家將戲曲之研究》，輔仁大學中研所博士論文，2006 年 1 月。曾獲教育部九十四學年度第二學期個別型通識教育——〈彰化民俗與文化〉改進計畫，九十六學年度第一學期優質通識課程〈文化與民俗——彰化人文風情〉補助計畫。

提　　要

　　唐詩承襲前賢詩歌創作經驗，批判吸收，兼以名家輩出，「轉益多師」，衍生出不同流派，締造最繁榮燦爛的詩歌黃金時期。在唐詩的研究領域中，詩歌主題研究頗為盛行，如唐代閨怨詩、詠月詩、戰爭詩、詠物詩等研究，筆者因對兩性詩人筆下的女性描寫產生興趣，遂以「女性形象」為研究範圍。

　　葉師嘉瑩云：「形象之範疇既可以指自然界之一切物象，亦可指人世間之一切事象。至於形象之來源，則既可以取之於現實中所有之實象，亦可以取之於想像中非實有之假象，更可以取之於古典中歷史之事象。」由此可知，兩性作家筆下之女性有實寫、虛擬及歷史中之人物等，此現象與作家之創作動機有密切關係。大體而言，虛擬者為別有寓託、宣揚主題理念之作；實寫者為代人言情、自抒胸臆之作。「形象」之定義為「對某個人或某群體的描述或評估」，故本文將唐詩中的女性分成「美豔風騷」等四大類，再根據其倫理身份細分成十四類，這些形象分類即意含著人格的品鑑。

　　嚴羽《滄浪詩話》將唐詩分成初、盛、中、晚唐四期，受到社會、歷史條件的影響，詩壇風尚也是女性形象成因之一。如初、晚唐詩風多「言情綺靡」，故頗多刻畫女子風貌閒情之作；盛、中唐詩歌承襲詩經、樂府之寫實精神，故反映婦女社會地位及現實生活之作較多。

　　在人物的塑造上，不論是形貌的刻畫或是心理狀態的描摹技巧，都比以前的詩歌進步，除了直接刻畫、間接烘托外，並擴及尊題格、隱喻、人花互詠的技巧；而人物語言的個性化、由景襯情、夢的運用使人物的形象更鮮明活烙。

自　序

第一章　緒　論……………………………………………1

　　第一節　研究動機、範圍及方法…………………………1

　　第二節　女性形象之界定…………………………………3

第二章　唐以前的詠女性詩歌……………………………9

　　第一節　詠女性詩歌的概況………………………………9

　　第二節　詠女性詩歌所呈現的女性形象…………………22

第三章　唐詩中所呈現的女性形象………………………33

　　第一節　節婦烈女型………………………………………33

　　　　一、矜重節烈的皇室后妃……………………………34

　　　　二、守志堅心的裙布荊釵……………………………37

　　　　三、殉身全節的紅粉知己……………………………41

　　　　四、貞潔絕俗的宮觀尼姑……………………………45

　　第二節　美艷風騷型………………………………………50

　　　　一、傾城傾國的禍水……………………………………50

　　　　二、風情萬種的胡姬……………………………………55

　　　　三、水性楊花的仙子……………………………………58

　　　　四、風流放誕的女冠……………………………………60

　　第三節　寬容深情型………………………………………65

　　　　一、專執深情的思婦……………………………………65

　　　　二、溫柔敦厚的棄婦……………………………………69

　　　　三、多情的北里煙花……………………………………74

　　第四節　其　他……………………………………………77

　　　　一、華麗驕奢的貴婦……………………………………77

　　　　二、勤樸的勞婦貧女……………………………………81

　　　　三、不讓鬚眉的紅妝……………………………………84

第四章　唐詩中女性形象的成因探討……………………89

　　第一節　詩壇風尚的影響…………………………………89

　　　　一、初　唐………………………………………………90

　　　　二、盛　唐………………………………………………93

　　　　三、中　唐………………………………………………98

　　　　四、晚　唐………………………………………………103

　　第二節　詩人的創作動機…………………………………108

目

次

一、純粹吟詠 ……………………………… 108

二、代人言情 ……………………………… 111

三、宣揚主題意念 ………………………… 112

四、有香草美人之寓託 …………………… 115

五、直抒胸臆 ……………………………… 119

第三節　婦女社會地位與現實生活的反映 …… 120

一、后　妃 ………………………………… 121

二、宮　人 ………………………………… 124

三、貴　婦 ………………………………… 128

四、平民婦女 ……………………………… 131

五、姬妾家妓 ……………………………… 137

六、妓　女 ………………………………… 143

七、奴　婢 ………………………………… 149

第五章　唐詩中女性形象的藝術特質 ………… 153

第一節　創作體裁 ………………………… 153

一、古　詩 ………………………………… 154

二、絕　句 ………………………………… 156

三、律　詩 ………………………………… 158

四、樂　府 ………………………………… 161

第二節　人稱與表現手法 ………………… 164

一、第一人稱 ……………………………… 165

二、第二人稱 ……………………………… 167

三、第三人稱 ……………………………… 168

四、人稱混合形式 ………………………… 171

第三節　人物塑造 ………………………… 174

一、形貌之刻劃 …………………………… 174

二、獨白與對話 …………………………… 177

三、心理狀態的描寫 ……………………… 180

第六章　結　論 ………………………………… 185

參考資料 ………………………………………… 189

自　序

　　筆者自幼喜愛詩歌，遂將論文題目設限在詩歌的範疇內。當初確定論文題目時，覺得它在古典中有新義，心裡頗為沾沾自喜。及至為文，由於「形象」的定義不清，幾乎被迫改絃換轍。國內中研所雖然有幾本關於形象研究的論文（具體的形象研究，非抽象的形象思維研究），不是定義不清就是根本沒有下義界，最後在傳研所室友馥綺的建議下，參考新聞研究所有關形象研究的論文，才得到較明晰的定義，但要在數量龐多的唐詩中對女性形象作分類，實在是件吃力不討好的苦差事，所希本論文能發揮拋磚引玉的功能，以俟其他碩彥博學的大作。

　　從檢閱全唐詩至完成論文費時一年半，筆者由於才疏學淺常有江郎才盡的無力感，若沒有包師根弟的勉勵及悉心指正，這本論文必然無法順利完成，在此致上我十二萬分的謝意。另外，家人及眾好友艷梅、彭彭、淑慧、春年、其勛給我精神上的鼓勵，也是讓我完成論文的最大動力，在此一併致謝！

第一章 緒 論

第一節 研究動機、範圍及方法

一、研究動機

　　有鑑於國內文史哲碩士論文，除了從事相關課題研究者會去翻閱檢索外，其餘皆束諸高閣，形成資源的浪費。當初在醞釀論文題目時，即希望能兼顧學術性與通俗性，裨以吸引愛好文學的同道者，達到學術社會化的目的。

　　本論文的構思乃得自葉師嘉瑩「詞與詞學」課程之啟發，老師引用許多西方理論來詮釋中國的詩詞，其中我最感興趣的是——以女性主義批評解讀詩詞中的女性敘寫。爰檢閱有關唐詩「女性研究」的論著，發覺有純粹以婦女詩歌為研究對象者，有研究範圍僅設定某個詩人或某種詩體的詠女性詩者，有取材偏向溫柔敦厚的閨怨詩者，而「女性形象」的研究則付諸闕如，它實在是個很值得開發的處女地。

　　又回顧歷史長廊中的古代婦女，在「女子無才便是德」的古訓下，經濟、知識都無法獨立，她的生活重心放在丈夫、家族上，偏偏在男尊女卑的父系社會中，無論在法律制度或道德規範中，都允許男子擁有三妻四妾，於是乎不同時代的女性都面臨相同的悲劇。唐代婦女被

公認是歷代所受束縛最少，風氣最開放的一群女性，「唐代豪放女」究竟是歷史的真相？還是人們對歷史的誤解？筆者擬從詩人的創作動機及詩歌是社會的反映與模擬，一究唐詩中虛虛實實的女性形象成因，並希望借助歷史文獻的記載能還諸古人更真實的面貌，釐清人們對唐代婦女主觀的一元論。

二、研究範圍

本文研究素材係取自《全唐詩》十二冊及《全唐詩外編》一冊，計十三冊。《全唐詩》係清聖祖校編，輯刊於康熙四十二年（1703），內容大致依據明人胡震亨之《唐音癸籤》及錢謙益等之《唐詩纂》增益成書，計九百卷，錄詩四萬八千九百餘首，詩人二千二百餘人。本書國內有數家出版社印行，筆者所根據的版本乃明倫出版社於 1974 年出版者。至於《全唐詩外編》則收錄王重民《補全唐詩》、《敦煌唐人詩殘卷》、《補全唐詩拾遺》，張望《全唐詩補逸》，童養年《全唐詩續補遺》，係木鐸出版社於 1983 年出版者。

本文選材原則如下：

（一）以詩題標明為詠女性詩歌者為主，如杜甫〈麗人行〉、李賀〈蘇小小歌〉。

（二）詩題未標明為詠女性詩歌，而內容是詠女性者，如李白〈清平調詞三首〉、白居易〈琵琶行〉。

（三）詩題未標明為詠女性詩歌，內容屬詠史之作，而涉及女性者，如白居易〈長恨歌〉、李商隱〈北齊二首〉。

（四）為數眾多的閨怨詩、宮體詩、文人進士與娼妓女冠的酬贈詩及詩人寄內悼亡詩。根據上述原則所選取的詩篇相當龐多，筆者不擬拘執其數據，僅於必要處加以備註。

三、研究方法

文學研究的方法很多，但大致可歸為兩類，一是文學作品的內

在研究（intrinsic study），一是文學作品的外緣研究（extrinsic study）〔註1〕。內在研究是把焦點完全放在作品本身，注重作品的形式與內涵；外緣研究則把注意力集中於作品的外在關係的探究上，如作家的背景與生平、社會環境，以及整個文學的程序等〔註2〕。緣此，本論文對唐詩中女性形象的研究遂分成三個部分，一是內在研究，二是外緣研究，三是綜合內在、外緣研究。分敘如下：

（一）內在研究：本論文第二章追溯唐以前詠女性詩歌的概況，以及所呈現的女性形象，乃綜合形式與內涵的探討。第三章唐詩中所呈現的女性形象著重在內涵的分析；第五章唐詩中女性形象的藝術特質則著重形式技巧的分析。本論文以唐詩中的女性作為研究對象，但中國詩歌的抒情傳統並非以寫人敘事為主，故在人稱與表現手法及人物塑造二節中，筆者酌予採用小說的敘事觀點及人物刻劃的技巧。詩歌與小說雖是二種不同的文類，但在寫人敘事的技巧上卻有某些異曲同工之妙，可以相互發明。

（二）外緣研究：本論文第四章乃藉詩歌的文學、社會環境，以及眾詩人的生平、背景，探究唐詩中女性形象的成因。

（三）結論：這部份係透過唐以前暨唐詩中女性形象內在、外緣研究的比較歸納，得出唐詩中女性形象的特色。

第二節　女性形象之界定

在以往的研究與文獻中，Image 一詞有譯為形象，心像、印象、映象等，本研究以「形象」統合稱之。

形象本是心理學上的名詞，根據心理學百科全書的界定：

「形象」是一種態度（Attitude）或心理畫像（Mental

〔註1〕Theory of Literature（by R. Wallek. & A. Warren）一書即將文學的研究如此區分。

〔註2〕同上，頁 225，志文出版社。

Representation）。〔註3〕

研究國際傳播的梅瑞爾（J. C. Merrill）認爲：

> 形象是態度、意見、印象的綜合體，爲態度與意見形成的
> 基礎，也是描述一國政府、人民特性，或個人特徵的途徑。

〔註4〕

形象既然是一種態度，自然就會形成價值的判斷。所以形象也可以說
是我們對人、物所有的記憶、好惡感、態度及評價等的總稱。〔註5〕

鮑爾丁（Boulding）在1956年出版的《形象》（The Image）一書
中，曾比較「知識」（Knowledge）與形象的差異：

> 知識一詞隱含眞理與眞實，形象則指個人信以爲眞的事物；
> 換言之，形象是個人主觀性知識（Subjective Knowledge）。

〔註6〕

由此可知，形象研究就是對目標客體有關主觀認知、意見和態度的分
析。

經常與形象相提並論的「刻板印象」（Stereotype）最早由美國著
名新聞評論家李普曼（Lippmann）所提出。李氏在《民意》（Public
Opinion）一書中指出：

> 人所生存的空間，無論是自然環境或人文環境，都相當複
> 雜。人不可能對其生存環境所有的人、所有的事物，都有
> 親自的接觸或個別的體認，爲了應付現實情況，人因而自
> 行發展出一套簡化認知過程的方法。那就是將具有相同特
> 質的一群人，例如老人、婦女、貧民或任何的種族，塑造
> 出一套刻板印象。然後以這套刻起印象，去評估該群體的

〔註3〕陳麗香《傳播行爲與映像形成關連性之研究——外國留華學生對中國
人映像實例之探討》，頁3，政大新研所碩士論文，1976年6月。

〔註4〕John C. Merrill, "The Image of the United States in Ten Mexican Dailies",
Journalism Quarterly, Vol. 39,（Spring, 1962）P.203。

〔註5〕張思恆〈心象世界〉，頁265，《輔仁學誌》第九期，1980年6月。

〔註6〕Kenneth Boulding, "Introduction to the Image," in Dimensions in
Communication: Readings, ed. James H. Camphell & Hal W. Hepler,
（california: Wadsworth Publishing Company, Inc.）P.30。

　　成員，認為：該群體的所有成員，都符合刻板印象的內容。
根據李普曼的說法，刻板印象正如我們腦海中的圖畫，有著與地圖類
似的功能。它影響我們對人、對事的看法，也影響我們在社會的角色
和地位〔註7〕。李普曼另外指示：

　　　　凡在世界上發生的事態中，別人的行為跟我們生活有所關
　　　　連、有所影響、或使我們發生興趣的，我們都稱之為公務。
　　　　公務跟我們既有這樣密切的關係。我們的智慧不斷予以注
　　　　意的結果，就在我們的腦子裡造成對每一問題相當具體的
　　　　一種心理形象（Mindimage）。

李普曼所說的「心理形象」，就是存在於每一個人腦子裡的圖畫。換
言之，李氏所謂的「刻板印象」，即是「心理形象」的同義字。其他
學者像梅瑞爾認為「形象」和「刻板印象」、「概念化的圖畫」
（Generalized Picture）等名詞，根本是同義的。〔註8〕

　　葉師嘉瑩在〈中國古典詩歌中形象與情意之關係例說〉云：
　　　　所謂「形象」之含義，是相當廣泛的，無論其為真、為幻，
　　　　無論其為古、為今，也無論其為視覺、聽覺，或為任何感官
　　　　所能感受者。總之，凡是可以使人在感覺中產生一種真切鮮
　　　　明之感受者，便都可視之為一種「形象」之表達。〔註9〕

提供真切鮮明之形象的主要訊息來源有三：情境、目標人的特質、觀
察者本身的特質。〔註10〕觀察者根據目標人所處的時空背景，透過事
件的進行，或從橫空截斷的瞬間，一窺目標人的言行舉止、待人處事
的態度、心理狀態的變化等，俾以掌握他的人格特質。根據觀察者不
同的審物角度，所獲得的形象也因人而異，像藝術家看人會偏向美醜
的向度，而衛道主義者看人偏重道德的向度。

　　雖然每個人有屬於其個人的刻板印象，但團體間態度的刻板印象

〔註7〕汪琪《文化與傳播》，頁95，政大新研所碩士論文，1982年。
〔註8〕Merill, op, cit, P.203。
〔註9〕葉師嘉瑩《迦陵談詞》，頁132，東大圖書公司。
〔註10〕李美枝《社會心理學》，頁285，大洋出版社，1981年增訂版。

通常是社會刻板印象。社會刻板印象有三個主要特性：（一）依據某種可能辨別的特性，區別不同類別的團體；（二）屬於一團體或同一文化背景的多數人，都同意屬於某一類型團體的人具備了一些特定的屬性；（三）而這些一被認爲屬於該類型團體或成員們的屬性，很可能並非他們真正的屬性〔註11〕。國籍、省籍、黨派、性別、職業都可能成爲各種刻板印象的基礎。例如山東大漢、湖南驢子等是中國人熟悉的省籍刻板印象。事實上山東人不一定個個性情豪爽，湖南人也不一定個個脾氣倔強。

　　形象雖然有過度簡化、籠統不夠眞實的缺點，但卻是必須存在，無法避免的。形象主要的功能在彌補認知上的缺陷及經驗中的限制。凱茲（Daniel Katz）曾認爲：當人們缺乏足夠的經驗或想像力去了解世界時，人們傾向於運用原有的概念去填補缺口，運用既存的參考架構（Frame of Reference）去涵蓋所有經驗範圍以外的世界〔註12〕。因此，人們需要尋找某些標準（Stardars）或參考架構，作爲理解環境的依據，否則，對他們而言，世界將是一片混沌（Chaos）〔註13〕；而形象正足以這種「明確而清楚、一致而穩定」（Definiteness and distinction, consistency and stability）的參考架構〔註14〕，以幫助人們去了解認識廣大而複雜的外在世界。

　　綜合上述，可知「形象」或「刻板印象」有三個共同的特徵：〔註15〕
　　1、它是簡化、籠統而概括的模糊圖片。
　　2、它是一個人對某個人或某群體特徵的描述。

〔註11〕同上，頁368。
〔註12〕Joseph A. De Vito, Communicartion Concepts and Processes,（New Jersey: Prentice-Hill, Inc., Englewood Cliffs, 1971），P.175。
〔註13〕Kenneth K. Sereno & Sereno & C. David Mortensen, Foundations of Communication Theory （New York: Haroer & Row, Pblishers. Inc, 1970），P.244～245。
〔註14〕Ibid.
〔註15〕同註1，頁2。

　　3、它是一個人對某個人或某群體特徵的評估。

刻板印象近數十年來，在有關種族態度、偏見、人際間及團體之知覺與衝突的研究中，受到相當的重視。但部份有關刻板印象的研究，皆賦予負面的意義，它最常被用來描述「對某個國家或種族簡化而扭曲的形象」，所以布魯威爾（M. Brouwer）曾建議用形象來代替刻板印象，因為刻板印象已經變成一個負荷太重的字眼（loaded word）〔註16〕。不論形象或刻板印象，都是利用若干特徵或特性，來描述或認知一個群體或個人，但兩者之間仍有些性質上和程度上的差異存在：〔註17〕

　　1、形象是動態；刻板印象形成後則不易改變。

　　2、就範圍來說，形象牽涉的領域較刻板印象廣。

　　本論文係屬於社會形象研究。古代女子僅是男性的附屬品，除了烈女、蕩婦外，多不見經傳，是以第三章，除了「節婦烈女型」、「美艷風騷型」有不少個人式的人物形象外，其餘多屬集體式的人物形象。所謂「節婦烈女」、「美艷風騷」、「寬容深情」、「華麗驕奢」諸字眼本身即有褒貶之價值評判，而以上諸形象乃是筆者透過詩中人物在某個特定時空下的活動、獨白與對話，所得到的認知的分類。在社會團體中處於同一身份階層者往往有相同的屬性，緣此，三大類型又細分成十一類，再加上其他三類，共得十四類女性形象。當然，唐詩中的女性形象不只上述幾種類型，但有些類型因為詩例較少，若鉅細靡遺地分類則易流於繁冗瑣碎，故不闢專節討論，僅於第四章條列原詩。

　　「動如脫兔，靜如處子」說明人性格的多面性，及形象並非一成不變的。長篇敘事詩因容納不同的時空，故往往呈現多樣的女性形

〔註16〕李宗桂《外交關係與報紙塑造他國之映像之相關性研究》，頁 5，政大新研所碩士論文，1978 年 6 月。

〔註17〕王旭《中共傳播媒介塑造的台灣形象》，頁 7，政大新研所碩士論文，1985 年。

象，筆者則視其表現程度分別歸入，如在〈長恨歌〉前半，可將貴妃歸為美艷風騷型，後半則可歸入寬容深情型。至於因詩人審物角度不同，而獲致與眾或異的女性形象，如白居易之於關盼盼，杜牧之於息夫人，這些個案將置於詩人的創作動機探討。

第二章　唐以前的詠女性詩歌

第一節　詠女性詩歌的概況

　　《詩經・國風》是古代農業社會中北方人民自然的謳歌，具有寫實質樸的風格。其中有不少歌詠愛情、抒發思婦、棄婦心聲的詩篇，雖然大部份的作者已不可考，但其敘述口吻大致可分為以下二種：一、直接奔迸；二、含蓄委婉，前者如〈召南・摽有梅〉、〈鄭風・褰裳〉、〈鄭風・子衿〉等；後者如〈衛風・伯兮〉、〈邶風・谷風〉、〈秦風・蒹葭〉等。

　　　　摽有梅，其實七兮。求我庶士，迨其吉兮。摽有梅，其實
　　　　三兮。求我庶士，迨其今兮。摽有梅，頃筐塈之。求我庶
　　　　士，迨其謂之。(〈摽有梅〉)

本詩「興句」中的落梅數目與懷春少女的心情緊緊相扣。從首章的寧缺勿濫到次章的刻不容緩，再到末章的「饑不擇食」，一層緊似一層，短促的節奏和連續變換的場景，把女子待嫁的迫切心情推向了高潮。

　　　　伯兮朅兮，邦之桀兮。伯也執殳，為王前驅。
　　　　自伯之東，首如飛蓬。豈無膏沐？誰適為容！
　　　　其雨其雨？杲杲出日。願言思伯，甘心首疾。
　　　　焉得諼草？言樹之背。願言思伯，使我心痗。(〈伯兮〉)

首章征人婦以熱烈的口吻讚賞其夫婿雄壯英傑，次章言因悅己者不在，故無心打扮、蓬頭散髮。第三章寫她盼望下雨卻偏逢日出，以大旱之望雲霓喻她感情上的飢渴。四章以天真的語氣寫她想用忘憂草袪除內心的痛苦，極言她欲求寬解而不可得的處境。兩章都以甘願為情憔悴做結。反覆訴說既難忘懷，又不堪其憂的苦況。

　　《詩經·國風》中這二種敘述口吻，基本上就影響了中國詩人後來在創作以女性為敘述者的情詩時的心態。他們有的吸取民間文學傳統中的養分，竭力創作自然、情感澎湃的情詩，有的加入個人才情，著重意象與語調的經營，設身處地為棄婦怨女寫閨怨詩〔註1〕。席勒在《論文學的天真和情感》中指出文學中有二種詩：「天真之詩」和「情感之詩」。在席勒的分類中，第一種詩人就是自然，第二種詩人則是找尋自然之人，如果說古老時代的詩人經由自然觸動我們的心靈，現代詩人則透過意念感動我們。這二種詩人容或有自然與藝術之分，但它們畢竟沒有優劣之別〔註2〕。不過在中國傳統的詩（詞）話的作者筆下，婉約的詩風已躍居主導地位〔註3〕。

　　除了對女子心理的刻劃頗為傳神外，《衛風·碩人》第二章以比體歌詠莊姜之美，生動地捏塑出一位高貴健美的貴婦形象，是早期寫女性美最特出的一篇。詩云：

　　　　手如柔荑，膚如凝脂，領如蝤蠐，齒如瓠犀，螓首蛾眉。
　　　　巧笑倩兮，美目盼兮。

〔註1〕參見吳若芬〈直與紆——詩經國風中兩種女性角色的聲音〉，《中外文學》十三卷十二期，頁143、147。

〔註2〕Friedrich Schiller, on the Native and the Senitmental in Literature, trans. Helen Wa tanabe-o' Kelly.（Manchester: Carcanet New Press, Ltd, 1981）P.21, 38, 40。

〔註3〕如陳庭焯《白雨齋詞話》評韋莊的詞：「韋端己詞似「直」而「紆」，似「達」而「鬱」，最為詞中勝境。」另外馮煦〈唐五代詞選序〉評馮延巳詞為：「吾家正中翁，鼓吹南唐，上翼二主，下啓歐晏。實「正」、「變」之樞紐，「短」、「長」之流別。」「直」、「達」、「變」指的是豪放直率的風格，至於「紆」、「鬱」、「長」指的是含蓄委婉的風格。

前五句只寫容貌上美的特徵，後來宋玉〈登徒子好色賦〉的「眉如翠羽，肌如白雪，腰如束素，齒如含貝」，也是用物體作比喻。末兩句是說笑起來雙頰現著酒渦，顧盼時兩眼黑白分明。方玉潤《詩經原始》說：「千古頌美人者無出此二語，絕唱也。」曹植〈洛神賦〉的「明眸善睞，靨輔承權」，白居易〈長恨歌〉的「回眸一笑百媚生」皆於此瑰寶中掘取美的意象。

　　文學上最早以「女人」做為比興材料者乃是屈原的《楚辭》。王逸〈離騷經序〉云：

　　〈離騷〉之文，依〈詩〉取興，引類譬喻。故善鳥香草，
　　以配忠貞；惡禽臭物，以比讒佞；靈修美人，以媲於君；
　　宓妃佚女，以譬賢臣；虯龍鸞鳳，以託君子；飄風雲霓，
　　以為小人。……

這段話雖然還有待商榷，但不可否認地，王逸的歸納在一定程度上概括了〈離騷〉的某些特徵。

　　《楚辭》中的「美人」二字凡四見：一是「恐美人之遲暮」（〈離騷〉）；一是「思美人兮覽涕而佇眙」（〈思美人〉）；其餘兩處便是「矯以遺夫美人」、「與美人抽思兮」（〈抽思〉）。這四個「美人」，第一個是指自己，後面三個都是指楚王。當屈原以「美人」自居時，他似乎特別關切青春年華的可貴：

　　汩余若將不及兮，恐年歲之不吾與。……日月忽其不淹兮，
　　春與秋其代序；惟草木之零落兮，恐美人之遲暮。

面對草木零落與春秋代序，自強不息的君子與渴望出嫁的女子懷著同樣的焦慮。惟其以女子自比，為了擺脫被廢棄的命運，故所謂「求女」、「行媒」，不過是想求一個可以通君側的人罷了。可是君門九重，傳言不易；兼之世人嫉妒者多，都不願為他說話，結果只是枉費一番心思。當他變成失寵的女子後，他用女人間爭風吃醋的口氣指責他的誹謗者：「眾女嫉余之蛾眉兮，謠諑謂余以善淫」（〈離騷〉），「妒佳冶之芬芳兮，嫫母蛟而自好；雖有西施之美容兮，讒妒入以自代。」（〈惜

往日〉）他用癡心女責備薄情郎的腔調埋怨楚王：「初既與余成言兮，後悔遁而有他。」他甚至哭哭啼啼，一副十足的棄婦模樣：「攬茹蕙以掩涕兮，沾余襟之浪浪」；「余既不難夫離別兮，傷靈修之數化」（〈離騷〉）。所有這些詩都令人感到，屈原在《楚辭》中已開始明顯地以棄婦比逐臣了。

　　《楚辭》中以男女相思怨別之情而實寓君臣相遇乖違的言外之意，給詠女性詩賦予了新的主題。在古代文人普遍的仕宦情結下，這種「藉他人酒杯澆胸中塊壘」的作品，遂成了他們良性的發洩方式，由於情眞意切，怨而不怒，也普遍受到詩評家的肯定。

　　漢樂府中的詠女性詩基本上是繼承風騷「感於哀樂，緣事而發」的精神，它們廣泛地反映了當時的社會生活，包括歌詠男女情愛、指控統治階級調戲良家婦女、抒洩棄婦哀怨、表揚婦德、報導婦女在亂世中不幸的遭遇等內容。漢樂府在承襲風騷精神之餘，於形式手法上又多所創新，更能引人入勝。如兩漢樂府多雜言，比《詩經》爲代表的四言詩體有明顯的進步；而《詩經》、《楚辭》多抒情詩，漢樂府則多敘事詩，亦頗善用戲劇性的獨白和對話來突顯性格、推展情節。

　　漢樂府詩中純粹寫男女情愛的極少，因此〈有所思〉和〈上邪〉一直爲人們所重視。前者刻劃失戀少女的心理，後者則寫熱戀女子的信誓旦旦，兩首詩皆以奔迸直率、斬釘截鐵的口吻爲之。

> 有所思，乃在大海南。何用問遺君？雙珠玳瑁簪，———用玉紹繚之。聞君有他心，拉雜摧燒之！摧燒之，當風揚其灰！從今以往，勿復相思！相思與君絕，雞鳴狗吠兄嫂當知之。妃呼狶，秋風蕭蕭晨風颸。東方須臾高知之。（有所思・《古詩源》卷一）

她原先對情人愛得那麼深，除了以貴重的「雙珠瑇瑁簪」相贈外，選用玉石纏繞；而一旦知悉情人變心，將信物「拉雜摧燒之」還不解恨，更要「當風揚其塵」，由這兩組對照鮮明的鏡頭可看出她敢愛敢恨的剛烈性格。

上邪，我欲與君相知，長命無絕衰。山無陵，江水爲竭，冬
雷震震，夏雨雪，天地合，乃敢與君絕。(上邪·《古詩源》卷一)

整首詩都是情人決不變心的誓言。詩中列舉五件不可能發生的事，來
反襯對愛情的忠貞不二。

　　東漢敘事詩，除了〈孤兒行〉、〈婦病行〉爲雜言外，其他作品都
是五言的，這說明五言詩的興起、成熟，有助於敘事詩的發展、成熟。
漢代早期的樂府，諸如〈陌上桑〉、〈羽林郎〉、〈上山採蘼蕪〉等，顯
然都能塑造情境，作客觀的呈現，比起《詩經》中抒發追思、表達崇
敬祖先的開國史詩〔註4〕，及雖有敘事情節但抒情意味還很濃的〈衛
風·氓〉，無疑地，在敘事詩的發展上已邁進一大步。但一來這一些
作品摒棄比興，而採用賦體作戲劇性的呈現之際，其基本精神仍未脫
辭賦鋪陳排比的特質，如〈陌上桑〉對於羅敷與其夫婿的描寫：

秦氏有好女，自名爲羅敷。羅敷善蠶桑，採桑城南隅。素
絲爲籠係，桂枝爲籠鈎。頭上倭墮髻，耳中明月珠。緗綺
爲下裙，紫綺爲上襦。行者見羅敷，下擔捋髭鬚。少年見
羅敷，脫帽著帩頭。耕者忘其犁，鋤者忘其鋤。來歸相怨
怒，但坐觀羅敷。東方千餘騎，夫婿居上頭。何用識夫婿？
白馬從驪駒。青絲繫馬尾，黃金絡馬頭。腰間鹿盧劍，可
直千萬餘。十五府小史，二十朝大夫。三十侍中郎，四十
專城居。爲人潔白皙，鬑鬑頗有鬚。盈盈公府步，冉冉府
中趨。坐中數千人，皆言夫婿殊。(《古詩源》卷一)

或者〈羽林郎〉中對胡姬的刻劃：

胡姬年十五，春日獨當爐。長裾連理帶，廣袖合歡襦。頭
上藍田玉，耳後大秦珠。兩鬟何窈窕，一世良所無；一鬟
五百萬，兩鬟千萬餘。(《古詩源》卷一)

〔註4〕葉師慶炳認爲〈大雅〉之生民、公劉、緜、皇矣、靈台、大明、文王
有聲七篇依次而觀，無異一本周民族開國史詩，自可作敘事詩看。見
《中國文學史》，頁102，學生書局。劉大杰亦有類似意見，惟所舉
作品僅生民、公劉、緜緜瓜瓞、皇矣、大明五篇，而稱爲「民族史詩
的代表作」，見《中國文學發展史》，頁26，華正書局。

雖然其中並未使用任何比興技巧，但是由於再三的以華麗的細節意象而作繁複的排比描繪，無形中就產生了一種誇飾的效果，因而形成了一種近於「傳奇」而非「寫實」的效果。自然其中的「敘事性」也跟著減弱。這類作品的重心也就由「情節」的「敘述」轉移為「形相」的「刻劃」了。因此在基本上與其說它們是一種重在敘述傳故的「敘事詩」（Narrative poem），不如說是一種特殊的重在「體物寫志」的「描寫詩」（Descriptive poem）要來得更恰當〔註5〕。另外這些作品對有關事件並不作有頭有尾的敘述，而是恰當地截取生活的某個側由，集中描繪，如〈羽林郎〉集中寫霍家奴調戲和胡姬抗暴的衝突；〈上山採蘼蕪〉橫截的是棄婦與故夫的一場對話，故它們通常只表現一個戲劇性的場景，而未曾連接數個場景以展示事件的發展與變化。

有了這一些略具雛型的做事詩當前驅，漢末產生了我國長篇敘事詩的佳構──蔡琰〈悲憤詩〉與無名氏〈孔雀東南飛〉。

蔡談〈悲憤詩〉乃自述其於亂世中，遭董卓部下劫掠，繼而又被擄至胡地，終於生還故土的悲慘際遇。詩首言董卓的亂政與遷都：

> 漢季失權柄，董卓亂天常，志欲圖篡弒，先害諸賢良，逼
> 迫遷舊邦，擁主以自強。海內興義師，欲共討不祥。

繼而寫初平二年，董卓派李傕、郭汜破朱雋車於中牟後，趁勢掠劫陳留的情形。董卓部下羌胡外兵殺害男子、掠奪婦女的暴行，寫得極為深刻；「馬邊懸人頭，馬後載婦女」是蔡琰目睹的事實，她自己就是被載在馬後的婦女之一：

> 卓眾來東下，金甲耀目光。平土人脆弱，來兵皆胡羌。獵
> 野圍城邑，所向悉破亡，斬截無孑遺，尸骸相掌拒。馬邊
> 懸男頭，馬後載婦女，長驅西入關，迴路險且阻。

接著寫初平三年，王允、呂布殺董卓後，李傕、郭汜攻入長安，蔡琰也跟著李郭的軍隊輾轉至長安的情形。被擄者在途中所受的凌辱虐

〔註5〕柯慶明〈苦難與敘事詩的兩型──論蔡琰〈悲憤詩〉與〈孔雀東南飛〉，《中外文學》十卷四期，頁78～79。

待，令人髮指，而蔡琰也備嘗「士可殺不可辱」與「好死不如賴活」的痛苦掙扎：

> 還顧貌冥冥，肝脾為爛腐。所略有萬計，不得令屯聚。或有骨肉俱，欲言不敢語。失意機微間，輒言斃降虜，要當以亭刃，我曹不活汝！豈復惜性命，不堪其詈罵。或便加棰杖，毒痛參並下。旦則號泣行，夜則悲吟坐。欲死不能得，欲生無一可。彼蒼者何辜，乃遭此戹禍！

到了興平二年，李傕攻郭汜，劫帝。獻帝出長安，匈奴左賢王參加戰爭，蔡琰於是被胡騎所護而轉入南匈奴。詩云：

> 邊荒與華異，人俗少義理。處所多霜雪，胡風春夏起；翩翩吹我衣，肅肅入我耳。感時念父母，哀歎無窮已。

蔡琰在胡地住了十二年，以肉體的受辱換取僥存的性命。她與胡人生下兩個小孩，及至曹操要將她贖回之際，到底要念骨肉之情留在胡地、或捨親情回歸中原，又展開詩中另一衝突的高潮。詩云：

> 邂逅徼時願，骨肉來迎己。己得自解免，當復棄兒子。天屬綴人心，念別無會期。存亡永乖隔，不忍與之辭。兒前抱我頸，向我欲何之。人言母當去，豈復有還時！阿母常仁惻，今何更不慈？我尚未成人，奈何不顧思？凡此崩五內，恍惚生狂癡，號泣手撫摩，當發復回疑。兼有同時輩，相送告離別，慕我獨得歸，哀叫聲摧裂。去去割情戀，遄征日遐邁，悠悠三千里，何時復交會？馬為立踟躕，車為不轉轍；觀者皆歔欷，行路亦嗚咽。念我出腹子，胸臆為摧敗。

最後寫她回鄉後滿目蕭然的淒涼景況，及歷盡浩劫後，常恐復棄捐的白鄙心態：

> 既至家人盡，又復無中外，城郭為山林，庭宇生荊艾，白骨不知誰，從橫莫覆蓋，出門無人聲，豺狼號且吠。煢煢對孤景，怛宅糜肝肺。登高遠眺望，魂神忽飛逝。奄忽壽命盡，旁人相寬大；為復彊視息，雖生何聊賴。託命於新人，竭心自勗厲。流離成鄙賤，常恐復捐廢。人生幾何時，

懷憂終年歲！《古詩源》卷二）

　蔡琰一字一血淚的自述深刻地揭示戰爭給女人帶來的特殊苦難，有關這一主題的詩作，中國文學史唯一可與〈悲憤詩〉相比的只有韋莊的〈秦婦吟〉。

　〈孔雀東南來〉是描寫遭受封建禮教扼殺的愛情悲劇。詩前小序云：

　　建安中，廬江府小吏焦仲卿妻劉氏，爲仲卿母所遺，自誓
　　不嫁。其家逼之，乃沒水而死。仲卿聞之，亦自縊於庭樹。
　　時人傷之，而爲此詩也。（《古詩源》卷二）

由於原詩太長故略而不錄，僅就其思想內容，藝術成就簡論如下：

　古代由於「十年媳婦熬成婆」的畸形輪轉，婆媳之間常有莫名其妙的情結；又《禮記・內則》云：「子甚宜其妻，父母不悅，出。」這種殺人的禮教，不曉得拆散多少有情人？劉蘭芝的悲劇不但在封建社會具有普遍的代表性，即使在今日社會仍有其現實意義。

　〈孔雀東南飛〉的藝術成就可從情節安排，人物塑造、錯敘述手法，三方面來談：

　一、情節安排。限於篇蝠，漢敘事詩都是截取某個戲劇場景，缺乏完整的故事情節。〈孔雀東南來〉卻首尾俱全，情節相當完整。詩中通過蘭芝自遣請歸、焦母逼兒、夫妻離別、阿兄逼嫁、直至雙雙殉情等一系列扣人心絃的場面，把全部悲劇完整地展現在人們面前，在安排情節時，對於詩中各個場景都經過精心抉擇，對於入詩的每一個具體情節的描述，也沒有平均使用筆墨，而是有繁有簡、有濃有淡。例如寫蘭芝被迫歸家一段，從「妾有繡腰襦」起一連十四句講述她留下種種妝奩，「綴一段瑣碎叮嚀」，不僅使文章「憑空設色，頓覺敷腴」〔註6〕，還突出了蘭芝對仲卿的依依難捨，一往情深，爲後面的情節發展作了有力的鋪墊。而當寫到蘭芝回家，劉母萬分驚詫於她「不迎而自歸」時，蘭芝的滿腹委曲，千言萬語又僅以一言概括：「兒實無

────────────

〔註 6〕張玉谷《古詩賞析》卷八。

罪過。」讓已知道事情原委的讀者自己去體味其時的悲痛情景。簡處不失之乾枯，繁處不流於冗蕪，各個場面又彼此呼應，有機融合。長詩在組織情節一方面的成就，真堪與後世的戲曲小說媲美。

二、人物塑造。漢樂府比較注重敘述故事，多數作品對人物性格缺乏細致深入的刻畫。而〈孔雀東南飛〉中的幾個重要人物無不個性鮮明。蘭芝的自矜好強、深情款款，仲卿的敬謹孝順、耽溺於愛情卻無力銜負，焦母的冥頑不通，蠻橫暴戾和劉兄的趨炎附勢，都各具面目。詩篇塑造人物的手法有二：第一，通過人物自身的活動，特別是他們在矛盾衝突漩渦中的應對與抉擇，逐步地予以展現。如蘭芝因不堪驅使，故自請遣歸，而遣歸之際，一早即起「嚴妝」，正是壓抑滿腔委曲，修復一己尊嚴，而對自我價值努力重作肯定的一種內心掙扎的歷程。當她不卑不亢地辭別焦母，但面對天真無邪的小姑時卻淚落如雨，正暴露出她自矜好強與深情款款的衝突矛盾，因此當仲卿責她許婚他人時，她便不假思索地提出「黃泉下相見」，於是就在親迎之日，兩個年輕的生命便化蝶飛去，向封建禮教提出血淚的控訴。另外如著墨不多的反面角色焦母，試看她在逼歸蘭芝時對仲卿搥床怒罵，何等暴戾；而一旦得知仲卿死意已決，就馬上「零淚應聲落」，顯現出一付可憐相，這就將不容其他女人分享其愛子的老頑固刻畫得入木三分。第二，通過人物的對話來突顯性格。這本是漢樂府敘事詩的優良傳統，但一般至多寫兩個人物的語言，而〈孔雀東南飛〉卻寫了好發個人物的對話，而且都切合各人身分，表現出不同的性格。如焦母「吾意久懷念，汝豈得自由」，一個專橫的惡婆躍然紙上；又如劉兄「先嫁得府吏，後嫁得郎君，否泰如天地，足以榮汝身。不嫁義郎體，其住欲何云？」正是個一心攀附高門的勢力漢子的口吻。清沈德潛《古詩源》云：

> 淋淋漓漓、反反覆覆，雜述十數人口中語，而各肖其聲音面目，豈非化工之筆。

三、本詩還用許多鋪敘的手法，如前云：「妾有繡腰襦」、「新婦

起嚴妝」處，及太守迎娶「青雀白鵠舫」的排場，皆有點染華縟、五色陸離的美感，使長詩不致流於平板呆滯。

清王世貞云：

> 孔雀東南飛，質而不俚，亂而能整，敘事如畫，敘情若訴，
> 長篇之聖也。（《藝苑卮言》）

在藝術的批評上，這是很恰當的。

魏晉南北朝，樂府民歌照樣發展，但與漢代民歌的質樸渾厚和以敘事爲主相互異趣。魏晉詠女性詩以曹植、傅玄的樂府詩最可注意。南朝詠女性詩依創作者身份可分爲兩種性質：吳歌、西曲乃是主觀寫男女之情；宮體詩乃是客觀寫女性之姿態。北朝亦有詠愛情的樂府民歌，其坦率質樸的風格與吳歌西曲的柔膩纏綿大異其趣，其中〈木蘭詩〉與〈孔雀東南飛〉同爲我國五言敘事詩之長篇佳構，亦且成爲南北民間敘事詩之代表。

曹植的〈美女篇〉、〈棄婦篇〉、〈七哀詩〉繼承屈原以棄婦比逐臣的傳統，一變漢樂府「緣事而發」的特色，轉而抒發個人的情志。〈美女篇〉云：

> 美女妖且閑。採桑歧路間。柔條紛冉冉。落葉何翩翩。攘
> 袖見素手。皓腕約金環。頭上金爵釵。腰佩翠琅玕。明珠
> 交玉體。珊瑚間木難。羅衣何飄飄。輕裾隨風還。顧盼遺
> 光彩。長嘯氣若蘭。行徒用息駕。休者以忘餐。借問女安
> 居。乃在城南端。青樓臨大路。高車結重關。容華耀朝日。
> 誰不希令顏。媒氏何所營。玉帛不時安。佳人慕高義。求
> 賢良獨難。眾人徒嗷嗷。安知彼所觀。盛年處房室。中夜
> 起長歎。（《古詩源》卷二）

前半係脫胎於〈陌上桑〉，用筆麗的辭藻鋪敘女子裝束之美，也用旁人驚艷的眼光襯托她的美，但在漢樂府貞潔的採桑婦，如今變成了失時之佳人。這首詩敘事性弱，所表現的口吻神情都有著象徵的意味，使人覺得他所寫的佳人並非實有。考察他寫作的處境，由於骨肉間有著競爭權位的矛盾，在曹丕父子掌權時，他都備受猜忌，終於抑鬱而

終,由此可知,〈美女篇〉是有寄託的。郭茂倩《樂府詩集》云:

> 美女者,以喻君子。言君子有美行,願得明君而事之。若
> 不遇時,雖見微求,終不屈也。

晉初傅玄是個「長於樂府而短於古詩」〔註7〕的作家,他對婦女
抱有較大的同情,其樂府詩中涉及婦女的題材也最多,而且最婉麗動
人,所以張溥稱他「新溫婉麗,善言兒女」〔註8〕。傅玄的詠女性詩
率多抒寫古題古意,其中包括兩首敘事詩——〈秋胡行〉〔註9〕及〈秦
女休行〉,另外也有一些以古題寫新意的詩篇,如〈豫章行·苦相篇〉,
這首詩跳出漢魏樂府常見的棄婦怨女的窠臼,從社會重男輕女的普遍
心理著眼,揭示弱女遭受不幸的必然命運。詩云:

> 苦相身爲女,卑陋難再陳。男兒當門戶,墮地自生神。雄
> 心志四海,萬里望風塵。女育無欣愛,不爲家所珍。長大
> 逃深室,藏頭羞見人。無淚適他鄉,忽如雨絕雲。低頭和
> 顏色,素齒結朱唇。跪拜無復數,婢妾如嚴賓。情合同雲
> 漢,葵藿仰陽春。心乖甚水火,百惡集其身。玉顏隨年變,
> 丈夫多好新。昔爲形與影,今爲胡與秦。胡秦時相見,一
> 絕逾參辰。(《玉台新詠》卷三)

詩中指出男子是「墜地自生神」,而女子「不爲家所珍」,平時藏身深
室,形容囚居,與他〈董逃行·歷九秋篇〉的「妾受命兮孤虛,男兒
墮地稱姝,女弱雖存若無」數句觀點相同;而婚後所謂的琴瑟合鳴,
也不過是女方俯首聽命而已,若不稱君意,則飽受虐待,及至人老珠
黃常免不了色衰見棄的下場。可謂別具隻眼,顯示出超人的卓識。

吳歌與西曲爲東晉以來樂府民歌之主要部分,皆屬清商曲辭,極
受東晉、南朝士大夫喜愛,擬作頗多。吳歌、西曲的形式大多爲五言
四句,內容則全爲男女戀情,吳歌所詠者爲江南農村兒女之一般戀

〔註7〕沈德潛《古詩海》卷二。
〔註8〕張溥《傅鶉觚集題辭》,見《漢魏六朝百三名家集》。
〔註9〕傅玄有兩首鋪敘秋胡戲妻的敘詩,一首題爲〈秋胡行〉,另一首題爲
　　　〈和班氏詩〉。

情；西曲則偏多漢水流域賈客商婦之離情，充滿水邊船上之思，這類纏綿旖旎的詩篇對齊梁宮體詩有很深遠的影響。

> 宿昔不梳頭，絲髮披兩肩。婉伸郎膝上，何處不可憐。（子夜歌）
>
> 開窗秋月光，滅燭解羅裳。含笑帷幌裡，舉體蘭蕙香。（子夜四時歌）
>
> 聞歡下揚州，相送江津灣。顧得篙櫓析，交郎到頭還。（那呵灘）
>
> 篙折當更覓，櫓折當更安。各自是官人，那得到頭還。（那呵灘）

上列一、三首是女性口吻；二、四首是男性口吻。我們從中可窺出，即使在非婚姻的兩性關係中，女子的情感也傾向於專一和持久，而男子的性對象並不意味就是他所鍾愛的人。試以前二首為例：第一首以草率白描的手法寫兩情綢繆的情景，也於是從戀愛中女子的視角去寫女性的感受，故展現了不忸怩作態的真情。後一首乃是以虛掩烘托的手法寫男女的房中樂，由於是從男性的視角寫男性的感受，故多了欲的刺激而少了情的成分。

宮體詩為梁簡文帝居東宮時與其詞臣徐摛等提倡。宮體之名，乃就詩之內容、字句而言，深受東晉以來南方樂府民歌及宋、齊詠物詩之影響。就前者而言，吳聲歌曲之內容什九抒男女之情。此類民間情歌一旦與貴族文人接觸，以貴族荒淫生活為新基礎，於是宮體艷詩大量產生。就後者言，宋、齊詩人詠物之作極多，宮體詩繼承其寫實精神，多客觀寫女性之態，旁及宮閨環境〔註10〕。

《梁書·簡文帝紀》謂其詩「傷於輕艷」，輕就內容言，艷就字句言。宮體詩取材宮閨女性，題材本極狹隘。尤以提倡人蕭綱作品，著重女性容貌、心靈、舞姿、睡態等描繪，內容單調，興寄闕如，亦且有以華美雕琢的辭句，來掩蔽暗示著強烈肉感與情欲的內容。宮體

〔註10〕見葉師慶炳《中國文學史》第十一講〈山水詩與宮體詩〉，頁 194，學生書局，1987 年。

詩發展到陳後主、江總時代，完全變成倡妓狎客一流的東西，實在輕薄浮艷到了極點。

> 北窗聊就枕，南簷日未斜。攀鉤落綺障，插淚舉琵琶。夢笑開嬌靨，眠鬟壓落花。簟紋生玉腕，香汗浸紅紗。夫婿恆相伴，莫誤是倡家。（蕭綱〈詠內人晝眠〉，《玉台新詠》卷七）
>
> 夜間長歎息，知君心有憶。果自閨闥開，魂交睹容色。既薦巫山枕，又奉齊眉色。立望復橫陳，忽覺非在側。那知神傷者，潺湲淚沾臆。（沈約〈夢見美人〉，《玉台新詠》卷五）
>
> 麗宇芳林對高閣，新妝艷質本傾城。映戶凝嬌乍不進，出帷含態笑相迎。妖姬臉似花含露，玉樹流光照後庭。（陳後主〈玉樹後庭花〉，《先秦漢魏晉南北朝詩‧陳詩》卷四）

宮體詩能蔚為詩壇一股風潮自有其時代背景，但由「亡國之音」或「色情詩」的不屑稱呼，可看出後人對它的鄙夷心態，但它的後勁卻不小，每當新式文學未創一格、或末世文學欲振乏力之際，它又會趁虛而入，使詩壇瀰漫頹廢輕綺的氣息。

北朝詠女性詩寥寥可數，〈木蘭詩〉以鶴立雞群之姿掩蓋他詩之光彩，筆者將於下一節深入分析。北朝樂府寫戀愛中女性的詩篇亦不多，其溫柔婉約的口吻與以男子質樸直率口吻寫作的愛情詩迥然異趣。

> 心中不能言，腹作車輪旋。與郎相知時，但恐傍人聞。（〈黃淡思歌〉）
>
> 腹中愁不樂，願作郎馬鞭。出入攬郎臂，蹀座郎膝邊。（〈折楊柳歌〉）

二詩以剛健之筆抒溫柔之情，於爽健之中寓纏綿之致，在情歌中倒也別具一格。

綜合上述，《詩經》中所敘寫的女性大多是閨閣中之女性，其敘寫之方式，亦多以寫實之口吻出之。《楚辭》中所敘寫的女性，則多非實有，其敘寫之方式，乃大多以喻託之口吻出之。吳歌、西曲中所敘寫之女性，則多為戀愛中之女性，其敘寫之方式多以女性口吻出之。至於宮體詩中所敘寫之女性，則多為男子目光中所見之女性，其敘寫之

方式乃大多以「巧構形似」的詠物口吻出之。唐代詩人遂由此沃土膏壤吸取養分並彌加雕琢，使詠女性詩綻放出更多采多姿的光芒。

第二節　詠女性詩歌所呈現的女性形象

　　唐以前的詠女性詩大都以閨閣中婦女為吟詠的對象，宮體詩中雖然有大量的愛妾歌姬、青樓煙花，但她們並沒有獨立的人格、鮮明的形象，只是男人的寵物，故底下乃是根據閨閣中婦女所作的分類。

一、節婦烈女型

　　本小節包括守節與殉身兩種類型的婦女，分敘如下：

1、漢·辛延年〈羽林郎〉：

　　昔有霍家奴，姓馮名字都，依倚將軍勢，調笑酒家胡。胡姬年十五，春日獨當壚。長裾連理帶，廣袖合歡襦。頭上藍田玉，耳後大秦珠。兩鬟何窈窕，一世良所無。一鬟五百萬，兩鬟千萬餘。不意金吾子，娉婷過我盧，銀鞍何煜爚，翠蓋空蜘蹰。就我求清酒，絲繩提玉壺。就我求珍肴，金盤鱠鯉魚。貽我青銅鏡，結我紅羅裾。不惜紅羅裂，何謂輕賤軀。男兒愛後婦，女子重前夫。人生有新故，貴賤不相踰。多謝金吾子，私愛徒區區。（《古詩源》卷一）

郭茂倩《樂府詩集》對〈羽林郎〉有以下的註解：

　　《漢書》曰：「武帝太初元年，初置建章營騎，後更名羽林騎。……」顏師古注：「羽林，宿衛之官，言其如羽之疾，如林之多。一說，羽所以為主者羽翼也。」《後漢書·百官志》：「羽林郎，掌宿衛侍從。……」

由前後漢書的說明可知羽林軍即皇家的禁衛軍，羽林郎則是統率羽林軍的軍官，但本篇實際內容乃是寫家奴倚勢調戲酒家胡姬，遭胡姬勇敢抗拒的的事例。題為〈羽林郎〉，詩中又稱「金吾子」，除了表示他的驕橫外，可能還有招搖撞騙之意。

　　本詩前四句開門見山指出豪門爪牙公然「妻略婦女」。從「長裾

——萬餘」八句鋪敘胡姬裝束之美，以聲東擊西的方式寫女性之美。
從「不意金吾子」以下，詩人用胡姬的口吻來敘述情節的發展：豪貴
的金吾子裝模作樣來到了酒店，走近胡姬向她要美酒，又向她要上品
的荣肴。豪奴在飽暖之餘漸思淫欲，胡姬在受到「貽我青銅鏡，結我
紅羅裙」的調戲誘惑時，即以一種蕭然的斬釘截鐵的態度加以拒絕。
末六句，一是訴諸自己不倍以命護節的決心，以此勝阻對方的意圖。
一是訴諸道德規範，並且借題發揮，以責懲對方之無行，最後在以禮
謝絕之餘，復又隱含挪揄嘲弄之意。

　　漢代貴族無不妻妾成群，掠奪霸佔婦女之事，不絕於史書〔註11〕。
朱乾認爲本詩是斥責東漢和帝時，竇憲大將軍之兄弟竇景的手下的胡
爲，其《樂府正義》云：

　　後漢和帝永元元年，以竇憲爲大將軍。竇氏兄弟驕縱，而
　　執金吾景尤甚；奴客緹騎，強奪財貨，篡取罪人妻，略婦
　　女，商賈閉塞，如避寇讎，此詩疑爲竇景而作，蓋託往事
　　以諷今也。

即使本詩並非影射竇景之奴客緹騎，亦有其社會寫實的功能。

2、北魏・高允〈詠貞婦彭城劉氏詩〉：

　　兩儀正位，人聲肇甄。受制夫婦，統業承先。雖曰異族，
　　氣猶自然。生則同室，終契黃泉。封生令達，卓爲時彥。
　　內協黃中，外兼三變。誰能作配，克成其選。實有華宗，
　　挺生淑媛。京野勢殊，山川乖互。乃奉王命，載馳在路。
　　公務既弘，私義護著。因媒致幣，溝止一暮。率我初冠，
　　眷彼弱茢。形由禮比，情以趣諧。忻願難常，影跡易乖。
　　悠悠言邁，戚戚長懷。時值險屯，橫離塵網。伏鑽就刑，
　　身分土壤。千里雖遐，應如影響。良嬪洞感，發於夢想。
　　仰惟親命，俯尋嘉好。誰謂會淺，義深情到。畢忠守窮，

〔註11〕如《後漢書・宦者內傳》說，桓帝時宦官徐璜兄子徐宣任下邳令，「先
　　　是，求汝南太守下邳李暠女不能得，及到縣，遂將吏卒至暠家，載
　　　眞女歸，戲射殺之。」

－23－

誓不二醮。何以驗之，殞耳是效。人之處世，孰不厚生。
心存於義，所重則輕。結憤鍾心，甘就幽冥。永捐堂宇，
長辭母兄。茫茫中野，翳翳孤丘。萬蘙冥蒙，荊棘四周。
理苟不味，神必俱游。異哉貞婦，曠世靡儔。（先秦漢魏晉南
北朝詩·《北魏詩》卷一）

據《北史·列女傳》載，渤海封卓的妻子劉氏，彭城人，和封卓成婚
後，第二天，封卓便到長安去做官。後卓因事被誅，他的妻子劉氏在
家，忽然夢見丈夫已死，驚惶悲痛不已。過十幾天，果然得到丈夫被
殺的噩訊，於是劉氏也憤歎而死。高允乃根據此實事鋪敘成詩，表彰
劉氏之貞烈。

　　平實呆板的四言詩本不適於敘事，為了能娓娓造出此一悲劇故
事，勢必要增加詩的篇幅。全詩共分八段。首段說明夫婦的結合，應
乎人倫，生死永共。次段讚封卓的才能卓越，只有淑女才能與他匹配。
三段寫封卓新婚後的第二天，便受王命，入京應公。四段寫劉氏雖與
其夫分離，但思念之情未減。五段寫封卓遭刑受斬，劉氏雖然「身無
彩鳳雙飛翼」卻「心有靈犀一點通」，也夢到此事。六、七段記劉氏
對丈夫情深義厚，不願再嫁，結果卻悲痛身亡。八段記荒墳野塚淒涼
之景象，夫婦生時雖不得相見，死後魂魄必能同游，並讚嘆劉氏是世
上罕見的烈女。

3、南朝宋·吳邁遠〈杞梁妻〉：

燈竭從初明，蘭凋猶早薰。扼腕非一代，千載炳遺文。貞
夫淪莒役，杜弔結齊君。驚心眩白日，長洲崩秋雲。精微
貫穹旻，高城為隤墳。行人既迷徑，飛鳥亦失群。壯哉金
石軀，出門形影分。一隨塵壤消，聲譽誰共論？（《樂府詩集》
三十七卷）

這是一篇詠史的敘事詩。按《左傳》襄公二十三年載，杞梁是齊國的
大夫，跟從齊莊公去攻打莒國，杞梁和另一大夫華還率兵攻入敵陣，
勇猛過人，後杞梁戰死。齊莊王將杞梁的靈柩運回齊國，在郊外遇見
他的妻子，向她弔唁。她認為杞梁是為國捐軀，國君當到家裡弔問，

不得在路上。從這一點，我們可看出她是個謹守禮法的人，至於她在夫死之後如何哀傷，《左傳》上並沒有記載。經過二百多年，《禮記‧檀弓下》記曾子引杞梁妻知禮之事，跟《左傳》所載大致相同，只增加了「其妻迎其柩於路而哭之哀」一語。及至漢劉向《列女傳‧齊杞梁妻》的記載，便趨於故事化了，與《左傳》、《禮記》的記載稍有不同。他增加了一些情節：杞梁戰死後，他的妻子枕尸哭於城下十日，城牆因而崩頹。既葬後，杞梁妻感傷自己無親人，便投淄水而死。

　　本詩乃揉合史事與民間流傳的故事。首四句，由興而起，強調杞梁妻之知禮，貞烈將永留青史。從「貞夫——隤墳」則敘述其本事。末六句以後人之扼腕讚嘆作結。

　　漢代是儒家禮教形成的時代，古代三禮（《周禮》、《儀禮》、《禮記》）中未行的制度，都徐圖實行，對婦女的言行限制日多，不但朝廷以法律獎勵貞節〔註12〕，社會上亦流傳兩本女教的聖典。男尊女卑的觀念，夫為妻綱的道理，和三從四德的典型，雖然在先秦早就有了，但很散漫、很空泛，劉向《列女傳》寫作的動機乃是褒揚有美行的婦人，藉以諷刺趙飛燕姐妹溷亂內庭、嫉殺後宮的種種罪行，及至班昭《女誡》開始對婦女有了許多瑣碎的規範，諸如卑弱曲從、敬慎專心等，才有系統地把壓抑婦女的思想編纂起來。魏晉南北朝雖是大動蕩時代，儒家主導的禮儀規範逐漸崩潰，但其貞節觀念卻絲毫不止放鬆。如《北史‧列女傳》云：「蓋女人之德，雖在溫柔，立節垂名咸資於貞烈。」社會風氣如此，士大夫亦有不少表彰節婦烈女的詩篇，除了本小節三首外，其他如〈陌上桑〉〈秋胡行〉亦是同樣主題的樂府詩。

二、寬容深情型

　　本小節包括溫柔敦厚的棄婦及深情款款的人妻。分敘如下：

〔註12〕《後漢書‧宣帝本紀》載，神爵四年，詔賜貞婦順女帛，是有史以來第一次褒獎貞順。《後漢書‧安帝本紀》亦有旌表貞節之事。其云：「元初六年二月，詔賜貞婦有節義穀十斛；甄表門閭，旌顯厥行。」

1、〈衛風・氓〉乃棄婦自傷之詩：

氓之蚩蚩，抱布貿絲。匪來貿絲，來即我謀。送子涉淇，
至于頓丘。匪我愆期，子無良媒。將子無怒，秋以爲期。
乘彼垝垣，以望復關。不見復關，泣涕漣漣，既見復關，
載笑載言。爾卜爾筮，體無咎言。以爾車來，以我賄遷。
桑之未落，其葉沃若。于嗟鳩兮，無食桑葚。于嗟女兮，
無與士耽。士之耽兮，猶可說也：女之耽兮，不可說也。
桑之落矣，其黃而隕。自我徂爾，三歲食貧。淇水湯湯，
漸車帷裳。女也不爽，士貳其行。士也罔極，二三其德。
三歲爲婦，靡室勞矣。夙興夜寐，靡有朝矣。言既遂矣，
至于暴矣。兄弟不知，咥其笑矣。靜言思之，躬自悼矣。
及爾偕老，老使我怨。淇則有岸，隰則有泮。總角之宴，
言笑晏晏，信誓旦旦。不思其反。反是不思，亦已焉哉！

本詩共分六章，每章十句，共二百四十字。一、二章是追述兩人相愛
和結合的經過。三章述女子追悔自陷情網。四章寫女子因被棄而對男
子的負心表示怨恨。五章述女子因無所託而自悲不幸。六章以女子悔
恨交加的口吻作結。整首詩通過女主角的告白來展現情節，並以女方
的吃苦耐勞、勤儉持家卻遭見棄的命運，對比出男方的忘恩負義、苛
刻無情。

　　本詩在刻劃人物、展現情節上已略具敘事詩的雛型。但是該詩在
三、四章中，分別以桑葉的鮮嫩和黃落起興，以引起女子由熱戀到被
棄的整個經過，暗示她被棄的原因是色衰，及末章「淇則有岸，隰則
有泮」等興體的表現，顯然寫作的重點就漸漸轉移到抒情上來了。故
本詩還不能算是完全敘事的作品〔註13〕。

2、漢・無名氏〈白頭吟〉云：

皚如山上雪，皎若雲間月。聞君有兩意，故來相決絕。今
日斗酒會，明旦溝水頭。躞蹀御溝上，溝水東西流。淒淒
復淒淒，嫁娶不須啼。願得一人心，白頭不相離。竹竿何

〔註13〕同註5。

　　蝹蝹，魚尾何簁簁，男兒重意氣，何用錢刀爲？（《古詩源》
　卷一）

這是一首女子寫給負心男子的決絕詞。關於此詩的本事，各家的說法
很多，主要癥結在──本詩究竟是漢代街陌民謠，反映社會普遍現
象；抑或如《西京雜記》所謂：「司馬相如將聘茂陵女爲妾，卓文君
作〈白頭吟〉以自絕。」玩索詩意，似與卓文君無關，也許卓文君另
有一篇〈白頭吟〉，但歌辭已失傳，後來便把這首民歌〈白頭吟〉，附
會到司馬相如和卓文君的事上。另外，東漢班固的詠史詩，是著名文
人純用五言體之最早作品，象徵五言詩正式成立，而其文尙且質木無
文，如何可能在西漢武帝時期產生如此成熟的五言詩呢？

　　本詩前兩句指出她對愛情抱持著純淨無暇的信念，一旦得知丈夫
另結新歡，便毅然決然地與他決絕。本篇不像其他棄婦詩那樣充滿了
可憐的企求和無可奈何的哀怨，而是對薄倖的丈夫發出怨咀，認爲他
不該用金錢來賣斷她的心。「願得一人心，白頭不相離」兩句，是她
發自內心的沈痛呼聲，也概括了千百年來無數女子夢寐以求的願望。

3、漢・張衡〈同聲歌〉：

　　邂逅承際會，得充君後房。情好新交接，恐慄若探湯。不
才勉自竭，賤妾職所當。綢繆主中饋，奉禮助蒸嘗。思爲
莞蒻席，在下蔽匡床。願爲羅衾幬，在上衛風霜。酒掃清
枕席，鞮芬以狄香。重戶結金扃，高下華燈光。衣解巾粉
御，列圖陳枕張。素女爲我師，儀態盈萬方。眾夫所希見，
天老教軒皇，樂莫斯夜樂，沒齒爲可忘。（《玉台新詠》卷一）

本詩乃是作者假設婦人的口吻取悅於夫君的詩。「綢繆主中饋」二句
及「酒掃清枕席」四句指出婦人辛勤以禮操持家務。「思爲莞蒻席」
四句指出願成爲莞蒻的席子，在下覆蓋了安舒的匡床；願成爲羅織的
衾帳，在上抵擋風霜，實在蘊含了無限的濃情密意。「衣解巾粉御」
以下，皆寫房中之事，她用心地依〈素女經〉、〈素女方〉、〈天老雜子
陰道〉諸書的指示來承歡夫君。

　　本詩並不是站在男女平等的角度來歌詠兩情歡洽，而是女方單意

取悅討好男方，這種神情與口吻頗似臣子之事君。故《樂府解題》云：

> 言婦人自謂幸得充閨房，願勉供婦職，不離君子。思爲莞草，在下以蔽匡床、衾裯，在上以護霜露。繾綣枕席，沒齒不忘焉。以喻臣子之事君也。

唐以前的詠女性詩以這類型婦女最多，或藉此反映社會現象，或純粹吟詠，或別有寓託，但所詠的女性大多形象不鮮明或非實有其人。

三、其 他

本小節包括賢慧能幹的主婦，豪氣干雲的英雌及孟浪風騷的太后，分析如下：

1、漢・無名氏〈隴西行〉：

> 天上何所有？歷歷種白榆；桂樹夾道生；青龍對道隅；鳳凰鳴啾啾，一母將九雛。顧視世間人，爲樂甚獨殊。好婦出迎客，顏色正敷愉，伸腰再拜跪，問客平安不？請客北堂上，坐客氈氍毹，清白各異樽，酒上正華疏；酌酒持與客，客言主人持，卻略再拜跪，然後持一杯。談笑未及竟，左顧敕中廚，促令辦麤飯，愼莫使稽留。廢禮送客出，盈盈府中趨，送客亦不遠，足不過門樞。取婦得如此，齊姜亦不如。健婦持門戶，亦勝一丈夫。（《樂府詩集》三十七卷）

前四句乃是寫天上的景色，與〈步出夏門行〉〔註14〕的結尾四句同，可知這是漢樂府用來形容天上景物的俗爛套語。由「好婦——氍毹」言婦有容色，能應門承賓，「清白——稽留」九句言婦善于主饋，「廢禮」以下六句言送迎有禮，末二句讚美主婦的行止合宜、賢慧能幹。

在要求女子要卑順屈從的古代社會中，我們罕在詩歌裡發現能夠應對自如、獨當一面的主婦。在彌漫思婦、棄婦哀怨愁思的詠女性詩中，這首詩顯示其獨特的時代性——漢代是個大肆表揚模範人

〔註14〕詩云：「邪徑過空廬，好人常獨居。卒得神仙道，上與天相抉。過謁王父母，乃在太山隅，離天四五里，道逢赤松俱。攬轡爲我御，吾將上天遊。天上何所有？歷歷種白榆。桂樹夾道生，青龍對伏趺。」

物時代，故歌詠各種模範婦女的事蹟就成了樂府詩的創作方向之一
〔註15〕。

2、北魏・無名氏〈木蘭詩〉：

> 唧唧復唧唧，木蘭當戶織。不聞機抒聲，唯聞女嘆息。問
> 女何所思，問女何所憶。女亦無所思，女亦無所憶。昨夜
> 見軍帖，可汗大點兵。軍書十二卷，卷卷有爺名。阿爺無
> 大兒，木蘭無長兄。願爲市鞍馬，從此替爺征。東市買駿
> 馬，西市買鞍韉。南市買轡頭，北市買長鞭。旦辭爺娘去，
> 暮宿黃河邊。不聞爺娘喚女聲，但聞黃河流水鳴濺濺。旦
> 辭黃河去，暮至黑山頭。不聞爺娘喚女聲，但聞燕山胡騎
> 聲啾啾。萬里赴戎機，關山度若飛。朔氣傳金柝，寒光照
> 鐵衣。將軍百戰死，壯士十年歸。歸來見天子，天子坐明
> 堂。策勳十二轉，賞賜百千強。可汗問所欲，木蘭不用尚
> 書郎。願馳千里足，送兒還故鄉。爺娘聞女來，出郭相扶
> 將。阿姐聞妹來，當戶理紅妝。小弟聞姐來，磨刀霍霍向
> 豬羊。開我東閣門，坐我西閣床。脫我戰時袍，著我舊時
> 裳。當窗理雲鬢，對鏡貼花黃。出門看伙伴，伙伴皆驚惶。
> 同行十二年，不知木蘭是女郎。雄兔腳撲朔，雌兔眼迷離。
> 雙兔傍底走，安能辨我是雌雄？《古詩源》卷四）

本詩是敘述少女木蘭代父從軍的故事，背景是魏與柔然的戰爭，她女
扮男裝馳騁沙場的傳奇經歷，帶著濃厚的神話色彩，她是個孝順、質
樸、英勇爽朗、不慕榮利的鄰家女，但又是個何其耀眼的巾幗英雄。
本篇揉合了現實主義和浪漫主義，又以其藝術魅力贏得千百年來廣大
民眾的喜愛。

　　〈木蘭詩〉不但在思想上有著積極的意義，就是在藝術上也有不
朽的成就，茲以其情節安排、人物塑造、寫作技巧，一窺其藝術成就。
　　一、情節安排。本詩用順敘法寫木蘭代父出征、征途思親、十年
征戰、獲勝辭賞和歸家團聚的經過。對於每個具體情節的安排，作者

〔註15〕康正果《風騷與艷情》，頁109，雲龍出版社，1991年。

並不是平均使用筆墨，而是有繁有簡。如「萬里赴戎機」六句以精簡之筆概括十年間萬里的跋涉及鑠炳的戰功；「爺娘聞女來」六句則是用排比鋪敘之手法，通過爺娘、阿姐、小弟各有特徵的行動，寫出他們歡悅的心情。

　　二、人物塑造。本詩通過木蘭本身的活動、心裡刻劃及對話，生動地塑造出木蘭的形象。如「唧唧——爺征」寫木蘭見到軍帖後憂心忡忡，不知所措，最後決定代父從軍。「且辭爺娘去」八句以對比的寫法，刻劃出初次離家的女子的心裡感受——寂寥的黃河和黑山頭，與家裏自然不同，淒切悲壯的自然聲音，與爺娘親切的喚女聲，自然更不同。這樣的描寫是合情合理的，正是看出木蘭既有英雄氣概的一面，也有兒女情長的一面。「可汗問所欲」四句，以對話直接傳達木蘭淡泊名利的性格，及急切思歸的心情。

　　三、寫作技巧。〈木蘭詩〉的民歌風格非常濃厚，樸質俚俗的語調，讀來琅琅上口，生動活潑的描寫，更使人百讀不厭。民歌常用的起興、頂眞、複疊、比喻、誇張、問答等修辭手段，都運用得妥貼恰當。如「軍書十二卷，卷卷有爺名」、「歸來見天子，天子坐明堂」，尾首蟬聯，這是頂眞；「問女何所思，問女何所憶。女亦無所思，女亦無所憶」，這是問答：「東市買駿馬，西市買鞍韉，南市買轡頭，北市買長鞭」四句，是民歌特有的序敘式構句。再如詩末雌雄雙兔的比喻，詼諧新奇又具有地域色彩，充滿北方爽朗質樸的風味。

　　范文瀾先生說：「北朝有〈木蘭詩〉一篇，足夠壓倒南北兩朝全部士族詩人。」這並不是過甚其辭。它對後世的影響極大。就家喻戶曉、傳誦之廣而言，它在樂府詩中可稱是首屈一指的。

3、北魏・胡太后〈楊白花〉：

　　陽春二三月，楊柳齊作花。春風一夜入閨闥，楊花飄蕩落南家。含情出戶腳無力，拾得楊花淚沾臆。春去秋來雙燕子，願銜楊花入窠裏。（《古詩源》卷四）

據《漢書》記載：

> 楊華少有勇力，容貌雄偉，魏太后逼通之。華懼及禍，乃
> 率其部曲降梁，太后思之，爲作楊白花歌，使宮人進臂踏
> 足歌之，聲甚悽惋。

而《南史》則說：

> 楊華本名白花，奔梁後名華，魏名將楊大眼之子也。

楊白花的名字跟梅花互爲相關，「陽春二三月，楊柳齊作花」時，她怎能不睹物思人呢？本詩音韻纏綿，令讀者感其深情而忘其穢褻。唐柳宗元〈楊白花〉亦以若隱若露之手法直詠其事。詩云：

> 楊白花，風吹度江水。坐令宮樹無顏色，搖蕩春光千里春。
> 茫茫曉日下長秋，哀歌未斷歌鴉起。（《全唐詩》卷三五三）

　　以上三類型婦女在唐以前的詠女性中可算是鳳毛鱗角，但它們的出現並不意味女性地位的提昇，因爲南北人性格不同，北人寫女性之美，特別喜歡寫英爽之姿，而胡太后有權有勢，故可仿效皇帝置面首。

小　結

　　唐以前的詠女性詩以樂府詩中的女性形象最鮮明，因爲五言詩的興起、成熟，有助於敘事詩之發展，透過詩中人物本身的活動、心理刻劃、獨白及對話，可以突顯性格，塑造出栩栩如生的藝術形象。漢魏樂府所詠者多爲閨閣婦女，六朝樂府雖擴及於愛妾家妓、北里娼女，但女道士則闕而不見。女道士是唐代社會中極特殊的身分類型，有的甚至過著半猖妓的生活，女冠、娼妓與文人進士的密切交往，助長了詩歌中的浪漫情調。唐代詠女性詩歌不但洋溢著浪漫情調，同時也閃爍著人道關懷的社會寫實精神，可謂在承襲中兼有創新，並放射出無與倫比的魅力。

第三章　唐詩中所呈現的女性形象

　　本章是內涵的分析，形象的歸類。提供鮮明活絡的形象的主要訊息來源有三：情境、目標人的特質、觀察者本身的特質。就目標人而言可分爲實存與虛擬兩型，每個人又有具體的外在形象及抽象的內在形象，因外在形象易導致觀察者先入爲主的印象，故形象研究應當以內在形象爲主、外在形象爲輔。觀察者根據目標人在特定時空的各種活動、獨白與對話、心理狀態的變化，裨以獲得其內在形象，但根據觀察者不同的審物角度，所獲得的形象也因人而異。雖然每個人有屬於其個人的刻板印象，但團體間態度的刻板印象通常是社會刻板印象，本論文即屬於社會形象的研究。所謂「美艷風騷」、「華麗驕奢」、「節婦烈女」、「寬容深情」諸形象即意含著人格的品鑑，在社會團體中屬於同一身份階層者往往有相同的屬性，據此，本章將唐詩中所呈現的女性形象細分成十四類，每類皆擇錄男、女詩人的作品，雖然兩性在詩歌的造詣上有高下之別，但女詩人的加入，不僅讓我們得到更眞實的女性形象，同時也可以看出兩性不同的創作角度。

第一節　節婦烈女型

　　普通「婦」字與「女」字並用時，「婦」字是含有已嫁的意義，「女」

字則含未嫁的意義。但以下的節婦和烈女，並不這樣區分。節婦不僅指已嫁而能守節者，未嫁而能守節者也可算爲節婦，烈女不單指未嫁而能守貞者，已嫁而能守貞者也可算爲烈女。那麼，節婦和烈女有何區別呢？最主要的分別是在「節」與「烈」兩字上。節婦只是犧牲幸福或毀壞身體以維持她的貞操，而烈女則是犧牲生命或遭殺戮以保她的貞潔。前者是「守志」，後者是「殉身」。她們都受封建道德的束縛而犧牲，方法雖然不同，原因卻無差異。茲就不同的身份所呈現的形象分爲四小類，一一探討如下：

一、矜重節烈的皇室后妃

據《周禮》載，王者之后，三夫人、九嬪、二十七世婦、八十一女御，以備內職焉。後世乃因革損益，唐代宮人依其出身、職位、官品可分爲：皇后、內官、宮官、宮女、宮婢、梨園樂伎和雲韶院宮妓七種。才人以上爲內官才有進幸的機會，但內官、宮官皆爲皇帝妻妾，有陪葬的「殊榮」，如果皇上先她們下黃泉，她們還可能被逼出家爲尼冠。宮女以下爲無官品的宮人，才有機會被恩放〔註1〕。

本小節探討的對象是宮官以上的皇室后妃，至於宮女以下的宮人留待第四小節討論。唐詩中呈現矜重節烈形象的后妃，有春秋時的息夫人、漢班婕妤、漢唐姬及唐孟才人。依序敘述如下：

1、宋之問〈題桃花洞息夫人廟〉：

> 可憐楚破息，腸斷息夫人。仍爲泉下骨，不作楚王嬪。楚王寵莫盛，息君情更親。情親怨生別，一朝俱殺身。（卷五十一）

息嬀是春秋時息君夫人，故稱息夫人，又稱桃花夫人。據《左傳、楚莊公》載，因蔡哀侯向楚王稱讚息夫人的美貌，尋致楚滅息。息夫人被擄進楚宮，後來生二子，即睹敖與成王。但她始終不說話。楚王追問其故，她答道：「吾一婦人而事二夫，縱弗能死，其又奚言？」息夫人不幸的遭遇及無言的抗議，在當時一向被傳爲美談。宋詩即吟詠

〔註1〕李玉珍《唐代的比丘尼》，頁209，學生書局，1989年。

此事，並讚許息夫人「一生雖抱楚王恨，千載終爲息地靈」〔註 2〕之節烈。

2、鮑溶〈辭輦行〉：

漢家代久淳風薄。帝重微行極荒樂。青娥三千奉一人。班女不以色事君。朝停玉輦詔問載。三十六宮皆眄睞。不驚六馬緩天儀。從容鳴環前致辭。君恩如海深難竭。妾命如絲輕易絕。願陪阿母同小星。敢使太陽齊萬物。周末幽王不可宗。妾聞上聖遺休風。五更三老侍白日。八十一女居深宮。願將輦內有餘席。迴賜忠臣妾恩澤。一時節義動賢君。千年名姓香氛氳。漸臺水死何傷聞。(卷四八五)

孝成班婕好，帝初即位選入後宮，俄而大幸。她並非以美色邀寵，而是以淑範懿行獲得皇帝的敬重。《漢書、孝成班婕妤》載：

成帝遊於後庭，嘗欲與婕妤同輦載，婕妤辭曰：「觀古圖畫，賢聖之君皆有名臣在側，三代末主乃有嬖女，今欲同輦，得無近似之乎？」(卷六十七)

班女拒絕與皇帝同輦，並進言以賢才佐君子之事，深獲史家稱許，但先色後德的成帝旋及冷落了班婕妤，辜負她對他成爲賢聖之君的期望。後來，趙飛燕姊弟驕妒，婕妤恐久而見危，乃要求退居長信宮供養太后。鮑詩本此，除了褒揚班婕妤的肅雍之德外，並諷刺成帝的荒淫。

3、李賀〈漢唐姬飲酒歌〉：

御服沾霜露。天衢長蓁棘。金隱秋塵姿。無人爲帶飾。玉堂歌聲寢。芳林煙樹隔。雲陽臺上歌。鬼哭復何益。鐵劍常光光。至兇威屢逼。彊梟噬母心。奔厲索人魄。相看兩相泣。淚下如波激。寧用清酒爲。欲作黃泉客。不說玉山頹。且無飲中色。勉從天帝訴。天上寡沈厄。無處張繐帷。如何望松柏。妾身晝團團。君魂夜寂寂。蛾眉自覺長。頸粉誰憐白。矜持昭陽意。不肯看南陌。(卷三九四)

〔註 2〕羅隱〈息夫人廟〉，《全唐詩》卷六六三，明倫出版社，1978 年。

李賀此詩乃歌頌唐姬之節烈。據《後漢書、皇后紀》載，董卓廢少帝（劉辯）為弘農王。明年，山東義兵大起討卓。卓乃置弘農王於閣上，使郎中令李儒進毒酒曰：「服此藥，可以避惡。」王曰：「我無疾，是欲殺我耳。」王不得已乃與妻唐姬及宮人飲酒譏別，氣氛十分淒涼。王謂姬曰：「卿王者妃，勢不復為吏民妻，自愛，從此長辭。」遂飲藥而死。王死時年僅十八。唐姬後歸穎川故里，父會稽太守瑁欲嫁之，姬誓不許。

李詩前四句說，劉辯喪失帝位，流離草野，宮中道路長滿荊棘，有如富麗的金器被灰塵覆蓋著。五到八句說，玉殿的歌聲既已停息，苑囿的花木也不能再見，只有在閣上和唐姬對歌，空作無益的悲哭。九到十二句說，董卓派李儒下毒，執劍威逼，如同食母的鴟梟，索魂魄的兇鬼一般。十三句到二十句說，帝和唐姬相對痛哭，哪裡還喫得下酒呢？他們立刻就要生死永別，不用說醉，連臉也不會紅。既然沒有生存的希望，只有向天帝申訴。天上光明公正，應該很少有這種黑暗、冤苦的事！末八句是作唐姬的語氣說，你被害之後，既不能陳設靈几，也不知如何安葬，叫我從何處來一望墳墓呢？你魂魄長夜寂寞，我終日繞室徬徨，蛾眉粉頸，空自憐歎，但是決不忘掉你臨終時所說的話，一定保持自愛，死守閨中！

4. 張祐〈孟才人歎〉：

偶因歌態詠嬌嚬，傳唱宮中十二春。卻為一聲何滿子，下泉須弔舊才人。（卷五一一）

張祐於詩前有並序，說明寫詩原由。會昌末年，唐武宗疾痛日篤，孟才人相伴榻前，武宗知道自己年壽將終，彌留之際問孟才人說：「我如果不諱，你為我做什麼！」孟才人指著笙囊，哭泣著說：「皇上如果不諱，妾請用那笙囊自縊。」武宗滿足之餘，也流露出幾分憐惜。孟才人又說：「妾時常為皇上唱歌，現在，請讓妾為皇上獻唱何滿子，一泄我胸中憤懣！」孟才人唱完〈何滿子〉，頓時氣急胸悶，當場倒地昏死。武宗令醫官診視，醫官說：「脈尚溫而腸已絕矣！」武宗駕

崩後，靈柩沈重無法抬起。知情的人便說：「莫非皇上在等孟才人？」孟才人的棺材來了，按放在武宗靈柩旁邊，果然武宗的靈櫬也可以抬起來了。

張祐認為「才人以誠死，上以誠命，雖古之義激，無以過也。」然而對一個日薄西山的人，一定要拉個年輕貌美的女子陪葬的情形，感到相當憤慨！因寫下孟才人歎，聊為興歎！

張祐〈孟才人嘆〉乃根據王賢妃為武宗自殺殉葬之事寫成，但有若干不符史實之處。其一，《新唐書、武宗王賢妃》云：

> 武宗賢妃王氏，邯鄲人，失其世。年十三，善歌舞。得入宮中。穆宗以賜穎王。性機悟。開成末，王嗣帝位，妃陰為助畫，故進號才人，遂有寵。

可知，王賢妃之得寵，非僅她善歌舞，而是她陰助武宗得帝位。

其二，同書又云：

> 俄而（武宗）疾侵，才人侍左右，帝熟視曰：「吾氣奄奄，情慮耗盡，顧與汝辭。」答曰：「陛下大福未艾，安語不祥？」帝曰：「脫如我言，奈何？」對曰：「陛下萬歲後，妾得以殉。」帝不復言。及大漸，才人悉取所常貯散遺宮中，審帝已崩，即自經幄下。（卷七十七）

由上可知，王賢妃並非演唱〈何滿子〉後，悲傷不可遏制而死，而是當她將資產分贈宮闈中人、得知武帝已駕崩後，方才自殺殉葬。

王賢妃為武宗自殺殉葬之事讓詩人感到相當憤慨，或許為求隱晦，或許為了增添戲劇性，詩人並非如實記載，而是注入若干想像的成份。

本節前三首乃吟詠史事，表彰古代后妃之貞烈，後一首係感時之作，抨擊內官陪葬之陋習。

二、守志堅心的裙布荊釵

男尊女卑的古代社會，對於婚姻有雙重標準。男子可擁有三妻四妾，享齊人之福，但女子以溫柔敦厚，不事二夫為貴。在〈上山采蘼

蕪〉一詩中〔註3〕，女子被休之後遇見故夫，仍一本柔婉謙卑的口吻；而故夫以生產技術來衡量新人、故人高下，實在只是把女子物化爲家庭勞動的工具。

幾乎所有的女性教科書都是以男性爲中心，要求女子要卑弱、貞順。如漢班昭《女誡》云：

> 清閑貞靜、守潔整齊、行己有恥、動靜有法，謂婦德。（婦行第四）

> 禮夫有再娶之義，婦無二適之文。故曰夫者天也，天固不可逃，夫固不可離也。（專心第五）

又如唐《宋尚宮女論語》言：

> 古來賢婦九烈三貞，名標青史，傳到宜今，後生宜學。初匪難行，第一守節，第二清貞。……夫妻結髮，義重千金，若有不幸，中路先傾，三年重服，守志堅心，保家持業，整頓墳塋，殷勤訓後，存歿光榮。（守節章）

它們旨在強調婦德的培養，使婦女能認同社會約束婦女的道德規範，達到潛移默化的薰陶作用。

除了社會的箝制力量外，在「百年修得共枕眠」的宿命觀下，「菟絲附女蘿」的古代女性不管受到多少煎熬，也要以禮自防，保全婚姻的神聖性。

唐詩中呈現守志堅心的賢妻形象者，茲就殉身、守節二種表現方式，擇要敘述：

在殉身守志方面：女人不一定要失身賊庭，才會粉身不顧、視死如歸。當她專執守候的一線希望破滅時，她往往會作出「寧爲玉碎，不爲瓦全」的自毀式決定。如高適〈秋胡行〉：

> 妾本邯鄲未嫁時。容華倚翠人未知。一朝結髮從君子。將妾迢迢東魯陲。時逢大道無艱阻。君方遊宦從陳汝。蕙樓獨臥頻度春。彩閣辭君幾徂暑。三月垂楊蠶未眠。攜籠結侶南陌邊。道逢行子不相識。贈妾黃金買少年。妾家夫婿

〔註3〕漢‧無名氏〈古詩〉，《古詩源箋註》，頁120，華正書局，1984年。

經離久。寸心誓與長相守。願言行路莫多情。道妾貞心在
人口。日暮蠶飢相命歸。攜籠端飾來庭闈。勞心苦力終無
恨。所冀君恩即可依。聞說行人已歸止。乃是向來贈金子。
相看顏色不復言。相顧懷慚有何已。從來自隱無疑背。直
爲君情也相會。如何咫尺仍有情。況復迢迢千里外。誓將
顧恩不顧身。念君此日赴河津。莫道向來不得意。故欲留
規誡後人。（卷二百十三）

此詩乃就樂府古題，敷衍秋胡戲妻的故事﹝註4﹞。記述秋胡子婚後三
日便外出做官，數年後返家，在家鄉附近見一女子採桑，他便以黃金
相誘，乘機挑以戲謔之詞。婦人嚴厲地回絕了秋胡，憤然離去。直至
回到家中，秋胡子發現他剛才調笑的婦人正是自己的妻子，感到很慚
愧。秋胡妻也認出了他，怨憤丈夫的不專情，便投河而死。

　　在清貞守節方面：唐詩中以望夫石、望夫山的傳說爲題材的詩
約有十首之多，可見這則淒美的故事多爲人津津樂道。據《幽明錄》
載：

　　　武昌陽新縣北山上有望夫石，狀若人立。相傳昔有貞婦，
　　　其夫從役，遠赴國難，婦攜弱子，餞送此山，立望夫而化
　　　爲立石，因以爲名焉。

這個故事起源於今湖北武昌附近，由於流傳廣泛，許多地方都有望夫
山、望夫石、望夫台。

　　在眾多〈望夫石〉詩中，王建的詩感情深切，獨具特色。詩云：

　　　望夫處，江悠悠。化爲石，不回頭。山頭日日風和雨，行
　　　人歸來石應語。（卷二九八）

首先言望夫的地點。這裡有浩浩蕩蕩的江水，江畔有高山屹立著，與
有狀如女子翹首遠眺的巨石。「江悠悠」既是寫景狀物，又是摹情寫
人，這悠悠不盡的情思恰似亙古東流的江水。思婦化爲望夫石後，日
日月月、歲歲年年的風吹雨打，也無法磨損她對愛情至死不渝的信
念。最後詩人突發奇想，作了浪漫的推想，如果良人回來：石婦一定

────────────

﹝註4﹞見漢·劉向《列女傳》及《西京雜記》。

會開口向他傾訴這千萬般離情別緒。

　　這首詩於平淡質樸中，蘊含著豐富的內容。詩人本著人道主義精神，將望夫石塑造成有血有肉的貞婦形象，故能引起人們共鳴、流傳千古。

　　有些詩男作家以女性自比，表面上寫男女之情，骨子裡卻是政治詩。如張籍〈節婦吟寄東平李司空師道〉：

> 君知妾有夫，贈妾雙明珠，感君纏綿意，繫在紅羅襦。妾家
> 高樓連苑起，良人執戟明光裡。知君用心如日月，事君誓擬
> 同生死。還君明珠雙淚垂，恨不相逢未嫁時。（卷三八二）

唐憲宗年間，平盧節度使李師道擁兵自重，千方百計勾結朝廷中的官吏和文人，圖謀不軌。這首詩是拒絕李師道的攏絡收買而寫的。詩人借男女之情來喻交遊之事，把自己比作一個堅貞不貳的少婦。表現手法既巧妙又含蓄，既委婉又堅決。胡適云：

> 這種詩有一底一面：底是卻聘，面是一首哀情詩。丟開了
> 謎底，仍不失爲一首絕好的情詩。這才叫做「言近而旨
> 遠」。〔註5〕

　　拋卻「底」，僅言其「面」，張籍本意當在寫已婚婦女之情感生活與道德觀念之衝突矛盾〔註6〕。女子接受愛慕者贈予象徵團團圓圓的雙明珠，又將它繫在紅羅襦上，但她畢竟是恪守婦德的中國婦女，雖然難以割捨，終能慧劍斬情絲，將明珠退還，並斬釘截鐵地申明欲與夫婿同生死的決心。

　　雖然有些衛道人士提出批評意見〔註7〕，但只要堅守道德藩籬，經挑逗而不爲所動，仍不失爲節烈。葉師慶炳云：

> 在舊婚姻制度之下，女性偶對所喜愛之對象動情，亦人情

〔註5〕胡適《白話文學史・上卷》，頁147，遠流出版公司，1986年。
〔註6〕葉師慶炳《中國文學史上卷——中唐詩》，學生書局，1987年。
〔註7〕如元・俞德鄰《佩齋輯聞》說：「禮，男女受授不親，婦人從一，理
　　　不應受他人之贈。今受明珠而繫襦，還明珠而垂淚，其愧於秋胡之
　　　妻多矣。尚得謂之節婦乎？」

之常；而此婦能於最後懸崖勒馬，還君明珠，走回道德之
藩籬，維護家庭之完整，此非節婦而何？〔註8〕

其言甚是！

　　以上數首詩都是從男性觀點吟詠婦德、塑造節婦形象。唐詩中亦
有節婦的自我告白。程長文遭強暴，抵死不從，反被強暴者誣告下獄，
因獻詩使君雪冤。在〈獄中書情上使君〉云：

強暴之男何所爲。手持白刃向簾幃。一命任從刀下死。千
金豈受暗中欺。我心匪石情難轉。志奪秋霜意不移。血濺
羅衣終不恨。瘡黏錦袖亦何辭。……但看洗雪出圜扉。始
信白圭無玷缺。（卷七九九）

程長文的夫婿長年在外求取功名，她幽居獨處已有十年之久〔註9〕。
對於棄糟糠而不顧的薄情郎，她絲毫沒有怨言，除了朝夕思念，也願
意癡情無悔地等下去。當歹徒乘虛而入，她爲了護持自我的清白無
瑕，甘於玉折蘭摧。歹徒無法得逞，竟然設計陷害，縣僚昏昧不察，
竟將長文繫於囹圄。她坎坷的身世際遇，實在令人同情！

　　綜合上述，在保守的古代中國社會，男人出外宦遊、行商或征戰，
妻了往往不得同行，她們在操持繁雜的家庭之餘，思念著在遠方而毫
無音訊的丈夫。她們雖然是蒲柳弱質，但貞心卻堅如盤石。守志堅心
的表現方式雖有殉身、守節之異，但她們都是以松筠之操自屬的女
性，也同樣受封建道德的束縛而犧牲。

三、殉身全節的紅粉知己

　　中國人是重感情的民族。對於恩情，隆重者不惜殉身以報；若今
生無法償還，來世則銜草結環報答。古「爲失己者死」不限於男性，
唐詩中也有香消玉殞隨泉台的女性，她們大都屬於社會地位低賤的婢
妾，遂選擇殉身全節來報恩。茲一一敘述如下：

〔註8〕同註6。
〔註9〕程長文〈春閨怨〉：「綺陌香飄柳如線，時光瞬息如流電。良人何處事
　　　　功名，十載相思不相見。」（卷七九九）

1、顧況〈瑤草春〉係悲李迅所納之監奴，為刺史強行婚配，既
而投井自殺的憾事。詩云：

> 瑤草春。杳容與。江南豔歌京西舞。執心輕子都。信節冠
> 秋胡。議以腰支嫁。時論自有夫。蟬鬢蛾眉明井底。燕裙
> 趙袂縈轆轤。李生聞之淚如練。不忍回頭看此井。月中桂
> 樹落一枝。池上鴛鵒啼孤影。露桃穠李自成谿。流水終天
> 不向西。翠帳綠窗寒寂寂。錦茵羅薦夜淒淒。瑤草春。丹
> 井遠。別後相思意深淺。（卷二六五）

「執心輕子都，信節冠秋胡」，指她守志堅心，任何美男子也無法動
搖她的信念。「露桃穠李自成谿」乃引用〈史記・李將軍列傳〉「桃李
不言，下自成蹊」的典故，指她以死明志之事，感動了匹夫凡婦。

2、喬知之〈綠珠篇〉云：

> 石家金谷重新聲，明珠十斛買娉婷，此日可憐君自許。此
> 時可喜得人情。君家閨閣不曾難，常將歌舞借人看，意氣
> 雄豪非分理。驕矜勢力橫相干，辭君去君終不忍。徒勞掩
> 袂傷鉛粉。百年離別在高樓，一旦紅顏為君盡。（卷八十一）

知之有婢曰窈娘，美麗善歌舞，為武則天的姪兒——武承嗣所奪。知
之怨惜，作此詩以寄情，秘密送給婢女，婢女傷心之餘結詩衣帶，投
井而死。

作者以石崇與綠珠的故事，澆胸中塊壘。據《晉書》載，石崇乃
晉代名富豪，有愛妓綠珠者，為趙王倫手下孫秀得知，欲指名強索而
不得，遂矯詔捕崇。綠珠秉性剛烈，墜樓自殺以殉情，石崇亦被斬於
東市。

喬知之與窈娘的下場，簡直就是石崇與綠珠的翻版。窈娘投井自
殺後，武承嗣大恨，遂捏造罪名殺害喬知之。

3、關盼盼原是徐州名妓，當尚書張建封鎮守徐州時，愛賞她的
色藝雙絕，盼盼便由青樓煙花變成燕子樓中的寵妾。張尚書死後，諸
妓紛紛離去，唯獨盼盼念舊愛而不嫁，居燕子樓十餘年。張仲素模擬
盼盼的心境，寫下哀怨婉麗、扣人心弦的〈燕子樓詩〉三首：

> 樓上殘燈伴曉霜，獨眠人起合歡床。相思一夜情多少，地
> 角天涯未是長。
> 北邙松柏鎖愁煙，燕子樓中思悄然。自埋劍履歌塵散，紅
> 袖香消已十年。
> 適看鴻雁岳陽迴，又睹玄禽逼社來。瑤瑟玉簫無意緒，任
> 從蛛網任從灰。（卷三六七）

第一首寫盼盼十多年來，無數不能入寐的一晚。首句以「伴」將燕子
樓外淒涼的景象與內心的孤寂聯系起來。次句以「獨眠人」跟「合歡
床」對比，更加強了形單影隻的落漠。三、四句言一夜相思之情，即
使是天涯地角，也不及它綿長。第二首寫盼盼撫今追昔，懷念張尚書
也哀憐自己。首句言尚書歸葬東洛的墓地，北邙山竹松柏籠罩在愁雲
慘霧中。「鎖」字代表感情的封閉，故「歌塵散」、「紅袖香消」都可
看出她的心已隨尚書的故去而死了。第三首寫盼盼感節候之變化，嘆
青春之消逝。一、二句以兩種南來北往的候鳥呈現時間之飛逝，三、
四句言槁木死灰的心境。

　　白居易與關盼盼曾有一面之緣，當他為校書郎時（唐德宗貞元二
十年，西元 804 年），張尚書於府中宴請白居易，盼盼歌舞以助興，
賓主盡歡，因此，白居易有讀贈盼盼，中有「醉嬌勝不得，風嫋牡丹
花」句。十一年後，張仲素訪白居易，吟詠他為關盼盼所寫的〈燕子
樓〉，詞甚婉麗，白居易作詩和之。詩云：

> 滿窗明月滿簾霜，被冷燈殘拂臥床。燕子樓中霜月夜，秋
> 來只為一人長。
> 鈿暈羅衫色似煙，幾回欲著即潸然。自從不舞霓裳曲，疊
> 在空箱十一年。
> 今春有客洛陽回，曾到尚書墓上來。見說白楊堪作柱，爭
> 教紅粉不成灰。（卷四三八）

白詩乃次張詩原韻，抒發對關盼盼這種生活和感情的同情。第一首前
兩句寫盼盼曉起情景。古人常以「拂枕席」、「侍枕席」這類用語指侍
妾，這裡的「拂臥床」，既暗示她的身份，也反映了她生活上的變化，

過去她為尚書拂床,而今只是為自己了。後兩句言在燕子樓有霜有月之夜,整個秋天只為了他,便漫長得令人如此難過。第二首落在過去與現在情境的對比上,尚書仍在時,著那鈿暈羅衫,輕歌妙舞霓裳之曲,如今那亮麗色澤,已如煙如霧,一片迷茫,好幾次從箱中取出,想重新穿上,尚未著裝,淚已潛然,算一算,它們疊在空箱中,已被冷落十一年了。第三首後兩句言尚書墓上的白楊樹已經長得很高大了,關盼盼的花容月貌焉得不隨時光流轉而衰弛?

可是在另一首詩中,白居易一反對盼盼的同情,認為她應該隨張尚書下黃泉,才是節婦烈女。他在〈感故張僕射諸妓〉云:

> 黃金不惜買蛾眉,揀得如此三四枝。歌舞教成心力盡,一
> 朝耳去不相隨。(卷四三六)

一位從良的青樓歌妓,因念舊而不嫁,獨守空閨十餘年,這種守情不移的決心,實在難能可貴,白居易竟然還諷刺她沒能為尚書殉情。關盼盼見詩後,滿腔心酸和淚吞,在〈和白公詩〉中表明了自己的立場:

> 自守空房恨斂眉,形同春後牡丹枝;舍人不會人深意,訝
> 道泉台不去隨。(卷八〇二)

盼盼不願因「從死」而污染張尚書的清譽,不僅基於兩者間的情愛,也是一種情義的表現〔註10〕。自從她的深意被扭曲後,她愈形憔悴、抑鬱,終於絕食而身亡,臨歿時口吟:

> 兒童不識沖天物,謾把青泥污雲毫。(卷八百二)

以示心中不平。

古代婢妾屬於主人財產的一部份,可以買賣、贈送,甚至有以妾換馬之事〔註11〕,她們絲毫沒有生命的尊嚴。一旦蒙主人寵愛眷顧,她們往往抱定生死相許的報恩決心。當主人遭遇不測、或為強暴者凌

〔註10〕據《全唐詩話》卷六,關盼盼因怕相去隨泉台,會讓人們誤以為張
尚書是好色之徒,故苟且偷生。

〔註11〕郭茂倩《樂府詩集》錄有五首〈愛妾換馬〉古樂府。

辱時，便不惜「以死明志」，表現出禮教薰陶下的貞烈心性。但是這份純然無邪的信念在經過世俗屢次的價值評鑒，成為人們等級化的品評標準，濃烈的個人道德意義被稀釋成外在社會無味的箝制工具，怎麼不令人感嘆古代女子身不由己的命運？她們必要時得準備當祭壇上神聖的奠品，以換取貞潔牌坊上的美名。我們震懾於監奴、窈娘視死如歸的精神；對於被輿論逼迫身亡之盼盼也一掬同情之淚，她們都因受到封建道德的束縛而犧牲。

四、貞潔絕俗的宮觀尼姑

　　此節的宮人主要是指宮女以下的階級〔註 12〕，她們無官品，而且被幽閉在深宮中，蒙上寵愛霑露的機會渺茫，身體又被塗抹守宮，要求保持處女之身。她們被剝奪戀愛的權利，身心飽受各種不仁道的戕害。

　　削髮以斷世緣的丘尼是貞潔的象徵。從唐詩中可以發現比丘尼和文人的交往並不活絡，這和唐代文人與女冠宴飲唱和，或是送某某鍊師的詩題蔚為時尚，頗有不同。由此也可看出唐詩中女冠、尼姑的形象，有顯著的差別。

　　宮人、尼姑在同樣貞潔絕俗的表象下，實有被迫與自願的不同。茲分別敘述：

（一）宮　人

　　後宮佳麗三千人，上自皇后，下至宮女，全體宮廷婦女只守了一個共同的男人：皇帝。為了爭寵，每個望幸的佳麗都竭力把自己打扮得嫵媚出眾，薛逢〈宮詞〉云：

　　　　十二樓中盡曉妝，望仙樓上望君王。……雲髻罷梳還對鏡，
　　　　羅衣欲換更添香。（卷五四八）

她們煞費苦心地爭取機會，然而能夠飛上枝頭當鳳凰的機率很小。康正果云：

〔註 12〕見第一小節前言。

> 後宮裡的女人世界也類似於朝廷上的文武百官，她們的競爭
> 充滿了陰謀和傾軋，往往是捷足者先登，機巧者得寵。徒有
> 美貌，不會獻媚，仍然擺脫不予終生寂寞的命運。〔註13〕

沒有心機、不慕榮華的宮女是後宮制度的犧牲品，她們在此葬送青
春，生命也逐漸凋零。

白居易在〈上陽白髮人〉中，選取了一個終生被禁錮的宮女作
為典型，通過這位老宮女一生的悲慘遭遇，極形象又富概括力地顯
示「後宮佳麗三千人」的悲慘命運，揭露封建制度最高統治者摧殘
無辜女性的罪惡行為。詩云：

> 上陽人。紅顏闇老白髮新。綠衣監使守宮門。一閉上陽多
> 少春。玄宗末歲初選入。入時十六今六十。同時采擇百餘
> 人。零落年深殘此身。憶昔吞悲別親族。扶入車中不教哭。
> 皆云入內便承恩。臉似芙蓉胸似玉。未容君王得見面。已
> 被楊妃遙側目。妒令潛配上陽宮。一生遂向空房宿。宿空
> 房。秋夜長。夜長無寐天不明。耿耿殘燈背壁影。蕭蕭暗
> 雨打窗聲。春日遲。日遲獨坐天難暮。宮鶯百囀愁厭聞。
> 梁燕雙棲老休妒。鶯歸燕去長悄然。春往秋來不記年。唯
> 向深宮望明月。東西四五百迴圓。今日宮中年最老。大家
> 遙賜尚書號。小頭鞋履窄衣裳。青黛點眉眉細長。外人不
> 見見應笑。天寶末年時世妝。(卷四二六)

前半描寫一位如花似玉的少女，被密采艷異的花鳥使選入宮廷。因為
貴妃專寵，她無緣一睹玄宗聖顏，就被貴妃別置上陽宮，從此過著「小
姑居處本無郎」的生活。「秋夜長」、「春日遲」兩節，以情節交融的
手法，寫出她四十有五年來，自旦至夕通宵不寐的淒涼歲月。倒數第
五、六句寫她以數十年幽閉之苦，至垂死之年，始博得女尚書之美名。
詩人言外之旨，不言而喻。末四句寫她對時間「不知有漢、無論魏晉」
的渾然無覺，即使到貞元元和之際，她還穿著天寶末年流行的小頭鞋
履、衿袖窄小的衣裳。白氏在〈和夢遊春詩〉云：

〔註13〕康正果《風騷與艷情》，頁205，雲龍書局，1991年。

時世寬妝束。（卷四三七）

可知貞元末年婦人時妝尚寬大。關於畫眉事，元稹〈有所教〉云：

莫畫長眉畫短眉，斜紅傷豎莫傷垂。（卷四二二）

貞元末年的時世妝，其畫眉尚短，與樂天比詩言天寶末年之時尚爲「青黛點眉眉細長」者，剛好相反。此乃「外人不見見應笑」的詩意所在〔註14〕。

　　宮女除了要忍受長期隔絕的寂寞空虛外，她們的身體也被塗抹守宮，要求爲皇上封存著被廢棄的貞潔。杜牧〈宮詞二首〉之一，云：

蟬翼輕綃傳體紅，玉膚如醉向春風。深宮鎖閉猶疑惑，更取丹沙試辟宮。（卷五二四）

據說用丹沙飼養守宮，它會變得通體盡紅，然後將它搗爛，塗抹在宮女身上，紅色的標記終生不滅。一旦紅斑消失，就意味著她與異性有染。這個荒謬的傳說起源很早，也許宮中這種防範宮女的殘酷方法，完全由「守宮」這個名字附會出來的；但在宮怨詩，有關守宮的事已成爲一個母題，李賀〈宮娃歌〉中便有：「花房夜搗紅守宮」之句〔註15〕。

　　除了被恩放或入道的宮人外，她們幾乎無一倖免地老死宮中。後宮牆外有專埋這些犧牲者的墓地。名曰「宮人斜」。王建〈宮人斜〉云：

未央牆西青草路，宮人斜裡紅妝墓。一邊載出一邊來，更衣不減尋常處。（卷三〇一）

末兩句說老的人走了，但同時又不斷抓年輕的來補充，她們入宮僅爲充足三千佳麗之數。

　　唐代恩放宮人幾成定制，除了體恤幽閉怨曠之苦外，也是朝廷行仁政的一種姿態，是讓除天災慣用的方法〔註16〕。被釋放的宮女，她

〔註14〕陳寅恪《元白詩箋証稿》，頁157，明倫出版社。

〔註15〕同註13，頁207。

〔註16〕白居易云：「臣伏見自太宗、玄宗已來，每遇災旱，都有揀放」，元稹上書所陳十事中，其三亦曰，「出宮人以消水災」。

們或從俗嫁人〔註17〕，或被安置在尼寺〔註18〕。

　　宮人入道是唐代處置宮人的一種制度〔註19〕。入道宮人有三種：
一是陪侍公主入道「半爲宮中歌舞人」。二是自願入道的內中學士，
如觀廉女眞（女冠名）。三是自願入道的內妓（自梨園弟子選爲內妓
者）〔註20〕。中晚唐約有八首送宮人入道詩，它們也反映出社會的眞
實面。如項斯〈送宮人入道〉云：

　　　願隨仙女董雙成，王母前頭作伴行。初戴玉冠多誤拜。欲
　　　辭金殿別稱名，將敲碧落新齋磬，卻進昭陽舊賜箏。旦暮
　　　焚香繞壇上，步虛猶作按歌聲。（卷五五四）

描寫初入道觀的宮女，保留著宮中舊習的言談舉止，客觀上反映了這
些被扭曲的女性在另一種禁閉的環境中再次被扭曲的癡呆狀態。

　　唐詩中約有六十餘首以宮女爲描寫對象的宮怨詩，詩人或抨擊
後宮制度的不仁道，或同情宮女的處境而提出遣放宮人的建言。古
代「三千人奉一身」的制度，荼毒、蹂躪了無以勝計的宮女。即使
她們有幸能踏出深宮范圍，但久經禁錮的心靈仍保持宮中舊習，不
論被安置在尼寺、道觀，或回到紅塵俗世，她們對陌生環境都有適
應不良的生疏感。這些人格被扭曲的宮女，實在令人同情！

（二）尼　姑

　　唐詩中以女尼爲題材的詩約有十首，與吟詠女冠的詩歌在數量
上相差很多。上述十首詩中，可看出兩個比較特殊的現象：一、尼
還俗。二、妓女出家。茲各一分析：

　　1、吳融〈還俗尼〉：

〔註17〕同註1，頁211。
〔註18〕同註17。
〔註19〕李豐楙〈唐人送公主入道詩送宮人入道詩〉，《第一屆國際唐代學術會
　　　　議論文集》，台北：學生書局，頁 159～190，1993 年。另見〈唐人
　　　　葵花詩與道教女冠──從道教史的觀典解釋唐人葵花詩〉，《中外文
　　　　學》十六卷三期，頁 36～63，1987 年 11 月。
〔註20〕同註19。

柳眉梅額倩妝新。笑脫袈裟得舊身。三峽卻爲行雨客，九
天曾是散花人。空門付與悠悠夢，寶帳迎回暗暗春。寄語
江南徐孝克，一生長短託清塵。(卷六八四)

此女本是歌妓，後出家爲尼，又還俗重操舊業。唐代有妓女著道士服，
但其行徑卻和妓女一樣﹝註21﹞，但卻不見妓女以比丘尼爲掩飾以操此
業。由此可見兩者形象之異。

2、楊郇伯〈送妓人出家〉：

盡出花鈿與四鄰，雲鬟剪落厭殘春。暫驚風燭難留世，便
是蓮花不染身。貝葉欲翻迷錦字。梵聲初學誤梁塵。從今
艷色歸空後，湘浦應無解珮人。(卷二七二)

唐代妓女年老色衰後，除了從良出嫁、做老鴇外，入道爲女冠者甚
多，出家爲尼算是特殊現象。剪髮披緇的比丘尼是貞潔的象徵，唐
人小說載高聰有妓十餘人，病危之時不願她們再嫁，命令她們燒指
吞炭，出家爲尼﹝註22﹞；另外如柳氏、霍小玉都是利用比丘尼落髮
的形象來表示捨棄紅塵，以達到避難、割捨人間歡愛和守貞的目的
﹝註23﹞。

唐代比丘尼僅海印有一詩傳世，其〈舟夜一章〉云：

水色連天色，風聲益浪聲。旅人歸思苦，漁叟夢魂驚。舉棹
雲先到。移舟月逐行。旋吟詩句罷，猶見遠山橫。(卷八百五)

海印的風格與女冠浮艷輕佻的詩風有顯著不同。

綜合上述可看出比丘尼有異於女冠的貞潔形象。唐代婦女改嫁之
風頗盛，在這樣的風氣下，比丘尼的身份成爲自誓不嫁的婦女最好的
護身符﹝註24﹞。

﹝註21﹞同註19。
﹝註22﹞唐‧朱揆《釵小志》，《筆記小說大觀》五一三冊，頁1442，燒指吞炭
　　　　條。
﹝註23﹞見《太平廣記》卷四八五及四八七。
﹝註24﹞《舊唐書‧列女傳》載：「崔繪妻盧氏，幽州范陽人也。……繪早終，
　　　　盧既年少，諸兄常欲嫁之。盧則稱病固辭。……因出家爲尼，諸尼
　　　　欽其操行，皆尊事之。開元中，以老病而卒。

第二節　美艷風騷型

　　這類型的好讓男子們又愛又恨，愛的是她們的花容月貌、風情萬種，恨的是她們的傾城傾國、妖媚惑人，於是在詩人的筆下，她們的外貌往往有被美化、性格往往有被醜化的傾向。茲就不同的身份職業所呈現的形象分成四小類，一一探討如下：

一、傾城傾國的禍水

　　具備禍水女人原型特性的角色，皆具有如水般載舟覆舟之力量。她一方面是男性心目中理想女性的化身，一方面又是父系社會中當傳統的禮教與秩序遭到破壞時，必然要承擔所有責任的代罪羔羊。這一類型的女子，主要是指具有皇室后妃身份者，唯有她們才能展現「一顧傾人城，再顧傾人國」的強大摧毀力。唐詩中呈現禍水女人形象者，包括唐以前的后妃及唐代楊貴妃，以下擇要論述：

（一）唐以前的后妃

　　1、白居易〈李夫人〉：

> 漢武帝。初喪李夫人。夫人病時不肯別。死後留得生前恩。君恩不盡念未已。甘泉殿裡令寫真。丹青畫出竟何益。不言不笑愁殺人。又令方士合靈藥。玉釜煎鍊金鑪焚。九華帳深夜悄悄。反魂香降夫人魂。夫人之魂在何許。香煙引到焚香處。既來何苦不須臾。縹緲悠揚還滅去。去何速兮來何遲。是耶非耶兩不知。翠蛾髣髴平生貌。不似昭陽寢疾時。魂之不來君心苦。魂之來兮君亦悲。背燈隔帳不得語。安用暫來還見違。傷心不獨漢武帝。自古及今皆若斯。君不見穆王三日哭。重璧臺前傷盛姬。又不見泰陵一掬淚。馬嵬坡下念楊妃。縱令妍姿艷質化爲土。此恨長在無銷期。生亦惑。死亦惑。尤物惑人忘不得。人非木石皆有情。不如不遇傾城色。（卷四二七）

李夫人病篤時不肯見武帝一面，因爲她擔心色衰而愛弛，愛弛而恩絕，因裙帶關係而晉身仕途的兄弟，將不再受到皇帝眷顧。《漢書·

外戚傳》云：

> 夫人曰：「所以不欲見帝者，乃欲以深託兄弟也。我以容貌
> 之好，得從微賤愛幸於上，夫以色事人者，色衰而愛弛，
> 愛弛則恩絕。上所以攣攣顧念我者，乃以平生容貌也。今
> 見我毀壞，顏色非故，必畏惡吐棄我，意尚肯復追思閱錄
> 其兄弟哉！」（卷九十七上）

事實証明李夫人相當懂得男人的心理，後來她的兄弟果然都升官了，
武帝也對她思念不已。武帝除了圖畫夫人形貌於甘泉宮外，又令方士
夜降夫人神，上遙望見「葳蕤半露芙蓉色」的好女，但可望卻難親近，
帝比夫人初亡時更相思悲感。爲作詩曰：

> 是邪，非邪？之而望之，偏何姍姍其來遲？

白氏〈李夫人〉旨在鑒嬖惑，於是李夫人也具有他表達主題意念的工
具性格，倫爲一位惑君的尤物。

　　2、王翰〈飛燕篇〉：

> 孝成皇帝本嬌奢。行幸平陽公主家。可憐女兒三五許。丰
> 茸惜是一園花。歌舞向來人不貴。一旦逢君感君意。君心
> 見賞不見忘。姊妹雙飛入紫房。紫房綵女不得見。專榮固
> 寵昭陽殿。紅妝寶鏡珊瑚臺。青瑣銀簀雲母扇。日夕風傳
> 歌舞聲。祇擾長信憂人情。長信憂人氣欲絕。君王歌吹終
> 不歇。朝弄瓊簫下綵雲。夜踏金梯上明月。明月薄蝕陽精
> 昏。嬌妒傾城惑至尊。已見白虹橫紫極。復聞飛燕啄皇孫。
> 皇孫不死燕啄折。女弟一朝如火絕。（卷一五六）

王氏此詩乃吟詠史事。據《漢書·外戚傳》載：趙飛燕出身卑賤，本
爲宮婢，後賜平陽公主家，成帝嘗微服出行，過平陽公主家作樂，見
飛燕而悅之，後來姊妹雙雙飛入後宮，專榮固寵昭陽殿。飛燕嬌妒專
寵，將許美人及中宮史曹宮所產下的皇子殺害，成帝昏憒，縱容趙氏，
竟狠心毒斃自己的骨肉。趙飛燕傾亂聖朝、親滅繼嗣，故有俚謠曰：

> 燕燕，居涎涎，張公子，時相見，木門倉琅根，燕飛來，
> 啄皇孫，皇孫死，燕啄矢。（卷九十七下）

成帝每次微行，常與張放同遊，而稱富平侯家，故曰張公子。「嬌妒傾城惑至尊」的飛燕，沒有母儀天下的風範，被廢為庶民之後，也落得羞愧自殺的下場。

　　3、李商隱〈北齊二首〉：

　　　　一笑相傾國便亡，何勞荊棘始堪傷。小憐玉體橫陳夜，已報周師入晉陽。

　　　　巧笑知堪亂萬機，傾城最在著戎衣。晉陽已陷休回顧，更請君王獵一圍。（卷五三九）

馮小憐是北齊後主的寵妃，據《北史馮淑妃傳》云：

　　　　妃名小憐，大穆后從婢也。穆后愛衰，以五月五日進之，號曰續命，慧黠，能談琵琶，工歌舞，後主（高緯）惑之，坐則同席，出則立馬，願得生死一處。

第一首前兩句俱用典〔註25〕，謂荒淫即將亡國取敗的先兆；後兩句以具體形象再現前兩句的內容。第三句描繪馮淑妃御之夕「花容自獻，玉體橫陳」，是一幅香艷的春宮圖，與「一笑相傾國便亡」相映帶，與第四句危急險惡的亡國情景，產生強烈的對比，由此可看出作者的巧思。第二首更是鮮明地呈現「不愛江山愛美人」的昏昧末帝，與追歡逐樂的女禍形象，據《北齊書》載：

　　　　周師取平陽，帝獵于三堆，晉州告急。帝將返，淑妃更請殺一圍，從之。

第二首三、四句把晉陽已陷、跟「更請君王獵一圍」的荒唐行徑作對比，一面是燃眉之急，形勢嚴峻；一面卻是視若無睹，罔顧人民社稷的死活，將帝、妃禍到臨頭乃不覺悟的淫昏性格，刻劃得入木三分。

（二）唐‧楊貴妃

　　唐代后妃有三十幾位之多〔註26〕，詩人們對楊妃情有獨鍾，以

〔註25〕首句用周幽王寵褒姒而亡國的故實，諷刺高緯荒淫的生活。次句引典照應國亡之意。晉時索靖有先識遠量，預見天下將亂，曾指著洛陽宮門的銅駝嘆道：「會見汝在荊棘中耳！」

〔註26〕《新、舊唐書‧后妃列傳》載有三十四位后妃，鼎文書局。

楊妃爲主題的詩歌吟詠至多，題材雖同而互出機杼，或感懷、或諷喻，以下擇要論述：

杜甫〈哀江頭〉有云：

> 憶昔霓旌下南苑，苑中萬物生顏色。昭陽殿裡第一人，同輦隨君侍君側。輦前才人帶弓箭，白馬嚼齧黃金勒，翻身向天仰射雲，一笑正墜雙飛翼。明眸皓齒今何在？血污遊魂歸不得。（卷二一六）

此追敘安史之亂前出遊的盛況和貴妃的專寵。三、四句皆用典，據《漢書、外戚傳》載：

> 飛燕立爲皇后，寵少衰，女弟絕幸，爲昭儀，居昭陽殿。（卷九十七下）

同時也記載漢成帝遊於後庭，想和班婕妤同車而行，班婕妤根據賢君的道理，加以拒絕〔註 27〕。這裡既見楊貴妃的專寵，也暗示玄宗的荒唐。由五至八句言一時行樂，不斥言太眞，但言輦前才人，可惜這精湛的技藝不是用來維護天下的太平和國家的統一，僅爲了博得貴妃的燦然「一笑」。杜甫在〈北征〉云：「不聞夏殷衰，中自誅褒妲」，乃一反〈哀江頭〉微諷的語氣，而大加撻伐女禍──貴妃。

白居易〈長恨歌〉前三分之二，敘述資質豐艷的貴妃蒙受君王寵幸；及後來被冠上禍國褒妲的罪名，賜死馬嵬坡的經過。詩云：

> 漢皇重色思傾國。御宇多年求不得。楊家有女初長成。養在深閨人未識。天生麗質難自棄。一朝選在君王側。回眸一笑百媚生。六宮粉黛無顏色。春寒賜浴華清池。溫泉水滑洗凝脂。侍兒扶起嬌無力。始是新承恩澤時。雲鬢花顏金步搖。芙蓉帳暖度春宵。春宵苦短日高起。從此君王不早朝。承歡侍宴無閒暇。春從春遊夜專夜。後宮佳麗三千人。三千寵愛在一身。金屋妝成嬌侍夜。玉樓宴罷醉和春。姊妹弟兄皆列土。可憐光彩生門戶。遂令天下父母心。不重生男重生女。驪宮高處入青雲。仙樂風飄處處聞。緩歌

慢舞凝絲竹。盡日君王看不足。漁陽鼙鼓動地來。驚破霓裳羽衣曲。九重城闕煙塵生。千乘萬騎西南行。翠華搖搖行復止。西出都門百餘里。六軍不發無奈何。宛轉蛾眉馬前死。花鈿委地無人收。翠翹金雀玉搔頭。君王掩面救不得。回看血淚相和流。(卷四三五)

「回眸一笑百媚生，六宮粉黛無顏色」，是形容貴妃「巧笑倩兮，美目盼盼」的嫵媚神態，將後宮三千佳麗都比下去了，由此可看出她姿色冠代。貴妃不但天生麗質，而且善於承歡逢迎玄宗，《舊唐書·后妃上》云：

太眞姿質豐艷，善歌舞，通音律，智算過人，每倩盼承迎，動移上意。(卷五十一)

故能使玄宗「三千寵愛在一身」，日夜淫遊佚樂而荒廢國事。後來安祿山叛變以討楊氏（國忠）爲由；天子六軍不發，要求處死楊貴妃，是憤于唐玄宗迷戀女色，禍國殃民。玄宗不得已遂與妃訣，賜死於馬嵬坡。對於這樣的愛情悲劇，白居易寫出了「君王掩面救不得，回顧血淚相和流」，李商隱也寫出了「如何四紀爲天子，不及盧家有莫愁」〔註28〕。〈長恨歌〉前半部對君王的荒淫、貴妃的得寵都有諷刺，對於他們引發的誤國、叛亂也都有所抨擊。

對於安祿山叛亂以討楊氏爲由，有些詩人認爲跟楊妃的美貌有關。如李白〈雪讒詩贈友人〉：

妲己滅紂，褒女惑周。天維蕩覆，職此之由。漢祖呂氏，食其在傍。秦皇太后，毒亦淫荒。蟬蛛作昏，遂掩太陽。
(卷一六八)

詩中以漢祖呂后，秦皇太后與人私通的宮闈醜事〔註29〕，暗指安祿山與貴妃的淫亂。又如李商隱〈西郊百韻詩〉：

皇子棄不乳，椒房抱羌渾。(卷五四一)

鄭嵎〈津門詩〉亦有：

〔註28〕李商隱〈馬嵬二首〉之二，卷五三九。
〔註29〕見《史記·呂后本紀》及《史記·呂不韋列傳》。

祿兒此日侍御側，金雞畫障當罘罳，繡羽褓衣日員贔，甘
言狡計愈嬌癡。（卷五六七）

都繪聲繪影地描述楊貴妃與安祿山的穢事。李肇的《國史補》說得更
明白些：

安祿山恩寵寖深，上前應前，雜以諧謔，而貴妃常在坐。
詔令楊氏三夫人約爲兄弟，由是祿山心動。及聞馬嵬之死，
數日歎惋。雖林甫養育之，國忠激怒之，然其他腸，有所
自也。

張祐〈華清宮和杜舍人〉云：

雪埋妃子貌，刃斷祿兒腸。（卷五一一）

可見他們都認爲祿山造反和楊妃的美貌有關〔註30〕。但窺諸新舊兩唐
書並無此記載，可知這種誣衊的說法。是天下人怨毒楊氏，因而眾惡
歸之，不惜醜化其形象的緣故吧！

〈飛燕篇〉、〈北齊二首〉、〈哀江頭〉及〈長恨歌〉前三分之二俱
感詠史，〈李夫人〉及〈雪讒詩贈友人〉諸首，或爲了宣揚主題理念，
或因天下人厭惡傾國的貴妃，而醜化后妃的形象。

二、風情萬種的胡姬

唐詩中所見的胡姬多爲酒家胡姬及跳舞胡姬，皆呈現出風情萬
種、長袖善舞的形象。李白在〈前有一樽酒行二首〉之二，云：

琴奏龍門之綠桐，玉壺美酒清若空；催弦拂柱與君飲，看
朱成碧顏始紅。胡姬貌如花，當壚笑春風，笑春風，舞羅
衣。君今不醉欲安歸？（卷一六二）

這個胡姬會彈琴勸酒，又會歌舞，人也出落得十分標緻，加上美酒當
前，詩人怎能不醉？

許多去胡姬酒店飲酒作樂的人，其實「醉翁之意不在酒」，而是
「郎意在浮花」。如張祐〈白鼻騧〉所云：

〔註30〕參見曾永義〈楊妃故事的發展及與之有關之文學〉，收錄於《主題學
研究論文集》，台北：東大圖書公司，頁 127～128，1983 年 11 月。

爲底胡姬酒，長來白鼻騧，摘蓮拋水上，郎意在浮花。(卷
五一一)

胡姬酒店既然是五陵年少、文人雅士流連忘返的好去處，胡姬也因此
與酒客常有另一種交易。楊巨源〈胡姬詞〉云：

妍艷照江頭，春風好客留；當壚知妾慢，送酒爲郎羞。香渡
傳蕉扇，妝成上竹樓；數錢憐皓腕，非是不能留。(卷三三三)

詩中胡姬明艷照人，來往飲客既多，也有某些熟客常去捧場，因此嬌
媚中，胡姬與某些人倒有點昵態，自不免有一番勾搭。這種酒家胡似
在侍酒之外，還會與人在竹樓密處幽會，那是另需金錢的交易。元稹
在〈西涼伎〉亦有：

樓下當壚稱卓女，樓上伴客名莫愁。(卷四一九)

說出酒家胡姬在樓下賣酒、招徠客人，到樓上又艷旗高張。

唐詩中還有以舞爲業的胡姬，她們跳的舞通稱胡舞，其中最流行
的三種「健舞曲」爲胡騰、柘枝和胡旋。這些胡姬尙未能在文化圈中
與人周旋酬唱，不像唐代歌妓或陪客出遊吟風弄月，或赴府應飲助
興，大體上只在富豪官宦人家的慶節和飲宴時，作應景的助興表演。
〔註31〕胡旋舞是天寶年間，流行於宮中和民間的舞蹈。元稹、白居易
在〈胡旋女〉中對胡旋舞有詳細介紹，白詩云：

胡旋女，胡旋女，心應絃，手應鼓；絃鼓一聲雙袖舉，迴
雪飄颻轉蓬舞，左旋右轉不知疲，千帀萬周無已時，人間
物類無可比，奔走輪緩旋風遲，曲終再拜謝天子，天子爲
之微啓齒。(卷四二六)

這種舞速度飛快，將奔走的車輪及旋風都比下去了，而且要旋轉千萬
次，其難度與輕逸，使天子也爲之動容，由於國君的賞識，於是風行
草偃，舉國流行此舞。

唐代經歷安史之亂後，國勢日漸衰頹，已經沒有當民族熔爐的資
本了。元稹在〈胡旋女〉中指斥長袖善舞、風情萬種的胡姬敗亂綱常，

〔註31〕蘇其康〈唐詩中的依蘭裔胡姬〉，中外文學十八卷一期。

使天朝頹喪：

> 天寶欲末胡欲亂。胡人獻女能胡旋。旋得明王不覺迷。妖
> 胡奄到長生殿。胡旋之義世莫知。胡旋之容我能傳。蓬斷
> 霜根羊角疾。竿戴朱盤火輪炫。驪珠迸珥逐飛星。虹暈輕
> 巾掣流電。潛鯨暗噏笪波海。回風亂舞當空霰。萬過其誰
> 辨終始。四座安能分背面。才人觀者相爲言。承春君恩在
> 圓變。是非好惡隨君口。南北東西逐君眄。柔軟依身著佩
> 帶。裴回繞指同環釧。佞臣聞此心計回。熒惑君心君眼眩。
> 君言以曲屈爲鉤。君言好直舒爲箭。巧隨清影觸處行。妙
> 學春鶯百般囀。傾天側地用君力。抑塞周遮恐君見。翠華
> 南幸萬里橋。玄宗始悟坤維轉。寄言旋目與旋心。有國有
> 家當共譴。(卷四一九)

在表演時，舞者不但舞技精湛，而且體動作優美，臉部表情豐富。他
描繪胡旋女旋動時有如竿木上轉動的朱盤火輪，身上穿戴的珠子和玉
石珥環，其疾如流電飛星，又有如潛鯨暗噏地了無蹤跡，但卻產生波
瀾般的力量，也令人分不清舞姬的背和面。舞步慢下來時卻又目光流
盼動人、優雅地繞指，讓君王看得如醉如癡，整個人被迷惑住了。才
人跟佞臣由胡旋舞也得到啓發，認爲要蒙上寵愛必須懂得圓變，於是
國君「指鹿爲馬」時也隨即附和，不予以勸諫。

　　早在《禮記・樂記》〔註 32〕已記載音樂跟政治的密切關係，元
稹承襲此觀點，〈胡旋女〉旨在〈戒近習〉，諷刺玄宗耽於佚樂，提倡
夷音胡樂，便得國中彌漫享樂及胡風的氣息，正聲雅樂反而懸宕不

〔註32〕《禮記・樂記》有云：「凡音者，生人心者也。情動於中，故形於聲。
　　　聲成文，謂之音。是故，治世之音安以樂，其政和。亂世之音怨以
　　　怒，其政乖。亡國之音哀以思，其民困。聲音之道，與政通矣。宮
　　　爲君，商爲臣，角爲民，徵爲事，羽爲物。五者不亂，則無怗懘之
　　　音矣。宮亂則荒，其君驕。商亂則陂，其官壞。角亂則憂，其民怨。
　　　徵亂則哀，其事勤。羽亂則危，其財匱。五者皆亂，迭相陵，謂之
　　　慢。如此，則國之滅亡無日矣。鄭衛之音，亂世之音也，比於慢矣。
　　　桑間濮上之音，亡國之音也，其政散，其民流，誣上行私而不可止
　　　也。」

聞，胡旋女只是這種創作意念下的代罪羔羊。

三、水性楊花的仙子

六朝人已侈談仙女杜蘭春、萼綠華之世緣，流傳至唐代，仙子之名遂多用作妖艷婦人、風流放誕之女道士、青樓歌妓的代稱。在唐人詩文人，以神仙或仙子來稱呼娼妓者，其例証不遑悉舉，如施肩吾〈及第後夜訪月仙子〉：

> 自喜尋幽夜，新當及第年，還將天上桂，來訪月中仙。（卷
> 四九四）

又唐張文成〈遊仙窟〉乃記錄文人狎妓之風流韻事；元稹〈鶯鶯傳〉即世稱爲〈會眞記〉者也。會眞記之名由於傳中張生所賦及元稹所續之會眞詩，其實「會眞」一名詞亦當習用之語。莊子稱關尹、老聃爲博大眞人（〈天下篇〉）。後來因有眞誥眞經諸名，故眞字即與仙字同義，「會眞」即遇仙或遊仙之謂也〔註33〕。在〈會眞詩三十韻〉中，詩人不但用仙姿神態形容詩中女性的美麗迷人，還把她的出現，與她的遇合，全都描寫得恍若夢境或進入仙界一般。詩云：

> 微月透簾櫳。螢光度碧空。遙天初縹緲。低樹漸蔥蘢。龍吹過庭竹。鶯歌拂井桐。羅綃垂薄霧。環佩響輕風。絳節隨金母。雲心捧玉童。更深人悄悄。晨會雨濛濛。珠瑩光文履。花明隱繡櫳。寶釵行彩鳳。羅帔掩丹虹。言自瑤華浦。將朝碧帝宮。因遊李城北。偶向宋家東。戲調初微拒。柔情已暗通。低鬟蟬影動。迴步玉塵蒙。轉面流花雪。登床抱綺叢。鴛鴦交頸舞。翡翠合歡籠。眉黛羞頻聚。朱唇暖更融。氣清蘭蕊馥。膚潤玉肌豐。無力慵移腕。多嬌愛斂躬。汗光珠點點。髮亂綠鬆鬆。方喜千年會。俄聞五夜窮。留連時有限。繾綣意難終。慢臉含愁態。芳詞誓素衷。贈環明運合。留結表心同。啼粉流清鏡。殘燈繞暗蟲。華光猶冉冉。旭日漸瞳瞳。警乘還歸洛。吹簫亦上嵩。衣香

〔註33〕陳寅恪《元白詩箋稿》，頁100，明倫出版社。

> 猶染麝。枕膩尚殘紅。冪冪臨塘草。飄飄思渚蓬。素琴鳴
> 怨鶴。清漢望歸鴻。海闊誠難度。天高不易沖。行雲無處
> 所。蕭史在樓中。（卷四二二）

這首已被公認是元稹自敘年輕時期的一段冶遊，為了減緩直露的刺激，兩情繾綣的場面也寫得恍恍惚惚。在此詩中，女子仍是被描寫的中心，是從操縱者的男性視角看到的美的形象，詩人竭力美化她的反應，給她的柔姿、嬌態、羞顏、慵懶和興奮的哀傷賦予詩意。

　　娼妓這種身份、職業，往往給人搔首弄姿、水性楊花的形象。如喬知之〈倡女行〉云：

> 石榴酒，葡萄漿。蘭桂芳，茱萸香。願君駐金鞍，暫此共
> 年芳。願君解羅襦，一醉同匡床。文君正新寡，結念在歌
> 倡。昨宵綺帳迎韓壽，今朝羅袖引潘郎。莫吹羌笛驚鄰里，
> 不用琵琶喧洞房。且歌新夜曲，莫弄楚明光。此曲怨且艷，
> 哀音斷人腸。（卷八十一）

羅襦寶帶為君解，送往迎來的神女生涯，是源於聲色娛人的職業本能，如平康妓趙鸞鸞以輕佻的口吻寫出〈酥乳〉，詩云：

> 粉香汗濕瑤琴軫，春逗酥融綿雨膏。浴罷檀郎捫弄處，靈
> 華涼沁紫葡萄。（卷八百二）

但是「以色事他人」，一旦年老色衰則晚景淒涼，所以倡女是有怨的。《全唐詩》載鄭參出妓以宴趙紳，而舞者年已大，伶人孫子多獻口號云：

> 相公經文復經武，常侍好令兼好古。昔日曾聞阿武婆，今
> 日親見阿婆舞。（卷八百七十）

　　倡女雖然日進斗金，衣綾羅綢緞、戴雀釵翠羽，但社會地位低賤、精神生活空虛。有些娼妓從良後，或因久於送迎往來，或因所嫁非偶，惆悵暗生，遂與舊識暗渡陳倉。如楚兒，本是曲妓，後為捕賊官郭鍛所納，一日遊曲江時，出簾招鄭昌圖，為郭鍛發現，先將他痛打一頓，然後又賣於臨街窗下，重操琵琶生涯。楚兒有〈貽鄭昌圖〉云：

應是前生有宿冤，不期今世惡因緣。蛾眉欲碎巨靈掌，雞
肘難勝子路拳。祇擬嚇人傳鐵券，未應教我踏青蓮。曲江
昨日君相遇，當下遭他數十鞭。（卷八百）

又如孟氏，本是壽春妓，雖然嫁給了維揚的萬貞，其後又與鄰家
的美少年私相授受。孟氏有〈獨遊花園〉云：

可惜春時節，依前獨自遊。無端兩行淚，長只對花流。（卷
八百）

又〈答少年〉云：

誰家少年兒，心中暗自欺，不道終不可，可即恐郎知。（卷
八百）

由此即可看出二人間的私情。

本節設定的對象係官妓及民妓〔註 34〕，她們或屬賤民女子，或
因環境所迫，被人誘拐而執壺賣笑。由於出身不良，他日又難覓好姻
緣，她們想及時行樂，揮霍青春歲月，是理所當然的心態。

四、風流放誕的女冠

道教發展到隋唐時期，逐漸形成本身的制度，其中尤以道士、
女冠的出家修行最爲重要。而李唐一朝崇道日甚，在朝廷許可的情
形下，入道成爲當時的習尚，尤以公主、宮女的入道最受社會的矚
目〔註 35〕。唐代妓女年老色衰後，除了從良出嫁、做老鴇外，入道
爲女冠者甚多〔註 36〕。其中最著名的有李季蘭、李當當、薛濤等
〔註 37〕。而姬妾愛衰下堂之後，除了再嫁外，亦多爲女冠，其著名
者如魚玄機〔註 38〕。於是在原本單純的修眞女冠外，又增加了宮觀

〔註 34〕參見本論文第四章第三節〈妓女〉一小節。
〔註 35〕李豐楙〈唐代葵花詩與道教女冠〉，中外文學十六卷六期。
〔註 36〕宋德熹〈唐代的妓女〉，見史原第十期。
〔註 37〕李季蘭事見：辛文房《唐才子傳》卷二。李當當事見：《稗史彙編》
　　　　卷六四。薛濤事見：《全唐詩》卷八百三。
〔註 38〕魚亦機事見：《唐才子傳》卷八、《全唐詩》卷八百四、皇甫枚《三水
　　　　三牘》。

女冠、藝妓女冠等不同性質的女冠，本文的重點即在探討非慕道求真的女冠，在唐詩中所呈現的風流放誕形象。

　　中晚唐有大批貴族女子、宮女及歌妓湧入女冠行列，一方面她們使女冠的文化素養與藝術水準大大提昇，一方面她們使女冠更具有風流浪漫色彩。這些女子本來就不是看破紅塵、堅心慕道的人，只是無路可走而加入女冠行列，所以她們並不甘心寂寞，也並不遠離凡俗。敦煌寫本《雲謠集雜曲子》中的〈內家嬌〉，既說女冠多才多藝：

> 解烹水銀，練玉燒金，……善別宮商，能調絲竹，歌令尖新。

也說女冠風流艷麗：

> 兩眼如刀，渾身似玉，風流第一佳人。及時衣著，梳頭京樣，素質艷麗青春〔註39〕。

韓愈〈華山女〉敘述佛道兩教互相傾軋之際，道教徒以女色誘人，吸引大批民眾圍觀的情景。詩云：

> 街東街西講佛經。撞鐘吹螺鬧宮庭。廣張罪福資誘脅。聽眾狎恰排浮萍。黃衣道士亦講說。座下廖落如明星。華山女兒家奉道。欲驅異教歸仙靈。洗妝拭面著冠帔。白咽紅頰長眉青。遂來陞座演真訣。觀門不許人開扃。不知誰人暗相報。訇然振動如雷霆。掃除眾寺人跡絕。驊騮塞路連輜軿。觀中人滿坐觀外。後至無地無由聽。（卷三四一）

本來有滿坑滿谷的人擠在佛寺裡聽講，相形之下，黃衣道士的講座顯得「門可羅雀」，後來「洗妝拭面著冠帔」的華山女出現時，佛寺的聽眾馬上作鳥獸散，慕名而來的人，更是把馬路擠得水洩不通，不但觀中人滿為患，觀外也有大批人潮圍觀，後來的人根本沒有立足之地，也無緣一睹仙容。

　　道士向世俗宣講的故事中，也有相當多遇仙女結良緣而成仙的內

〔註39〕黃進德《唐五代詞》云：「〈內家嬌〉是長達百字以上的慢詞，創調的時間，據考證也在開元、天寶年間。」見本書 54 頁，國文天地。

容，如神女嫁園客、劉阮入天台等，文人深受此影響，在詩中也透露
對女冠的非份之想，如白居易〈贈韋鍊師〉：

> 上界女仙無嗜欲，何因相遇兩徘徊。共疑過去人間劫，曾
> 作誰家夫婦來。（卷四百四十）

又李洞〈贈龐鍊師〉：

> 兩臉酒釀紅杏妒，半胸酥嫩白雲饒。若能攜手隨仙令，皎
> 皎銀漢渡鵲橋。（卷七二三）

白詩自認與韋鍊師是前世夫妻。李詩除了以輕佻的口吻描寫龐鍊師的
美色外，也盼望能與她談情說愛。

唐詩中亦有描寫女冠與道士，文人間的風流韻事，如駱賓王〈代
女道士王靈妃贈道士李榮〉云：

> 寄語天上弄機人。寄語河邊值查客。乍可匆匆共百年。誰
> 使遙遙期七夕。想知人意自相尋。果得深心共一心。一心
> 一意無窮已。投漆投膠非足擬。只將羞澀當風流。持此相
> 憐保終始。相憐相念倍相親。一生一代一雙人。不把丹心
> 比玄石。惟將濁水況清塵。只言柱下留期信。好欲將心學
> 松蘿。……此時空床難獨守。此日別離那可久。梅花如雲
> 柳如絲。年去年來不自持。初言別在寒偏在。何悟春來春
> 更思。春時物色無端緒。雙枕孤眠誰分許。……君心不記
> 下山人。妾欲空期上林翼。上林三月鴻欲稀。華表千年鶴
> 未歸，不分淹留桑待路。祇應直取桂輪飛。（卷七十七）

詩中欲求三清長生之道的女冠，不但對道士一往情深，也不能忘卻解
佩薦枕之歡，可見她既沒看破紅塵，也本能潛心修行。

李商隱早年曾在玉陽山學道，與女道士有段刻骨銘心的戀情。在
有關他與女道士的愛情詩中，本事已被滌除一空，而且他又喜用仙言
道語，故呈現出淒美迷離竹意境。如〈重過聖女祠〉：

> 白石巖扉碧蘚滋，上清淪落得歸遲。一春夢雨常飄瓦，盡
> 日靈風不滿旗。萼綠華來無定時，杜蘭香去未移時。玉郎
> 會此通仙籍，憶向天階問紫芝。（卷五三九）

此詩首句給人無限清靜與寂寞的感覺，一面是寫聖女祠的外景，一面

也是寫女道士的心境。所以第二句即直接寫女道士是淪謫人間的仙
女。第三、四句意境縹緲朦朧，既是寫景狀物，也是寫女道士的心情。
這位幽居獨處、淪謫未歸的聖女彷彿在愛情上有種朦朧的期待和希
望，而這種期待和希望又總是像夢一樣飄忽、渺茫，並透露出一種好
風不滿和無所依托的幽怨。此聯直寫戀情的掩抑幽微，非常的傳神高
妙，難怪有人讚賞此聯界境奇美，「有不盡之意」〔註40〕。第五、六
句寫女道士的行蹤飄忽不定，暗示她們的愛情都不能長久、沒有結
果，故此留給詩人的，祇是對前情的空憶。「憶向天階問紫芝」一句
總結出義山與女道士的愛情境界。「紫芝」一方面暗指女道士，也象
徵詩人所追求的是純淨綿長，偏向性靈的愛情。另一方面，紫芝本身
有長生但不真實的感受，正好反諷與女道士戀情的短暫與虛渺，故此
幽曲的境界中，滿合著落空的惆悵感〔註41〕。

　　由上可知，女道士與人談情說愛，似為一般文人視為慣常的事。
唐代女冠詩人，喜歡與士大夫唱和交往，過著半娼妓式生活的，首推
李季蘭。辛文房〈唐才子傳〉云：

　　　季蘭名冶，以字行，……美姿容，神情蕭散，專心翰墨，
　　　善彈琴，尤工格律。當時才子，頗誇纖麗，殊少，荒艷之
　　　態。……後以交遊文士，微露風聲，皆出乎輕薄之口。

全唐詩載有她〈胡上臥病喜陸鴻漸漸至〉云：

　　　昔去繁霜月，今來苦霧時。相逢仍臥病，欲語淚先垂。強
　　　勸陶家酒。還吟謝客詩，偶然成一醉，此外更何之。（卷八
　　　百五）

又〈寄朱放〉云：

　　　望水試登山，山高湖又闊。相思無曉夕，相望經年月。鬱
　　　鬱山木榮，綿綿野花發。別後無限情，相逢一時說。（卷八
　　　百五）

由這兩首詩可看出她與山人陸羽、朱放的感情並非等閒。另外她與山

────────────────────

〔註40〕出自《紫微詩話》，見《百種詩話類編全集》，頁252。
〔註41〕參見張淑香《李義山析論》，頁164～165，藝文印書館，1987年。

人皎然的感情也很好，皎然曾寫詩戲謔季蘭，在〈答李季蘭〉云：

　　天女來相試，將花欲染衣。禪心竟不起，還捧舊花歸。（卷
　　八二一）

　　唐代過著半娼妓生活的女冠詩人，除了李季蘭外，其次就是魚玄機了。魚玄機字幼微，一字蕙蘭，長安人。生於唐武宗會昌四年，卒於唐懿宗咸通九年（西元844～868年），因笞殺女僮被處死刑，得年僅二十五歲。玄機明慧早達，才情洋溢，雅好讀書吟詠，尤工韻調。只可惜生於長安的娼家，受制於人，在十五歲時，便被迫嫁給補闕李億作侍妾，大婦性妒不能容，乃出家入咸宜觀為女道士。從此無羈無絆，盡情風月，詩作漸漸傳播士林，於是風雅人士，爭與之交，而有一代才女的美稱。〔註42〕

　　在〈全唐詩〉中，魚玄機寄贈李億的詩作有六首之多，可見她對他用情之深，但敢愛敢恨的魚玄機對李億的薄倖不免有怨，其〈贈鄰女〉（一作〈寄李億員外〉）云：

　　羞日遮羅袖，愁春懶起妝。易求無價寶，難得有心郎。枕
　　上潛垂淚，花間暗斷腸。自能窺宋玉，何必恨王昌。（卷八
　　百四）

既然落花有意而流水無情，與其作繭自縛，不如縱懷交友，於是她主張「自能窺宋玉，何必恨王昌」，乃轉而放浪形骸，縱情聲色，變成十足的唐代豪放女了。這時期的詩作甚多，有些是「發乎情而止乎禮義」，如〈寓言〉：

　　紅桃處處春色，碧柳家家月明。樓上新妝待夜，閨中獨坐
　　含情。芙蓉月下魚戲，螮蝀天邊雀聲。人世悲觀一夢，如
　　何得作雙成。（卷八百四）

有些正是以娼婦口吻寫出的艷歌，如〈迎李近仁員外〉：

　　今日喜時聞喜鵲，昨宵燈下拜燈花。焚香出戶迎潘岳，不
　　羨牽牛織女家。（卷八百四）

〔註42〕見皇甫枚《三水小牘》、辛文房《唐才子傳》。

魚玄機雖然有唐朝豪放女的雅號，但妒忌心很重，竟然和自己的貼身丫環爭風吃醋，不但結束了自己多采多姿的神女生涯，同時也在黛綠年華中結束了自己的生命〔註43〕。

非慕道求真的女冠主要來源有三：被釋放的宮人，被遺棄的姬妾和走投無路的妓女。無論就她們的經歷還是她們的容色而言，她們都容易被視為風流妖艷的女性去描寫。此外文人喜歡以戲謔、嘲弄之筆，想像與女道士的姻緣，或暴露禁欲生活中破戒犯規的事例，都是深化女冠風流放誕形象的主因。

第三節　寬容深情型

本節旨在窺探家庭婦女及娼女，在維繫婚姻與追求愛情的歷程中，所呈現的寬容深情形象。茲分三小節，一一探討如下。

一、專執深情的思婦

古時交通不便，女子又不宜拋頭露面，如果丈夫出外遊宦、經商、征戰、繫獄，她只能獨守空閨，默默吞嚥相思血淚。唐詩中有相當多膾炙人口的閨怨詩，部份專執深情的思婦，讓人留下深刻的印象。

商人婦雖有錦衣玉食的物質享受，但卻必須忍受與夫婿「青春常別離」的生活。李白〈長干行〉以一位居住在長干里的商人婦自述的口吻，敘述了她的愛情生活，傾吐了對遠方丈夫的殷切思念。詩云：

> 妾髮初覆額。折花門前劇。郎騎竹馬來。遶床弄青梅。同
> 居長干里。兩小無嫌猜。十四為君婦。羞顏尚不開。低頭
> 向暗壁。千喚不一迴。十五始展眉。願同塵與灰。常存抱
> 柱信。豈上望夫臺。十六君遠行。瞿塘灩澦堆。五月不可
> 觸。猿鳴天上哀。門前遲行跡。一一生綠苔。苔深不能掃。

〔註43〕《太平廣記》引《三水小牘》，中文出版社，1973年。

落葉秋風早。八月蝴蝶來。雙飛西園草。感此傷妾心。坐愁紅顏老。早晚下三巴。預將書報家。相迎不道遠。直至長風沙。（卷二十六）

就此詩內容而言，「妾髮──嫌猜」為第一段，敘青梅竹馬，兩小無猜的情景。「十四──夫台」為第二段，敘初嫁時羞澀的情狀，和嫁後矢志白頭偕老的情緒。「十六──顏老」為第三段，敘送別後觸景生情，刻骨的相思煎熬著寂寞芳心。「早晚──風沙」為第四段，敘熱烈期待丈夫之歸來。歷敘女子情感的發展，深刻細膩，通人款竅。就其形式而言，本詩襲用樂府舊題，在寫作技巧上也明顯地受到樂府的影響。整首詩的章法是按年齡序數寫女主角的情感歷程，這種表達方式，在樂府民歌中不乏前例，如〈陌上桑〉云：

十五府小吏，二十朝大夫，三十侍中郎，四十專城居。〔註44〕

又如〈孔雀東南飛〉

十三能織素，十四學裁衣，十五彈箜篌，十六誦詩書，十七為君婦，心中常苦悲。〔註45〕

這種排比句法，層層遞進，整齊規律中又有曲折變化，原係樂府民歌的風格，一句寫一歲，只是全篇一個比較簡略的引子，在詩仙李白筆下，尤為生動有致。

李白〈長干行〉是一篇反映「悔作商人婦」的重要敘事詩。明胡震亨以為李白寫作的動機是：

言其家人盼歸遠望之傷，使夫謳吟之者，足動其逐末輕離之恨。〔註46〕

在《全唐詩》中，我們也可以看到此效果。郭紹蘭為巨商任宗之妻，任宗在湖南經商，數年不歸。紹蘭作詩，繫於燕足。詩云：

我婿去重湖，臨窗泣血書。殷勤憑燕翼，寄與薄情夫。（卷七九九）

〔註44〕見《古詩源箋註》，頁96，華正書局，1984年。
〔註45〕見《古詩源箋註》，頁107，華正書局，1984年。
〔註46〕王琦注《李太白全集》引胡震亨語。

任宗停留在荊州時，一日，燕忽泊其肩，宗見燕足繫書，解視之，乃妻所寄，遂感泣而歸。

　　唐詩人亦善於這用民間的迷信與習俗，細膩地刻劃婦人思夫之心緒。如張籍〈烏夜啼引〉以古代民間的一個迷信──「烏夜啼則遇赦」為題材，描寫少婦聞烏夜啼後欣喜若狂的情景：

> 秦烏啼啞啞，夜啼長安吏人家。吏人得罪囚在獄，傾家賣產將自贖。少婦起聽夜啼烏，知是官家有赦書，下床心喜不重寐，未明上堂賀舅姑。少婦語啼烏：汝啼慎勿虛！借汝庭樹作高巢，年年不令傷爾雛。（卷三八二）

胡適認為在張籍詩中，這一篇可算是最哀艷的了，接著他又讚賞此詩說：

> 他不說這吏人是否冤枉，也不說後來他曾否得赦；他只描寫他家中少婦的憂愁，希冀，──無可奈何之中的希冀。這首詩的見地與技術都是極高明的。〔註47〕

又如王建〈鏡聽詞〉以古代用鏡聽預測吉凶的習俗為題材，描述一位丈夫出遠門的婦女，用鏡聽預測吉凶，聽見好話後高興的情況：

> 重重摩挲嫁時鏡。夫婿遠行憑鏡聽。回身不遣別人知。人意丁寧鏡神聖。懷中收拾雙錦帶。恐畏街頭見驚怪。嗟嗟際際下堂階。獨自竈前來跪拜。出門願不聞悲哀。郎在任郎回未回。月明地上人過盡。好語多同皆道來。卷帷上床喜不定。與郎裁衣失翻正。可中三日得相見。重繡錦囊磨鏡面。（卷一九八）

在《聊齋志異‧鏡聽》中（卷七），描述了古代用鏡聽預測吉凶的習俗。當一位婦女有件使人心煩的事，而又不能很快知其結果時，便找一面鏡子（最好是古鏡），用錦囊裝著，戒慎小心地不讓人看見，向灶神虔誠地行禮禱告後，雙手棒著鏡了，念七遍咒語，然後出去偷聽別人談話，根據這些話語來推測吉凶。詩中婦女出門忐忑不安，怕聽到悲傷的話語，但出門後吉祥話卻雷貫耳，她高興得連睡覺都定不下

〔註47〕胡適《白話文學史‧上卷》，頁148，遠流圖書公司，1986年。

心來，給丈夫裁衣時正反都弄錯了，如果丈夫三日內能回來，她還要「重繡錦囊磨鏡面」。末四句，作者從生活細節著墨，生動地描摹思婦的癡心。

戰爭造成無數人的生離死別，陳陶以鉅力萬鈞之筆，寫下「可憐無定河邊骨，曾是春閨夢裏人」〔註48〕，天外飛來橫禍，叫人情何以堪！唐詩中有不少搗衣，送征衣的詩篇，除了表達對征戍在外的丈夫的思念外，也流露出反戰思想。

翡羽仙以守邊軍兵家屬寫下〈寄夫征衣〉〔註49〕：

> 深閨乍冷開香匣，玉筋微微濕紅頰。一陣霜風殺柳條，濃煙半夜成黃葉。重重白練如霜雪，獨下寒階轉淒切。只如抱杆搗秋砧，不覺高樓已無月。時聞寒雁聲呼喚，紗窗只有燈相伴。幾展齊紈又懶裁，離腸空逐金刀斷。細想儀形執刀尺，回刀剪破澄江色。愁捻銀針信手縫，惆悵無人試寬窄。時時舉袖勻殘淚，紅箋漫有千行字。書中不盡心中事，一半殷勤托邊使。

此詩跟大部份搗衣詩一樣，都從淒清的秋景、砧杵聲、搗衣人的形象和思緒等方面落筆，但因爲是作者的親身經驗，故情感眞摯動人。我們看到她細想儀形，裁斷剪破衣料，連珠淚和針黹地繡征衣，及殷勤託邊使送錦書的款款深情。但隨著他的良人沒胡沙後，即使她「不辭搗衣倦」，也只有「空留賤妾怨黃昏」，所有的心血都枉然了〔註50〕。王建〈送衣曲〉捨靜態的寄征衣，而取動態的表現方式，寫婦人跋涉千山萬水送征衣的情景：

> 去秋送衣渡黃河，今秋送衣上隴坂。婦人不知道徑處，但向新移軍近遠。半年著道經雨濕，問籠見風衣領急。舊來十月初點衣，與郎著向營中集。絮時厚厚綿纂纂，貴欲征

〔註48〕陳陶〈隴西行〉，《全唐詩》卷七四六，明倫出版社，1978 年。

〔註49〕此詩《全唐詩》無載，見沈德潛《唐詩別裁》（二）七言古詩。

〔註50〕《全唐詩》載翡羽仙〈哭夫二首〉云：「風卷平沙日欲曛，狼煙遙認犬羊群。李陵一戰無歸日，望斷胡天哭塞雲」（其一）。「良人平昔逐蕃渾，力戰輕行出塞門。從此不歸成萬古，空留賤妾怨黃昏」（其二）。

人身上暖。願身莫著裹屍歸，願妾不死長送衣。（卷二九八）
此詩除了表現征婦對丈夫的情意，也暴露了征人長年累月轉戰南北的
辛苦，這種親自不遠千里跋涉以送衣，比起「裁縫寄遠道，幾日到臨
洮」〔註51〕，有更撼人的力量，而「願身莫著裹屍歸，願妾不死長送
衣」比「此身儻長在，敢恨無歸日」〔註52〕，有更巨大的悲痛。

　　專執深情的思婦是詩人們謳歌擊節的好題材，她們在等待的歲月
中飽嘗相思的煎熬。〈長干行〉中商人婦無怨無悔地在江頭守著空船。
〈烏夜啼〉、〈鏡聽詞〉中的婦女則因思夫心切，明知烏夜啼則放赦、
用鏡聽預測吉凶，僅是民間迷信，仍寧可信其為實有之事，以求慰藉。
〈寄夫征衣〉、〈送衣曲〉則分別以靜態的寄征衣及動態的送征衣，傳
達征人妻的深情。這些反映思婦空虛寂寥的生命型態，皆是塗抹人道
色彩的詩篇。

二、溫柔敦厚的棄婦

《唐律疏議》曰：

> 七出者，依令：一無子，二淫佚，三不事舅姑，四口舌，
> 五盜竊，六妒忌，七惡疾。──雖犯七出，有三不去。三
> 不去者，謂：一經持舅姑之喪；二娶時賤後貴；三有所受
> 無所歸。〔註53〕

在唐代夫方以「七出」的罪名離棄妻子的不在少數，亦有妻方並未犯
「七出」之條而被休者，如男子富貴後棄糟糠之妻。由此可見法律條
文的規定和社會真實狀況仍有出入。在這種情況下，唐代婦女不但要
擔心在「七出」的罪名下被出妻，還得擔心丈夫隨意換妻，她們的處
境實在堪憐！

　　窺諸唐詩，婦人被棄的原因不外（一）、無子而出；（二）、色衰

〔註51〕李白〈子夜冬歌〉，《全唐詩》卷一六五，明倫出版社，1978 年。
〔註52〕宋・羅與之〈寄衣曲〉，見《古今圖書集成三九閨媛典上》十二卷，
　　　　鼎文書局，1977 年。
〔註53〕《唐律疏議》卷十四〈戶婚〉，商務四庫全書本，1986 年。

愛弛；（三）、丈夫富貴之後，好新多異心；（四）、受到夫家的排擠。
她們被棄後雖然滿腔幽怨，但卻流露出怨而不怒的寬容精神，呈現出
溫柔敦厚的棄婦形象。茲擇要敘述如下：

　　1、張籍〈離婦〉：

　　　　十載來夫家。閨門無瑕疵。薄命不生子。古制有分離。託
　　　　身言同穴。今日事乘違。念君終棄捐。誰能強在茲。堂上
　　　　謝姑嫜。長跪請離辭。姑嫜見我往。將決復沉疑。與我古
　　　　時釧。留我嫁時衣。高堂拊我身。哭我於路陲。昔日初爲
　　　　婦。當君貧賤時。晝夜常紡績。不得事蛾眉。辛勤積黃金。
　　　　濟君寒與飢。洛陽買大宅。邯鄲買侍兒。夫婿乘龍馬。出
　　　　入有光儀。將爲富家婦。永爲子孫資。誰謂出君門。一身
　　　　上車歸。有子未必榮。無子坐生悲。爲人莫作女。作女實
　　　　難爲。（卷三八三）

全詩通過棄婦的自白，交代悲劇產生的癥結及發展過程。三、四句指
出她被休的原因是──無子嗣。生男育女是夫婦共同的責任，非一方
所能單獨承擔，而且主要由男性的染色體決定。在民智未開的古代，
將不孕的原因一股腦兒丟給女性，而有「無子」被出之條，這種棄婦
實在是時代的犧牲品。

　　雖然唐律以「無子」爲首出之條，但如果丈夫對妻子有深摯的情
感，兩者必能勇敢地突破不合理的禮教。如《全唐詩》載愼氏與嚴灌
夫結秦晉之好，後因無子被出，愼氏以詩訣。詩云：

　　　　當時心事已相關，雨散雲飛一餉間。便是孤帆從此去，不
　　　　堪重上望夫山。（卷七九九）

灌夫感動因而挽留愼氏。

　　也許我們可將「無子」視爲離婦被拋棄的藉口，因爲她丈夫正
是「蕩子成名，必棄糟糠之妻」的典型男子。辛勤持家之時，夫婦
兩情相悅「託身言同穴」。爾後，離婦花了十年的心血，使她丈夫富
貴，卻換來被拋棄的下場。故離婦哀鳴「有子未必榮，無子坐生悲。
爲人莫作女，作女實難爲。」在古代，就一個婦女來說，有子、無

子，均難超越悲苦的命運。其根本原因，乃在於婦女不能享有平等
的社會地位。

2、李白〈白頭吟〉，乃吟詠卓文君與司馬相如的愛情故事。

據《史記‧司馬相如列傳》載，相如以琴心挑動新寡的文君，
文君亦心悅而好之，於是她不顧家人的反對，勇敢地與愛人私奔。
相如身無長物、家徒四壁，他們不得已只好賣酒營生。卓文君的父
親是臨邛富翁，因反對兩人的私訂終身，不給女兒任何濟助。但貧
困並未動搖卓文君對司馬相如的感情，反而把她磨練得更堅強。終
於這她父親也屈服了，「不得已，分予文君僮百人，錢百萬，及其嫁
時衣被財物。」

《西京雜記》並演繹渲染卓文君作〈白頭吟〉之緣由：
> 司馬相如將聘茂陵女為妾，卓文君作白頭吟以自絕，相如
> 乃止。（卷三）

接此可知，司馬相如與卓文君的愛情波折以喜劇終，從此兩人情
愛更篤。但李白的〈白頭吟〉，不是重述《西京雜記》的記載，他將
原來材料進行藝術的加工和改造，賦予「丈夫好新多異心」的主題。
這個問題，具有深遠的現實意義，它在整個封建社會都存在著，即使
迄今仍未失去它的現實意義。

〈白頭吟〉有二首，第二首出入前篇，語意多同。大部份學者以
為皆是李白的作品〔註54〕。對於卓文君和司馬相如最初的相互愛戀，
李白是懷著激動和喜悅的心情來歌唱，以比興手法創造意境，加強敘
事詩的抒情性：
> 錦水東北流。波蕩雙鴛鴦。雄巢漢宮樹。雌弄秦草芳。寧
> 同萬死碎綺翼。不忍雲間兩分張。（其一）

但當司馬相如爬上高位，做了御用文人後，悲劇便展開了。詩云：

〔註54〕如黃庭堅〈題李太白白頭吟〉後云：「予以為二篇皆太白作無疑，蓋
　　　醉時落筆成篇，人輒持去；他日士大夫求其稿，不能盡憶前篇，則
　　　又隨手書成後篇耳。」

此時阿嬌正嬌妒。獨坐長門愁日暮。但願君恩顧妾深。豈惜黃金將買賦。相如作賦得黃金。丈夫好新多異心。一朝將聘茂陵女。文君因贈白頭吟。(其一)

相如去蜀謁武帝。赤車駟馬生輝光。一朝再覽大人作。萬乘忽欲凌雲翔。聞道阿嬌失恩寵。千金買賦要君王。相如不憶貧賤日。官高金多聘私室。茂陵妹子皆見求。文君歡愛從此畢。(其二)

卓文君受到如此突然的打擊,自然萬分悲傷,無限哀怨:

淚如雙泉水。行墮紫羅襟。五起雞三唱。清晨白頭吟。長吁不整綠雲鬢。仰訴青天哀怨深。城崩杞梁妻。誰道土無心。東流不作西歸水。落花辭枝羞故林。(其二)

其中有幻想的破滅,被遺棄的痛苦,往日生活的回憶,以及對司馬相如的怨憤。雖然愛恨癡怨充塞卓文君的內心,然而她還是希望能挽回這段情:

兔絲固無情。隨風任顛倒。誰使女蘿枝。而來彊縈抱。兩草猶一心。人心不如草。莫卷龍須席。從他生網絲。且留琥珀枕。或有夢來時。(其一)

但這期待最後是落了空,司馬相如並未回心轉意,殘酷的現實是:

覆水再收豈滿杯,棄妻已去難重回。

結尾處詩人又用激越的調子歌頌韓憑夫婦純真的愛情:

古時得意不相負,祇今唯見青陵台。(卷一六三)

韓憑夫婦事見晉干寶《搜神記》,他們夫婦被荒淫的宋康王折散後,韓憑自殺,其妻何氏亦投青陵台殉情。比之韓憑,司馬相如真是不折不扣的負心漢。

　　整首詩篇,以樂府詩慣用的「興」起,以悲劇的情調終。詩人以第三人稱口吻敘述後世文人渲染的故事;藉由外在景物的描寫,烘托人物心理狀態,並結合第一人稱口吻,通過文君的獨白,加強她的悲劇形象。

　　3、白居易〈井底引銀瓶〉:

井底引銀缾。銀缾欲上絲繩絕。石上磨玉簪。玉簪欲成中
央折。缾沈簪折知奈何。似妾今朝與君別。憶昔在家爲女
時。人言舉動有殊姿。嬋娟兩鬢秋蟬翼。宛轉雙蛾遠山色。
笑隨戲伴後園中。此時與君未相識。妾弄青梅憑短牆。君
騎白馬傍垂楊。牆頭馬上遙相顧。一見知君即斷腸。知君
斷腸共君語。君指南山松柏樹。感君松柏化爲心。闇合雙
鬟逐君去。到君家舍五六年。君家大人頻有言。聘則爲妻
奔是妾。不堪主祀奉蘋蘩。終知君家不可住。其奈出門無
去處。豈無父母在高堂。亦有親情滿故鄉。潛來更不通消
息。今日悲羞歸不得。爲君一日恩。誤妾百年身。寄言癡
小人家女。慎勿將身輕許人。(卷四二七)

前四句爲比體。第七句以後，作者以第一人稱口吻娓娓道出一名小
妾的不幸遭遇。七至十三句是回憶青春美麗的少女時代。十四至二
十一句寫自己與白馬郎君兩情相悅，遂與他私奔。二十二句至二十
七句寫因不堪妾地位之卑賤而出走。唐代姬妾在法律的地位甚低，
在家中的地位也極低賤，扮演不重要的角色，即詩中所云「不堪主
祀奉蘋蘩」。她們雖可恃寵而驕，但仍缺乏法律的保障。唐代大歷之
前，士大夫妻多妒悍者〔註55〕，姬妾被正妻虐待之事，時有所聞。
輕者被損顏破面，重者被傷殘肢體、扼殺性命〔註56〕。末八句寫私
奔被認爲是不名譽的事，即使在婆家受到排擠，也不敢向父母親戚
訴苦，如今有家歸不得，故以親身經驗告誡癡情女兒，呼應「止淫
奔」之詩旨。

　　「始亂終棄」乃是貞元元和時期男女間習見之現象，元稹〈鶯鶯
傳〉即爲最佳例證。白氏賦此篇蓋「病時之尤急者」〔註57〕。故諄諄
告誡癡小女子「慎勿將身輕許人」。

　　在有形的法律制度及無形的社會輿論都默許男子坐擁三妻四妾

〔註55〕見《酉陽雜俎》卷八。
〔註56〕見《酉陽雜俎》卷八。另見《舊唐書‧高宗廢后王氏傳》。
〔註57〕見陳寅恪《元白詩箋證稿》，頁264，明倫出版社，1970年。

的古代社會，男詩人能捐棄既得利益，為棄婦喊冤訴苦，是相當難能可貴的見識。

三、多情的北里煙花

唐代文人尤其進士狎妓風氣很盛，《開元天寶遺事》載：

> 長安有平康坊，妓女所居之地。京都狹小，萃集於此。兼每年新進士以紅箋名紙遊謁其中，詩人謂此坊為風流藪澤。

娼館酒家成了男人流連忘返的銷金窟，也成了各形各色人物的社交場所。盧照鄰在著名的〈長安古意〉：

> 御史府中烏夜啼，廷尉門前雀欲栖。隱隱朱城臨玉道，遙遙翠幰沒金堤。挾彈飛鷹杜陵北，探丸借客渭橋西。俱邀俠客芙蓉劍，共宿娼家桃李蹊。娼家日暮紫羅裙，清歌一囀口氣香。北堂夜夜人如月，南陌朝朝騎似雲。南陌北堂連北里，五劇三條控三市。弱柳青槐拂地垂，佳氣紅塵暗天起。漢代金吾千騎來，翡翠屠蘇鸚鵡杯。羅裙寶帶為君解，燕歌越舞為君開。（卷四十一）

這是描寫市井娼家入夜後熱鬧的景況。這裏有挾彈飛鷹的浪蕩公子，有暗算公吏的不法少年，有仗劍行游的俠客，有大批禁軍軍官。這些白天各在一方的人，晚上都不約而同到娼家聚會。誠然，這不是一場美麗的熱鬧，但這狂顚中有戰慄，墮落中有靈性。〔註58〕

從一些記載也可看出，唐代官吏，自宰相節度使，下至地方小吏，都是喜好狎妓的。文人進士們想有政治前途，就必須結交權貴，而結交權貴最理想的場合就是妓院，最簡單的方法就是猖妓的提攜。至於娼妓們，都十分愛慕進士們的風流情調，也樂於親近他們。

大部份的娼妓過著生張熱魏、人盡可夫的生活，但在唐詩中也有不少深情專一的煙花，在眾多男佳作家中，李賀以魅麗奇異之筆，將這種角色詮釋得最好。如〈洛姝眞珠〉：

〔註58〕周嘯天評析〈長安古意〉引聞一多語。參見《唐詩鑒賞辭典》，頁8，上海辭書出版社，1983年。

　　眞珠小娘下清廓。洛苑香風飛綽綽。寒鬢斜釵玉燕光。高
樓唱月敲懸璫。蘭風桂露灑幽翠。紅弦裊雲咽深思。花袍
白馬不歸來。濃蛾疊柳香脣醉。金鵝屏風蜀山夢。鸞裾鳳
帶行煙重。八驄籠晃臉差移。日絲繁散暈羅洞。市南曲陌
無秋涼。楚腰衛鬢四時芳。玉喉窱窱排空光。牽雲曳雪留
陸郎。（卷三百九十）

首四句說眞珠像眞珠從天而降的仙女，乘風翺翔，寒鬢玉釵，敲著
佩璫，對月歌唱，這是形容她的清雅妍美。五句形容所居地的幽靜，
六句說她寂寞無聊，彈箏解悶，而箏聲拂雲，含著無限的深思。七
八句說她因愛慕的少年不來，而眉宇深鎖，**鬱鬱寡歡**。九到十二句
說她在睡夢中想像巫山神女薦枕席於所歡，但是凡人魂魄重滯，沒
有騰雲駕霧的本領，不能像神女自由來去，而忽焉日出，天又向晚
了。以上是描摹眞珠幽雅秀靜、晝夜無聊的情味，寫得極其細膩，
極其貼切。結尾四句以一般妓女的「門庭若市」來反襯眞珠的專一
貞靜，寂寞無聊。

　　又如〈蘇小小墓〉：

　　幽蘭露，如啼眼。無物結同心，煙花不堪剪。草如茵，松
如蓋，風為裳，水為珮。油壁車，夕相待。冷翠燭，勞光
彩。西陵下，風吹雨。（卷三百九十）

本詩源自樂府古辭〔註59〕，通過淒迷的景象及豐富的聯想，刻劃出飄
飄忽忽、若隱若現的蘇小小鬼魂，比古辭更增添一股哀艷淒清之感。
前四句說那綴在幽蘭上的露珠，仿佛蘇小小含淚的眼睛，因為沒有人
可以縮結同心，墳上那如夢如幻的野花，也不堪剪來相贈。五到八句
寫蘇小小鬼魂的乘用及裝束。以下六句用淒風苦雨的景象來渲染哀怨
的氣氛，同時也烘托出人物幽冷孤寂的心境，她是那麼地一往情深，
即使化為鬼也不忘與所思結同心，可是因為死生異路，她只能懷著纏

〔註59〕宋・郭茂倩《樂府詩集》卷八五載古辭〈蘇小小歌〉：「我乘油壁車，
　　　　郎乘青驄馬。何處結同心？西陵松柏下。」（台北：里仁書局，1980
　　　　年）。

綿不盡的哀怨在冥路上游蕩，永遠不能了卻心願。

「自古多情空餘恨」是娼妓最好的寫照。唐代文人狎妓的風氣雖然很盛，但只是逢場作戲，或以她們作爲進身之階，對於婚姻自有他們現實的選擇。因爲唐代社會承南北朝之舊俗，通以二事評量人品之高下：凡婚而不娶名家女，與仕而不由清望官，俱爲社會所不齒。元稹作〈鶯鶯傳〉，直敘其始亂終棄之事跡而不以爲忤，其友人楊巨源、李紳、白居易亦知之而不以爲非，乃因捨棄寒女而別婚高門，是當時社會所公認之正當行爲〔註60〕，於是乎多情的娼妓便淪爲功利式婚姻的犧牲品。

在唐代妓女自抒胸臆的作品中，也可以看到反映上述的社會現象，娼妓的委屈多情與文人的現實寡情是強烈的對比。王福娘乃北里曲妓，與孫棨兩情歡洽。一日忽以紅箋授棨，詩云：

> 日日悲傷未有圖，懶將心事話凡夫。非同覆水應收得，只
> 問仙郎有意無。（卷八百二）

孫棨深知其意，但以「非舉子所宜」婉拒〔註61〕。棨答福娘詩云：

> 韶妙如何有遠圖，未能相爲信非夫。泥中蓮子雖無染，移
> 入家園未得無。（卷八百二）

元稹拋棄崔鶯鶯後，鶯鶯肝腸寸斷，有二首絕微之詩，皆哀婉動人。詩云：

> 自從銷瘦減容光，萬轉千迴懶下床。不爲傍人羞不起，爲
> 郎憔悴卻羞郎。（卷八百）
> 棄置今何道，當時且自親。還將舊來意，憐取眼前人。（卷
> 八百）

後一首更是不平地吶喊，她雖然怨卻不怒，末兩句還希望元稹好好疼惜眼前的人兒。但元稹在〈決絕詞〉對鶯鶯卻寡薄多疑，其云：

> 春風撩亂伯勞語，況是此時拋去時。握手苦相問，竟不言
> 後期。君情既決絕，妾意已參差。借如死生別，安得長苦

〔註60〕同註58，頁106。
〔註61〕孫棨《北里志・王團兒條》，世界書局，1962年。

悲。(卷二十)

其二云：

> 刧桃李之當春，競眾人而攀折。我自顧悠悠而若雲，又安
> 能保君皓皓之如雪。(卷二十)

對於元稹的顛倒是非、刻薄寡恩，我們並不以為奇。他在〈鶯鶯傳〉裏為了推卸責任，不也是把寬容深情的鶯鶯冠上「妖孽」的罪名嗎？故陳寅恪云：

> 綜其一生行跡，巧宦故不待言，而巧婚尤為可惡也。豈其
> 多情哉，實多詐而已矣！〔註62〕

真是一針見血！

李賀筆下深情又美麗的娼女在等待的歲月中，紅袖逐漸香消。另外由王福娘及崔鶯鶯的遭遇也說明了在現實生活中，多情卻無人縮結同心的啼眼煙花，往往空留餘恨。

第四節　其　他

除了上述三大類型外，唐詩中尚有反映貴婦與勞婦貧女生活的詩篇；記錄女性復仇者的英勇事蹟與女藝人技藝精湛的詩篇。茲分別探討如下：

一、華麗驕奢的貴婦

封建社會資源分配不均、貧富相去懸殊，杜甫曾揭露「朱門酒肉臭，路有凍死骨」〔註63〕的社會現實。唐詩中有財有勢的貴婦包括王室后妃、貴族婦女及商人婦。以下擇要敘述：

1、楊氏諸姨恃寵而驕、富擬王室，已成為後世詩人爭相嘲諷的好題材。

〔註62〕同註58，頁89。
〔註63〕杜甫〈自京赴奉先詠懷五百字〉，《全唐詩》卷二二一，明倫出版社，1978年。

　　杜甫〈麗人行〉乃藉長安麗人暮春遊宴曲江的情景，諷刺楊貴妃
姊妹奢侈淫蕩的生活，並曲折地反映君王的昏庸和時政的腐敗。本詩
可分爲三段。首段爲前十句，乃泛寫上巳日曲江邊遊春之佳麗。詩云：

　　　　三月三日天氣新。長安水邊多麗人。態濃意遠淑且眞。肌
　　　　理細膩骨肉勻。繡羅衣裳照暮春。蹙金孔雀銀麒麟。頭上
　　　　何所有。翠微匌葉垂鬢脣。背後何所見。珠壓腰衱穩稱身。

首二句刺諸楊遊宴曲江。據《舊唐書‧貴妃傳》載：

　　　　玄宗每幸華清宮，國忠姊妹五家扈從，每家爲一隊，著一
　　　　色衣。五家合隊，照映如花，遺鈿墜舄，瑟瑟珠翠，燦爛
　　　　芳馥於路。（卷二一六）

三、四句寫麗人姿態與體貌之美。沈謙云：

　　　　「態濃意遠淑且眞，肌理細膩骨肉勻」二句，寥寥十四句，
　　　　從麗人之身裁美、肌膚美、姿態美，乃至風韻美、德行美。
　　　　眾美薈聚，靡不畢具。——堪稱爲古今中外所有描繪美女
　　　　形象的壓卷作。〔註64〕

接下來六句，則著力描繪麗人之服飾。從衣裙到佩飾，裏裏外外，上
上下下，前前後後，無不窮盡其美妙。杜甫對麗人的描繪，採取樂府
民歌中慣用的正面詠歎方式，筆觸精工細膩，著色鮮艷富麗。李蔚青
在《中國歷代詩歌鑒賞辭典》中評云：

　　　　讀之彷彿觀一幅美妙的工筆重彩仕女畫，讓人贊嘆不已，
　　　　撫掌叫絕。〔註65〕

第二段乃中間十句，敘述楊氏姐妹飲宴之奢侈。詩云：

　　　　就中雲幕椒房親。賜名大國虢與秦。紫駝之峰出翠釜。水
　　　　精之盤行素鱗。犀箸厭飫久未下。鑾刀縷切空紛綸。黃門
　　　　飛鞚不動塵。御廚絡繹送八珍。簫鼓哀吟感鬼神。賓從雜
　　　　遝實要津。

首二句筆鋒一轉，轉入楊氏諸姨本題，「賜名大國」微婉地諷刺天子

〔註64〕沈謙〈傳統理想的美女形象——析杜甫〈麗人行〉，古典文學十一集。
〔註65〕李蔚青〈評麗人行〉，中國民間文藝出版社。

的濫加封號。三、四句寫味窮水陸，五、六句寫暴殄天物，七、八句寫明皇賞識的優厚。據《新唐書・貴妃傳》載：

> 帝所得珍奇貢獻，分賜諸嬪，使者相銜於道，五家如一。(卷七十六)

此即詠其事。第十句罵盡那些逢迎諂媚，趨炎附勢之徒。

第三段爲最後六句，敘述楊國忠之驕橫與聲勢之顯赫。詩云：

> 後來鞍馬何逡巡。當軒下馬入錦茵。楊花雪落覆白蘋。青鳥飛去銜紅巾。炙手可熱勢絕倫。慎莫近前丞相嗔。(卷二一六)

三、四句俱用典〔註66〕，似賦而實比興，影射楊國忠與虢國夫人之淫亂。據《舊唐書・貴妃傳》載：

> 國忠私於虢國，不避雄狐之刺，聯鑣方駕，不施帷幔。(卷五十一)

〈麗人行〉的主題思想並不是直切激陳地指點出來，而是透過場面及情節自然而然地流露。蒲起龍即指出：

> 無一刺譏語。描摹處語語刺譏；無一慨歎，點逗處，聲聲慨歎。〔註67〕

本詩雖然詞隱旨微，卻不晦澀難懂。李安溪亦指出：

> 此詩實與美目巧笑象掃絺綌同旨，詩至老杜乃可與風雅代興耳。〔註68〕

楊國思與虢國夫人雖然同宗，不過卻是遠親。楊國忠既然擔任宰相，地位僅次於皇帝。大概爲了追求權勢與奢侈的生活，虢國夫人與楊國忠是有些曖昧關係的。如此一來，虢國夫人的地位就比秦國與韓

〔註66〕楊花句按蘅塘退士原注云：「楊花入水爲蘋（見廣韻）。爾雅翼：「萍之大者曰蘋，根生水底，不若小浮萍無根漂浮。」國忠實張易之子，冒姓楊，與虢國通，是無根之楊花覆有根之白蘋也。」又按南北朝魏太后逼通楊華，楊懼及禍，降梁，太后思之，作〈楊白花歌〉云．「春風一夜入閨闥，楊花飄蕩落南家。春去秋來雙燕子，願銜楊花入窠裏。」第四句「青鳥」是神話傳說中西王母的使者，唐詩中多用來指「紅娘」一類的角色。

〔註67〕清・蒲起龍《讀杜心解》，頁229，鼎文書局。

〔註68〕清・楊倫《杜詩鏡詮》引李安溪語，頁58，華正書局，1989年。

國夫人的地位高了。張祜〈虢國夫人〉：

> 虢國夫人承主恩，平明騎馬入宮門。卻嫌脂粉涴顏色，淡掃娥眉朝至尊。（卷五一一）

第二句乃「承主恩」的具體描繪。平明之時，騎馬出入宮門禁苑是多麼地不尋常，至尊的賢不肖自不待言。末兩句據《太眞外傳》云：

> 虢國不施妝粉，自衒美色，常素面朝天。

原來她自恃天生麗質，根本不須靠濃妝艷抹來取悅君王，由此可見楊氏專寵的氣焰。

本詩最大的特點就是含蓄。仇兆鰲注云：

> 乍讀此詩，語似稱揚。及細玩詩旨，卻諷刺微婉。〔註69〕

它似褒實貶，欲抑反揚，以恭維的語言進行深刻的諷刺，藝術技巧頗為高超。

2、尊貴的富家女。

王維〈洛陽女兒行〉是詠洛陽女兒的豪貴，所以譏刺當時京師中豪貴之家的女兒。詩云：

> 洛陽女兒對門居。纔可容顏十五餘。良人玉勒乘驄馬。侍女金盤膾鯉魚。畫閣朱樓盡相望。紅桃綠柳垂簷向。羅幃送上七香車。寶扇迎歸九華帳。狂夫富貴在青春。意氣驕奢劇季倫。自憐碧玉親教舞。不惜珊瑚持與人。春窗曙滅九微火。九微片片飛花瑣。戲罷曾無理曲時。妝成祇是薰香坐。城中相識盡繁華。日夜經過趙李家。誰憐越女顏如玉。貧賤江頭自浣紗。（卷一二五）

前八句為首段，敘述如兒的出身驕貴，她有年輕、高貴的丈夫、丫環服侍，起居、飲食、行止無不富麗豪貴。中間八句為第二段，刻劃出女兒的嬌媚及其良人的驕奢豪爽。末四句為第三段，敘述女兒所交往的盡是貴戚，用西施的出身微賤來反襯，言下感慨萬千！

3、跋扈的商人婦。

〔註69〕清·仇兆鰲《杜詩詳注》，頁162，里仁書局。

白居易〈鹽商婦〉：

> 鹽商婦。多金帛。不事田農與蠶績。南北東西不失家。風水爲鄉船作宅。本是揚州家女。嫁得西江大商容。綠鬟富去金釵多。皓腕肥來銀釧窄。前呼蒼頭後叱婢。問爾因何得如此。婿作鹽商十五年。不屬州縣屬天子。每年鹽利入官時。少入官家多入私。官家利薄私家厚。鹽鐵尚書遠不知。何況江頭魚米賤。紅膾黃橙香稻飯。飽食濃妝倚柁樓。兩朵紅腮花欲綻。鹽商婦。有幸嫁鹽商。終朝美飯食。終歲好衣裳。好衣美食來何處。亦須慚愧桑弘羊。桑弘羊。死已久。不獨漢時今亦有。（卷四二七）

白氏自言詩旨爲「惡幸人」；又詩中鹽商婦所說的一段話，從「婿作鹽商十五年」至「鹽鐵尚書遠不知」牽涉到唐代食鹽政策問題，故陳寅恪說白氏此篇作品，只是把他前數年擬策林時所蓄的鹽法意見通過詩篇表達出來而已〔註70〕。

　　由此可知詩人爲了表達厭惡鹽鐵奸商而塑造出一位氣焰囂張、美食好衣的商人婦形象，極力強調她「綠鬟富去金釵多，皓腕肥來銀釧窄」、「飽食濃妝倚柁樓，兩朵紅腮花欲綻」的富厚物質生活，及「前呼蒼頭後叱婢」的神氣。由此描寫出來的鹽建商婦形象，充其量只能視爲個別的商人婦，不能視爲具有典型意義的藝術形象。

　　〈麗人行〉、〈洛陽女兒行〉二詩藉貴婦誇張的排場及浮華的生活構成一個特殊的情境，這種特殊的情境便與尋常的情境形成對比，從而不露痕跡地傳達詩人的嘲諷；〈商人婦〉乃爲了宣揚主題理念而塑造人物形象，因爲這是詩人先入爲主的觀念，所以僅能視爲個別的商人婦。

二、勤樸的勞婦貧女

　　唐詩中有不少反映勞婦貧女生活疾苦的詩篇，它們都具有社會寫實的功能。詩人在同情弱勢團體之餘，常有「同是天涯淪落人」的寓

〔註70〕陳寅恪《元白詩箋註稿》，頁257，明倫出版社，1970年。

託。以下擇要論述：

　　1、杜甫〈負薪行〉：

　　　夔州處女髮半華。四十五十無夫家。更遭喪亂嫁不售。一
　　　生抱恨堪咨嗟。土風坐男使女立。應當門戶女出入。十猶
　　　八九負薪歸。賣薪得錢應供給。至老雙鬟只垂頸。野花山
　　　葉銀釵並。筋力登危集市門。死生射利兼鹽井。面妝首飾
　　　雜啼痕。地褊衣寒困石根。若道巫山女粗醜。何得此有昭
　　　君村。（卷二二一）

本詩是杜甫在大歷元年（西元 766 年）目睹夔州風土民情的寫實詩。
詩中反映當地貧苦婦女的兩種不幸情境：一是由於戰亂，很多女子
嫁不出去，以致四十、五十歲的老處女大有人在。二是當地風俗與
平川地帶相反，男的在家幹活，女的不但要冒險登危石採薪，還要
運到市場叫賣。九、十兩句不但寫實，而且呼應失時的主題。陸游
《入蜀記》載：

　　　峽中負物賣率多婦女，未嫁者爲同心髻，高二尺，插銀釵
　　　至六隻，後插象牙，梳如手大。〔註71〕

末四句詩人不平地說巫女並非天生麤醜，乃是貧困剝奪和苦難磨損的
結果。在杜甫看來，及時婚嫁和男耕女織的勞動分工是婦女應享的基
本幸福，窮鄉僻壤的勞婦連這點福氣都沒有，因而他感到憤憤不平。

　　2、秦韜玉〈貧女〉：

　　　蓬門未識綺羅香，擬託良媒益自傷。誰愛風流高格調，共
　　　憐時世儉梳妝。敢將十指誇鍼巧，不把雙眉鬥畫長。苦恨
　　　年年壓金線，爲他人作嫁衣裳。（卷六百七十）

首句以「綺羅香」襯「貧」字。頷聯、頸聯說明「擬託良媒益自傷」
的原因：因爲貧女自矜高尚的情操及才華，鄙棄時俗、不追求時髦打
扮〔註72〕，故曲高和寡，知音難遇。近人康正果云：

〔註71〕楊倫《杜詩鏡詮》引陸游《入蜀記》之記載，1989 年。
〔註72〕「儉梳妝」即「險梳妝」，指奇異的裝束打扮。《唐會要》卷三十一：
　　　「婦人高髻險妝，去眉開額，甚乖風俗，頗害常儀。」可見「儉梳

> 〈貧女〉一詩最突出的特點在不事修飾的貧女身上發現了
> 另一種女性美。它既非美色，也非「三從四德」之類的美
> 德，而是一種獨立的人格美。〔註73〕

末聯描寫她在理想與現實的衝突矛盾中，對生活的不公正發出了怨詛。

　　詩人刻劃貧女的形象既沒有憑借外在景物、氣氛的烘托，也沒有進行相貌衣物和神態舉止的描摹，而是把她放在與社會環境的矛盾衝突中，通過獨白揭示她內心深處的痛苦。此詩雖詠貧女，卻別有寄託，是詩人自己的寫照。王文濡云：

> 此詩全見比體，以貧女比貧士。言雖有才具，難邀知遇，
> 而性復高傲，不肯求媚於世，所以年年寄人籬下，徒藉筆
> 耕以餬口耳。〔註74〕

3、唐彥謙〈采桑女〉：

> 春風吹蠶細如蟻，桑芽才努青鴉嘴。侵晨采桑誰家女，手
> 挽長條淚如雨。去歲初眠當此時，今歲春寒葉放遲。愁聽
> 門外催里胥，官家二月收新絲。（卷六七一）

　　據《唐會要》記載，唐憲宗元和十一年（西元816年）六月的一項制命說：「諸縣夏稅折納綾、絹、絁、綢、絲錦等」，搜刮的名目可謂繁多，但也明文規定了征稅的時間是在夏季。因為只有夏收後，老百姓才有絲織品可交。可是到了唐末，朝廷財政入不敷出，統治者就加緊掠奪，把徵收夏稅的時間提前到二月，這是多麼蠻橫無理！

　　首聯先寫蠶子細小，繼寫無桑葉可采。頸聯點出今年蠶事不如去年。頷聯、末聯寫采桑女雖然在料峭春寒的凌晨即出門采桑，但她卻無法使桑芽變成桑葉，更無法使螞蟻般大小的蠶子馬上長大吐絲結繭。而如狼似虎的里中小吏早就逼上門來，催她二月交新絲。想到此，她手挈著柔長的枝條，淚如雨下。

　　詩人不著一字議論，而以一位勤勞善良的采桑女在苛捐重稅的壓

　　　妝」即所謂「時世妝」。
〔註73〕同註72，頁227。
〔註74〕王文濡《唐詩評注讀本》。

榨下所遭到的痛苦，深刻揭露了唐末「苛政猛於虎」的社會現象。

　　4、杜荀鶴〈山中寡婦〉：

　　　　夫因兵守蓬茅，麻苧衣衫鬢髮焦。桑柘廢來猶納稅，田園
　　　　荒後尚徵苗。時挑野菜和根煮，旋斫生柴帶葉燒。任是深
　　　　山更深處，也應無計避徵徭。（卷六九二）

首句揭露在兵馬倥傯、動盪不安的時局裏，一位婦女不幸的遭遇。二
句直就外形刻畫出寡婦貧困痛苦的模樣。頷聯寫由於戰爭的破壞，桑
林伐盡了，田園也荒廢，而官府卻不顧人民的死活，照收絲稅及青苗
稅。頸聯寫在殘酷的賦稅剝削下，寡婦吃野菜的非人生活，強調出她
那難以想象的困苦狀況。末聯詩人以說郁悲憤的語調發出議論，控訴
官府的剝削。

　　杜荀鶴一洗七律雍榮華貴之風格，以淺白的口語勾勒出山中寡婦
悲慘的命運，概括唐末更多與寡婦同命運者的苦難。

　　〈負薪行〉、〈采桑女〉、〈山中寡婦〉的詩旨係藉由弱勢團體的生
活寫照，揭露社會資源分配不均及豺狼當道的現象；而〈貧女〉是男
詩人假託型隱喻，「她」被賦予「貧賤不能移」的高尚情操，顯示一
種獨立的人格美。

三、不讓鬚眉的紅妝

　　古代女子大多養在深閨里，她們「大門不出，二門不邁」，更遑
論拋頭露面、任俠擊劍了，但在唐詩中，我們可以看到少數身手矯健、
不讓男子專美於前的女英雌。本節探討的對象包括女性復仇者及身懷
絕技的民間女藝人。

　　唐詩中僅李白有二首讚美女性復仇者的詩篇，這跟他任俠使氣的
性格有關。其〈秦女休行〉：

　　　　西門秦氏女。秀色如瓊花。手揮白揚刀。清晝殺讎家。羅
　　　　袖灑赤血。英氣凌紫霞。直上西山去。關吏相邀遮。婿爲
　　　　燕國王。身被詔獄加。犯刑若履虎。不畏落爪牙。素頸未
　　　　及斷。摧眉伏泥沙。金雞忽放赦。大辟得寬賒。何慚轟政

姊。萬古共驚嗟。(卷一六四)

秦女休爲宗族報仇的事，原發生在漢代。李白在詩題下注云：「魏協律都尉左延年所作，今擬之。」郭茂清《樂府詩集》題解云：

> 左延年辭大略言女休爲燕王婦，爲宗報讎，殺人都市，雖被囚繫，終以赦宥，得寬刑戮也。

左作〔註75〕平鋪直敘、質木無文，然記事較詳。李詩避免對事件作細節的描寫，而著力於人物性格的塑造；又此詩存漢樂府之格調，氣概磅薄、波瀾狀闊，可說是「青出於藍」之擬作。

　　雖然秦女休的白晝殺人，是一種報復行徑，但報仇也是任俠精神的表現。在司法制度不健全的古代，有時必須靠義俠來執行正義。「俠以武犯禁」，故秦女休明知仇殺之舉，「犯刑若履虎」，亦「不畏落爪牙」。

　　由「關吏相邀遮」、「金雞忽放赦」可看出漢代主政者不但不禁止復仇之行爲，反推波助瀾地加以鼓勵，這可能跟漢代以降的社會風氣有關。李白相當激賞秦女休的義烈行徑，他把秦女休與聶政姊相提並論，雖然其與聶政姊爲揚弟令名而自殺的結局有所不同，而其原動機，則一樣果決偉烈。

　　〈東海有勇婦〉則寫東海勇婦爲夫報仇的義行。詩云：

> 梁山感杞妻。慟哭爲之傾。金石忽暫開。都由激深情。東海有勇婦。何慚蘇子卿。學劍越處子。超然若流星。損軀報夫讎。萬死不顧生。白刃耀素雪。蒼天感精誠。十步兩躍躍。三呼一交兵。斬首掉國門。蹴踏五藏行。豁此伉儷

〔註75〕郭茂清《樂府詩集》收錄左延年〈秦女休行〉，詩云：「始出上西門，遙望秦氏盧。秦氏有好女，自名爲女休。休年十四五，爲宗行報讎。左執白楊刃，右據宛魯矛。讎家便東南，仆僵秦女休。女休西上山，上山四五里。關吏呵問女休，女休前置辭：「平生爲燕王婦，於今爲詔獄囚。平生衣參差，當今無領襦。明知殺人當死，兄言快快，弟言無道憂。女休堅辭爲宗報讎，死不疑。」殺人都市中，徼我都巷西。丞卿羅東向坐，女休悽悽曳梏前。兩徒夾我持，刃刃五尺餘。刀未下，朣朧擊鼓赦書下。」

憤。粲然大義明。北海李使君。飛章奏天庭。捨罪驚風俗。
流芳播滄瀛。名在列女籍。竹帛已光榮。淳于免詔獄。漢
主爲緹縈。津妾一棹歌。脫父於嚴刑。十子若不肖。不如
一女英。豫讓斬空衣。有心竟無成。要離殺慶忌。壯夫所
素輕。妻子亦何辜。焚之買虛聲。豈如東海婦。事立獨揚
名。(卷一六四)

李白此詩著重在襯托東海勇婦的義烈。他舉了六個史例，首先以杞梁
妻枕尸哭於長城，十日城牆崩頹這件故事來感興，接著以蘇子卿來與
她比美，清人王琦認爲蘇子卿是關中有賢女的主角蘇來卿〔註76〕。按
曹植〈精微篇〉云：

關東有賢女，自字蘇來卿，壯年報父仇，身沒垂功名。

可知蘇子卿乃蘇來卿之誤也。接著詩人又以漢代緹縈救父、趙國河津
吏的女兒女涓救父之事來頌揚東海勇婦。東海勇婦以一婦人，刻苦自
勵，卒報夫讎，實屬不易，故後文又以著名的刺客或勇士，如豫讓之
無能成事，而要離以妻子的性命換成事之虛名，與東海勇婦之獨立成
事，兩相對照，愈顯示此婦之難能可貴。

在〈東海有勇婦〉中，只有「學劍起處子，……粲然大義明」一
節是直接描寫她復仇的過程。然後借李使君的奏章，說她可以登入〈列
女傳〉中。邱燮友先生認爲這位「李使君」，就是李白自己。〔註77〕

總之，在〈東海有勇婦〉這首詩，作者通過正面的描寫，側面的
襯托，來突出東海勇婦的形象，表揚她爲夫報仇的任俠精神。雖然，
仇怨私報，在司法制度不健全的時代，或稍有可取；至於在理性昌明
的時代，則彼種解決方式，顯得太野蠻鄙陋了！

另一類不讓鬚眉的紅妝是民間女藝人，她們拋頭露面，從事特技
表演以謀求溫飽，是古代少數經濟可以獨立的女性。唐詩中有兩首描
寫女藝人爬竿表演的詩作。顧況〈險竿行〉一洗傳統女性溫柔卑順的

〔註76〕瞿蛻園《李白集校注》引王琦注，頁253，洪氏出版社，1981年。
〔註77〕邱燮友《中國歷代故事詩》，頁229，三民書局，1985年。

形象，而呈現出健康爽朗的女中丈夫模樣。詩首云：

> 宛陵女兒擘飛手。長竿橫空上下走。已能輕險若平地。豈
> 肯身爲一家婦。

她們過慣了「動如脫兔」的日子，又怎能適應「靜如處子」的女紅生
活？

> 翻身挂影恣騰蹋。反縮頭髻盤旋風。盤旋風。撒飛鳥。驚
> 猿遠。樹枝裏。頭上打鼓不聞時。手蹉腳跌蜘蛛絲。忽雷
> 掣斷流星尾。曈昽劃破蚩尤旗。

此言她們爬竿的颯颯英姿。她們不但手腳靈活，而且速度飛快。

> 若不隨仙作仙女。即應嫁賊生賊兒。中丞方略通變化。外
> 戶不扃從女嫁。（卷二六五）

最後再次強調她們豪爽不羈的性格。

　　另一首爲王建的〈尋橦歌〉。「尋橦」是一種爬竿的表演。漢時「尋
橦」不言歌舞，唐時則緣竿兼有歌舞〔註78〕。此篇記敘「尋橦」有歌
有舞，層次分明，生動活潑。詩云：

> 人間百戲皆可學。尋橦不比諸餘樂。重梳短髻下金鈿。紅
> 帽青巾各一邊。身輕足捷勝男子。繞竿四面爭先緣。習多
> 倚附敲竿滑。上下蹁躚皆著襪。翻身垂頸欲落地。卻住把
> 腰初似歇。大竿百夫擎不起。裊裊半在青雲裏。纖腰女兒
> 不動容。載行直舞一曲終。回頭但覺人眼見。矜難恐畏天
> 無風。險中更險何曾失。山鼠懸頭猿挂膝。小垂一手當舞
> 盤。斜慘雙蛾看落日。斯須改變曲解新。貴欲歡他平地人。
> 散時滿面生顏色。行步依前無氣力。（卷二九八）

首二句強調尋橦的高難度，然後介紹尋橦的表演過程：她們把頭髮重
新梳成短髻，摘下首飾，戴紅帽和戴青巾的，分兩邊站立。她們身體
輕盈，手腳敏捷，勝於男子。由於與竿打交道多年了，熟能生巧，也
就不怕長竿滑溜溜的。她們在竿上爬上爬下，蹁躚而舞，腳上都穿著
襪子。突然一個翻身垂頸的動作，好像要落掉地面，但她們馬上又把

〔註78〕見李樹政《張籍王建詩選》評注，源流出版社。

長竿抓住，剎那間一動也不動。這般粗大的長竿，一百個壯漢也無法把它舉起來，它巍巍峨峨地豎立在半空中，但那些身材纖巧的女子卻面無懼色，緣竿上下，成行而舞，一直到樂曲終了。一回頭，她們才發覺觀眾都瞪大眼睛望著自己。爲了使自己的表演驚險，她們只擔心今天不颳風。任何驚險的場面都不曾失手過，她們像山鼠般翻身倒掛，像猿猴般以膝鉤竿；她們用小垂手的舞姿，一手持著杯盤，眉毛斜挑，凝望落日。一會兒，又變換另一種舞曲，隨著唱起新的歌曲，這全是想博得觀眾的歡悅。末二句寫她們舞罷下地時，滿臉紅暈，光采生輝，走路的步履又像開始那樣，一副佳人嬌弱姿態。

　　這類女性是父系社會中的奇葩。唐以前已有歌詠女性復仇者的詩篇，於此我們又發現前所未有的新女性——江湖賣藝的女性技人。

小　結

　　唐詩中的女性涵蓋古今（以唐代爲限），而且前者幾乎占了三分之一強，主要因爲唐詩中有相當多以漢代婦女爲主題的樂府詩，尤以吟詠皇室后妃者居冠。但相反地，卻罕見唐人吟詠當代后妃（除了楊貴妃外），可能因其身分尊貴，詩人們不敢在太歲頂上動刀之故吧！

　　綜合上述十四類女性形象可知被賦予正面形象（諸如節婦烈女、寬容深情、勤奮質樸）的詠女性詩歌，大多爲了表彰淑範懿行、反映婦女現實生活或別有寄託而作；被賦予負面形象者（諸如美艷風騷、華麗驕奢），率皆爲了表現審美趣味、宣揚主題理念而作。

第四章　唐詩中女性形象的成因探討

　　本章屬於外緣研究，所選定的研究路線有三：第一節由詩壇風尚的影響，探討詠女性詩歌寫實與浪漫兩風格的成因，第二節由作者不同的創作動機，探討女性形象實有與虛擬兩型的成因，第三節由詩歌印證唐代法律及各種文獻資料所顯示的婦女社會地位與生活。

第一節　詩壇風尚的影響

　　論唐人詩者，每分唐代爲初、盛、中、晚四期〔註1〕，各期詩風不同。由以下的分析可知唐代詠女性詩與各期的詩風相當吻合。

〔註1〕唐詩分期，首見於宋·嚴羽《滄浪詩話》以時分五「體」，元·楊士弘《唐音》始標初、盛、中、晚四唐之目，明·高棅《唐詩品彙》承其遺緒，正式確立四期的分法，並爲後人所沿用。至於四期起迄之時間斷限，各家之說雖有參差，並無大礙，蓋分期只是大略區分，以便於掌握發展趨勢而已。茲擇錄葉師慶炳《中國文學史》、李日剛《中國文學流變史·詩歌編》對唐詩之分期，列表對照以供參考：

	初　　唐	盛　唐	中　唐	晚　唐
葉 慶 炳	西元 618～712	713～765	766～835	836～906
李 日 剛	同右	713～762	762～826	827～906

一、初　唐

　　李唐建國之初，文物制度基本上是承襲陳、隋舊業。當時的文人學士如虞世南、李百藥、陳叔達等人，他們不是出身於南北朝的世家大族，便是出身於顯貴之家，同為知名於前代之文士詩人，因此他們的作品，仍然表現著陳、隋宮體的餘風，無論詩的格調與內容，還是齊、梁一派的影子，例如：

　　　　寒閨織素錦，含怨斂雙蛾。綜新交縷澀，輕脆斷絲多。衣
　　書逐舉袖，釧動應鳴梭。還恐裁縫罷，無信達交河。（虞世
　　南〈中婦織流黃〉，《全唐詩》卷三十六）

　　　　團扇秋風起，長門夜月明。羞聞扚背人，恨說舞腰輕。太
　　常應已醉，劉君恆帶醒。橫陳每虛設，吉夢竟何成。（李百
　　藥〈妾薄命〉，《全唐詩》卷二十四）

這種作品輕艷淫靡，都是宮體詩的餘響，並無新意。

　　唐初文風深受六朝餘習影響，唯美主義盛行，宮體詩風方熾，陳、隋遺老的作品有這種情形固不足為奇，就是唐太宗和他的臣僚，也沈溺於宮體詩風裏。據傳唐太宗曾作宮體，因受虞世南勸諫而幡然悔悟〔註2〕；而宮廷詩人上官儀，好以「綺錯婉媚」寫文，當時人多效法其體，謂「上官體」，獨踞文壇，垂二十年〔註3〕。儀死後，孫女上官婉兒的詩風，猶沿襲其祖的風格。當她被武則天所親幸時，居然挾宮廷勢力，領袖詩壇，但所倡導的，仍是宮體遺風〔註4〕。

　　齊梁以來，由沈約等人倡導「四聲八病」的聲律說，到了上官儀創立六對、八對的當對律，使詩歌的寫作更進一步受到形式上的嚴格拘束。這種講求平仄、對仗的新體詩，經過初唐四傑的試驗製作，已日臻成熟。到了沈、宋，在前人培植的基礎上，更刻意研鍊，於是五律七律都完全成熟了〔註5〕。例如：

〔註2〕見計有功《唐詩紀事》卷一，鼎文書局，1971年。
〔註3〕見《舊唐書》卷八十，鼎文書局，1976年。
〔註4〕同前註，卷五十，鼎文書局，1976年。
〔註5〕見《新唐書・文藝傳》卷二百二，鼎文書局，1976年。

斂容辭豹尾，緘怨度龍鱗。金鈿明漢月，玉筋染胡塵。妝
鏡菱花暗，愁眉柳葉顰。唯有清笳曲，時聞芳樹春。（駱賓
王〈王昭君〉,《全唐詩》卷七十八）

盧家少婦鬱金堂，紫燕雙飛玳瑁梁。九月寒砧催木葉，十
年征戍憶遼陽。白狼河北音書斷，丹鳳城南秋夜長。誰謂
含愁獨不見，更教明月照流黃。（沈銓期〈獨不見〉,《全唐詩》
卷二十六）

妾住越城南，離居不自堪。採花驚曙鳥，摘葉餧春蠶；懶
結茱萸帶，愁安玳瑁簪。待君消瘦盡，日暮碧江潭。（宋之
問〈江南曲〉）

上述諸詩屬對精確，工整確合美術條件。胡適之先先謂唐初往往用律
體作樂府〔註6〕，即是指其形式技巧而言。近人黃永武先生非常讚賞
駱詩濃麗之美，指出：

麗語能超妙，就像挾著滿身彩羽還能高翔的，恐怕只有鳳
凰！〔註7〕

初唐詩人大致承襲梁、陳風格，他們的詠女性詩歌，以詩體說，
大都是律體樂府；以風格說，大都是宮體；以題材說，則是〈有所思〉、
〈獨不見〉、〈巫山高〉、〈折楊柳〉等有關別離與閨怨的古題樂府，能
夠在「猶帶六朝錦色」的詩風中力求突破者，首推「四傑」。

聞一多先生認為無論在年齡、性格、情誼或擅長的詩體方面，「王
楊」「盧駱」都天然形成兩組或兩派；並且就奠定五律基礎的觀點看，
王楊沈宋是一脈相承，有資格承受「四傑」的徽號，而盧駱劉（希
夷）張（若虛）在改良宮體詩的觀點下，也可被稱為另一組「四傑」
〔註8〕。王勃樂府，有〈採蓮曲〉、〈銅雀妓〉諸篇，其歌詠對象，
仍多男女之情；楊炯樂府屬豪爽剛健一派，故詠女性詩歌闕如。據
此，筆者用聞氏對「四傑」的新定義，一探盧駱劉張對改良宮體詩

〔註6〕見胡適《白話文學史》，頁40，遠流圖書公司，1986年。
〔註7〕黃永武《中國詩學‧鑑賞篇》，頁148，巨流圖書公司，1988年。
〔註8〕聞一多〈唐詩雜論——四傑〉，收錄在《詩選與校箋》，頁28，九思
出版社，1978年。

的貢獻。

　　盧、駱、劉、張皆擅長七言歌行。試看盧照鄰的〈長安古意〉：

借問吹簫向紫煙。曾經學舞度芳年。得成比目何辭死。願
作鴛鴦不羨仙。比目鴛鴦眞可羨。雙去雙來君不見。生憎
帳額繡孤鸞。好取門簾帖雙燕。雙燕雙飛繞畫梁。羅幃翠
被鬱金香。片片行雲著蟬鬢。纖纖初月上鴉黃。鴉黃粉白
車中出。含嬌含態情非一。妖童寶馬鐵連錢。娼婦盤龍金
屈膝。

這一段描寫豪門的歌姬家妓，通過她們的感情、生活以概見豪門生活
之一斑。這裏很明顯地受了宮體詩的影響，但是，此詩卻還有兩個特
點是梁、陳宮體所看不到的。一是〈長安古意〉的堂廡特大：

長安大道連狹斜。青牛白馬七香車。玉輦縱橫過主第。金
鞭絡繹向侯家。龍銜寶蓋承朝日。鳳吐流蘇帶晚霞。百丈
游絲爭繞樹。一群嬌鳥共啼花。

以一個充滿生氣的富麗都城取代宮體詩中華美卻沒有生命氣息的深
閨或庭院等。二是詩人在極力鋪陳這個繁華世界的同時，還能站在權
力和慾望的圈子以外，對這種生活加以批評：

專權意氣本豪雄。青糾紫燕坐春風。自言舞歌長千載。自
謂驕奢凌五公。節物風光不相待。桑田碧海須臾改。昔時
金階白玉堂。即今唯見青松在。寂寂寥寥揚子居。年年歲
歲一床書。獨有南山桂花發。飛來飛去襲人裾。（卷四十二）

比起前面的極力描寫豪華，這種批評難免有「勸百諷一」之嫌〔註9〕，
然而比起梁陳宮體詩人耽溺於婦人艷情之窠臼裏，盧照鄰算是清醒理
智多了。

　　除了上述二點外，「四傑」對宮體詩的另一改良是：詩中有「情」
的成份。例如：

洛陽城東桃李花，飛來飛去落誰家？洛陽女兒惜顏色，行
逢落花長歎息。今年落花顏色泛，明年花開復誰在？已見

〔註 9〕同前註，見〈宮體詩的自贖〉，頁15。

　　松柏摧爲薪，更聞桑田變成海。古人無復洛城東，今人還
對落花風。年年歲歲花相似，歲歲年年人不同。（劉希夷〈代
悲白頭翁〉,《全唐詩》卷八十二）
　　昨夜閑潭夢落花，可憐春半不還家。江水流春去欲盡，江
潭落月復西斜。斜月沉沉藏海霧，碣石瀟湘無限路。不知
乘月幾人歸，落月搖情滿江樹。（張若虛〈春江花月夜〉,《全唐
詩》卷一一七）

劉詩抒寫洛陽女兒對花盛衰有時，人青春難在的感歎，是全體人類相
同共感的悲情。張詩抒寫閨婦的春思，這種欲吐不吐的眞摯情懷，我
們在宮體詩裏是看不到的，其他如駱賓王〈艷情代郭氏答盧照鄰〉、〈代
女道士王靈妃贈道士李榮〉，都是幫癡心女打負心漢的詩篇。而宮體
詩中的女人只是男人的寵物，從女人的身體，到身體的飾物，旁及她
所居的深閨擺設，無不極力摹寫，唯獨缺少的東西就是──情。

　　初唐在未創新格之前，詩人大量擬作齊梁樂府，故詩壇充斥浮薄
輕艷的氣息。經過四傑，陳子昂諸人有意識地復古革新，四傑筆下的
女人也漸有人性，不再只是男人的寵物，這點突破說明宮體詩的時代
終究是要過去的。

二、盛　唐

　　初唐詩歌，經過了四傑、沈、宋等人的努力以及陳子昂的詩歌
革新，一面是在詩歌的各種形式上奠定了堅實的基礎，同時革除了
六朝華靡柔弱的文風，突破了齊、梁宮體的束縛，明確了詩歌的前
進方向。逮乎盛唐，王維、孟浩然等謳歌自然；高適、岑參等描繪
邊塞。李白復古，集漢、魏、六朝之大成；杜甫開新，啓中唐、晚
唐之先路。初唐唯美詩風至此一掃而空，詩歌完全進入一新境界。
本小節茲就自然派、邊塞派、李杜兩大家，分別探竟不同流派的詩
人詠女性詩的情形。

　　自然派詩人的詠女性詩寥寥可數，王維僅有〈洛陽女兒行〉、〈息
夫人〉、〈西施詠〉及數首閨怨詩，前三首不但人物形象鮮明，而且寄

寓深遠；孟浩然約有五首閨怨詩，這五首詩仍帶六朝錦包。

> 莫以今時寵，能忘舊日恩。看花滿眼淚，不共楚王語。(〈息
> 夫人〉,《全唐詩》卷一二五)

> 洛陽女兒對門居。纔可容顏十五餘。良人玉勒乘驄馬。侍
> 女金盤鱠鯉魚。畫閣朱樓盡相望。紅桃綠柳垂簷向。羅幃
> 送上七香車。寶扇迎歸九華帳。狂夫富貴在青春。意氣驕
> 奢劇季倫。自憐碧玉親教舞。不惜珊瑚持與人。春窗曙滅
> 九微火。九微片片飛花瑣。戲罷曾無理曲時。妝成祇是薰
> 香坐。城中相識盡繁華。日夜經過趙李家。誰憐越女顏如
> 玉。貧賤江頭自浣紗。(〈洛陽女兒行〉,《全唐詩》卷一二五)

> 夫婿久離別，青樓空望歸。妝成卷簾坐，愁思懶縫衣。燕
> 子家家入，楊花處處飛。空床難獨守，誰爲報金徽。(孟浩
> 然〈賦得盈盈樓上女〉,《全唐詩》卷一六〇)

邊塞派詩人除了岑參、高適外，還有崔顥、王昌齡、王之渙、王
翰、李頎。其中王之渙有一首閨怨詩，高適有〈聽張立本女吟〉、〈秋
胡行〉、岑參有〈田使君美人舞如蓮花北鋋歌〉、王翰有〈飛燕篇〉、
李頎有〈鄭櫻桃歌〉等，除了前二首爲七絕外，其餘四首皆爲樂府歌
行，與邊塞派善於吸取樂府民歌的精神相稱。

> 危冠廣袖楚宮妝，獨步閑庭逐夜涼。自把玉釵敲砌竹，清
> 歌一曲夜如霜。(〈聽張立本女吟〉,《全唐詩》卷二一四)

> 美人舞如蓮花旋。世人有眼應未見。高堂滿地紅氍毹。試舞
> 一曲天下無。此曲胡人傳入漢。諸客見之驚且歎。慢臉嬌娥
> 纖復穠。輕羅金縷花蔥蘢。回裾轉袖若飛雪。左鋋右鋋生旋
> 風。琵琶橫笛和未匝。花門山頭黃雲合。忽作出塞入塞聲。
> 白草胡沙寒颯颯。翻身入破如有神。前見後見回回新。始知
> 諸曲不可比。采蓮落梅徒聒耳。世人學舞祇是舞。恣態豈能
> 得如此。(〈田使君美人舞如蓮花北鋋歌〉,《全唐詩》卷一九九)

> 石季龍。僭天祿。擅雄豪。美人姓鄭名櫻桃。櫻桃美顏香
> 且澤。嫦娥侍寢專宮掖。後庭卷衣三萬人。翠眉清鏡不得
> 親。宮軍女騎一千匹。繁花照耀漳河春。織成花映紅綸巾。

紅旗掣曳鹵簿新。鳴鑾走馬接飛鳥。銅駞瑟瑟隨去塵。鳳
陽重門如意館。百尺金梯倚銀漢。自言富貴不可量。女爲
公主男爲王。赤花雙簟珊瑚床。盤龍斗帳琥珀光。淫昏偪
位神所惡。滅石者陵終不悟。鄴城蒼蒼白露微。世事翻覆
黃雲飛。（〈鄭櫻桃歌〉，《全唐詩》卷一三三）

　　邊塞派詩人以崔顥、王昌齡的詠女性詩歌最多。《河嶽英靈集》
評崔詩云：

顥年少爲詩，名陷輕薄，晚節忽變常體，風骨凜然。一窺
塞垣，說盡戎旅。

他早年的詩雖多艷篇，然卻有樂府民歌的本色。如：

川上女，晚妝鮮。日落輕渚試輕橈，汀長花滿正迴船，暮
來浪起風轉急，自言此去橫塘近，綠江無伴夜獨行，獨行
心緒愁無室。（〈川上女〉，《全唐詩》卷一三〇）

君家何處住，妾住在橫塘，停船暫借問，或恐是同鄉。（〈長
干曲之一〉）（卷一三〇）

家臨九江水，來去九江側，同是長干人，自小不相識。（〈長
干曲之二〉）（卷一三〇）

十五嫁王昌，盈盈入畫堂；自矜年最少，復倚婿爲郎。舞
愛前谿綠，歌憐子夜長；閒來鬥百草，度日不成妝。（〈王家
少婦〉）（卷一三〇）

《唐詩紀事》載：

初李邕聞其名，虛舍待之。顥至，獻詩，首章云：「十五嫁
王昌。」邕叱曰：「小兒無禮！」不與接而去。（卷二十一）

據此可知，唐代漸厭浮艷文學。

　　王昌齡除了長於描寫邊塞戰爭外，亦善於表現宮閨離別之情，
如：

昨夜風開露井桃，未央前殿月輪高。平陽歌舞新承寵，簾
外春外賜錦袍。（〈春宮曲〉，《全唐詩》卷一四三）

奉帚平明金殿開，且將團扇共徘徊。玉顏不帶寒鴉色，猶
帶昭陽日影來。（〈長信秋詞五首之二〉，《全唐詩》卷一四三）

由上可知王昌齡以七絕見長。沈德潛《唐詩別裁》云：

> 龍標絕句，深情幽怨，意旨微茫，令人測之無端，玩之無
> 盡。

這評價是很高的。

　　李白的擬古樂府約有一百五十首，不論在質與量上都居唐人之冠，其中詠女性的詩篇約莫佔了八十首，有些作品略嫌浮淺空泛，如〈平虜將軍妻〉、〈大堤曲〉，但一般說來，他寫婦女的作品大都能達到頗高的水平，對婦女的種種形象、心理狀態，刻劃得頗爲細膩生動。

　　李白詩中的女性包羅萬象，有反映商人婦、征婦、勞婦、棄婦生命形態的詩篇，如〈長干行〉〈江夏行〉、〈北風行〉〈擣方衣篇〉、〈宿五松下荀媼家〉、〈白頭吟〉〈中山孺子妾〉等，另外也有詠楊貴妃、女英雄、採蓮女、胡姬、女道士的詩篇，如〈清平調〉、〈秦女休行〉、〈東海有勇婦〉、〈採蓮曲〉、〈前有一樽酒行〉、〈江上送女道士褚三清遊南嶽〉〔註10〕等。

　　以體裁而言，李白最擅長古詩與絕句。古詩之佳，自與志在復古有關。李白樂府雖用漢、魏、六朝舊題，而實爲五七言古詩〔註11〕。白之絕句與王昌齡堪稱古今第一，胡應麟《詩藪》嘗舉曹植之古詩、杜甫之律、李白之絕，稱賞之三者以爲天授，非人力所能作。沈德潛《說詩晬語》亦云：「唐代絕句唯王李二人之作，堪稱神品。」觀下列諸詩可知胡、沈之說並非溢美之詞：

> 燭龍棲寒門。光環猶旦開。日月照之何不及此。唯有北風
> 號怒天上來。燕山雪花大如席。片片吹落軒轅臺。幽州思
> 婦十二月。停歌罷笑雙蛾摧。倚門望行人。念君長城苦寒
> 良可哀。別時提劍救邊去。遺此虎紋金鞞鞴。中有一雙白
> 羽箭。蜘蛛結網生塵埃。箭空在。人今戰死不復回。不忍
> 見此物。焚之已成灰。黃河捧土尚可塞。北風雨雪恨難裁。
> （〈北風行〉，《全唐詩》卷一六二）

〔註10〕分見《全唐詩》卷一六三～一六五，明倫出版社，1976年。
〔註11〕見葉師慶炳《中國文學史——盛唐詩》，頁378，學生書局，1987年。

長安一片月，萬戶擣衣聲。秋風吹不盡，總是玉關情。何日平胡虜，良人罷遠征。（〈子夜秋歌〉，《全唐詩》卷一六五）

我宿五松下，寂寥無所欲。田家秋作古，鄰女夜舂寒。跪進雕胡飯，月光明素盤。令人慚漂母，三謝不能餐。（〈宿五松下荀媼家〉，《全唐詩》卷一八一）

玉階生白露，夜久侵羅襪。卻下水晶簾，玲瓏望秋月。（〈玉階怨〉，《全唐詩》卷一六四）

詩聖杜甫的詠女性詩僅有〈麗人行〉、〈哀江頭〉、〈負薪行〉、〈新婚別〉、〈觀公孫大娘弟子舞劍器行〉、〈佳人〉、〈詠懷古跡之三〉等數首，或諷刺權貴，或反映夔州勞婦不幸的境遇，或勾勒兵馬倥傯，親人死生分散的亂世景象，或別有香草美人之寓託，篇篇都是膾炙人口的現實主義作品。

根據郭茂倩《樂府詩集》，重要的盛唐詩人所擬作過的古樂府題大致如下：李白，近一百五十個；杜甫，三個；王維，七個；高適，七個；岑參，一個；王昌齡，九個〔註12〕。從這個觀點看，似乎除了李白以外，樂府對其他盛唐詩人是不太具有意義了。其實不然，對盛唐詩人而言，樂府的重要意義並不在於寫古樂府題，而是在把樂府歌詞的風格發展成奔放的歌行題。胡適先生云：

當日的詩人從樂府歌詞裏得來的聲調與訓練，往往應用到樂府以外的詩題上去。這是從樂府出來的新體詩；五言也可，七言也可，五七言夾雜也可。大體都是朝著解放自由的路上走。〔註13〕

這一段話把樂府在盛唐詩中的意義說得非常透徹而明白。

杜甫的〈麗人行〉、〈哀江頭〉、〈負薪行〉諸篇都是「即事名篇，無復依傍」的新樂府，啓迪了標榜寫實和諷諭美刺的元和樂府。

少陵野老吞聲哭。春日潛行曲江曲。江頭宮殿鎖千門，細柳新蒲爲誰綠？憶昔霓旌下南苑，苑中萬物生顏色。昭陽

〔註12〕這些數據乃根據里仁書局的版本所作的統計。
〔註13〕見胡適《白話文學史》，頁48，1986年。

殿裏第一人,同輦隨君侍君側。輦前才人帶弓箭,白馬嚼
齧黃金勒。翻身向天仰射雲。一箭正墜雙飛翼。明眸皓齒
今何在。血污遊魂歸不得。清渭東流劍閣深。去住彼此無
消息。人生有情淚霑臆。江水江花豈終極。黃昏胡騎塵滿
城。欲往城南忘南北。(〈哀江頭〉,《全唐詩》卷二一六)
群山萬壑赴荊門。生長明妃尚有村。一去紫臺連朔漠。獨
留青冢向黃昏。畫圖省識春風面。環珮空歸月夜魂。千載
琵琶作胡語。分明怨恨曲中論。(〈詠懷古跡之三〉,《全唐詩》
卷二百三十)

　　綜合上述,自然詩派因作者受好清靜閑適的生活,缺乏關懷社稷
民生的教情,故詠女性詩闕如;而邊塞派詩人因擅長描寫邊塞景色與
戰爭場面,風格豪邁雄放,故少有陰柔細膩的詠女性詩,是以盛唐詠
女性詩莫不待李杜兩大家了。李白大量擬作古題樂府,立意翻陳出
新,揉合寫實與浪漫兩風格;杜甫堪稱為量少質精的代表,其詠女性
詩與他寫實的風格相稱,其「即事名篇」的樂府詩對元白新樂府有莫
大的啓發。

三、中　唐

　　中唐詠女性詩歌的兩大主流,一為反映婦女生活疾苦的元和新樂
府,二為帶有艷情色彩的宮體樂府。
　　元稹、白居易的新樂府運動,承接杜甫寫實的樂府精神,與夙有
「張王樂府」之稱的張籍、王建的創作主張,共同鼓動成一股創作風
潮。元稹〈樂府古題序略〉云:
　　　　況自風雅至於樂流,美非諷興當時之事,以貽後代之人。
　　　　沿襲古題,唱和重複,於文或有短長,於義成為贅賸。尚
　　　　不如寓意古題,刺美見事,猶有詩人引古以諷之義焉。曹
　　　　劉沈鮑之徒時得如此,亦復稀少。近代唯詩人杜甫悲陳陶
　　　　哀江頭兵車麗人等,凡所歌行,率皆即事名篇,無復依傍。
　　　　予少時與友人樂天李公垂輩,謂是為當,遂不復擬賦古題。
　　　　昨梁州見進士劉猛李餘各賦古樂府詩數十首,其中一二十

章，咸有新意，予因選而和之。〔註14〕

這一段話很明顯地指出新樂府精神必須具有「諷興」、「刺美」當時之事的作用。由此觀點出發，然後才肯定「沿襲古題」不如「即事名篇」之能發揮功能。所以元和新樂府的第一義是諷興美刺，第二義才是「即事名篇，無所依傍。」

由上也可看出，元、白雖然比較喜歡「即事名篇」的新樂府，但卻不全然排棄古題樂府，因為詩人還是可以「寓意古題，刺美見事」的。元、白所以偏好新題，而張、王所以偏好古題（或較有古味的新題），可能只是詩人個別的風格問題。從整體上說，張、王、元、白的樂府都是元和時代重視樂府的「認識性」的大風氣之下的產物。不過，就風格而論，張、王的作品介於新、舊之間，而元、白（尤其是白居易）則更具「革命性」〔註15〕。

除了元、白、張、王外，其他如劉禹錫、顧況、戴叔倫等亦屬於社會寫實派詩人，他們有不少反映婦女現實生活，為女性爭取權益的作品。例如：

> 歎息復歎息，園中有棗行人食。貧家女為富家織，翁母隔牆不得力。水寒手澀絲脆斷。續來續去心腸爛。草蟲促足機下啼，兩日催成一匹半。輸官上頂有零落，姑未得衣身不著。當窗卻羨青樓倡，十指不動衣盈箱。（王建〈當窗織〉，《全唐詩》卷二九八）

> 九月匈奴殺邊將，漢軍全沒遼水上。萬里無人收白骨，家家城下招魂葬。婦人依倚子與夫，同居貧賤心亦舒。夫死戰場子在腹，妾身雖存如晝燭。（張籍〈征婦怨〉，《全唐詩》卷八二三）

> 織夫何太忙，蠶經三臥行欲老。蠶神女聖早成絲，今年絲稅抽徵早。早徵非是官人惡，去歲官家連戎索。征人戰苦束刀瘡，主將勳高換羅幕。繅絲織帛猶努力，變緝撩機苦

〔註14〕見《元氏長慶集》卷二十三，頁83。
〔註15〕呂正惠〈元白時代詩體之演進〉，收錄在《文學評論》第八集，頁104～106，黎明文化事業公司。

難織。東家頭白雙女兒，爲解挑紋嫁不得。檐前嬝嬝游絲
上，上有蜘蛛巧來往。羨他蟲豸解緣天，能向虛空織羅網。
（元稹〈織婦詞〉，《全唐詩》卷四一八）

以上諸詩多具有「補察時政」、「洩導人情」的功能。不過元、白亦有
某些新樂府中的女主角，是爲了宣揚政治教化的理念而捏造出來的，
如白氏〈李夫人　鑒嬖惑〉〈鹽商婦　惡幸人〉、元白〈胡旋女　戒近
習〉等，故詩中的女性形象有以偏概全、不夠客觀的缺失。這也是新
樂府運動在揭櫫爲「人生而藝術」的實用文學觀下，無可避免地使詩
歌淪爲政治附庸品的下場。

　　中唐詠女性詩歌另一大流派是宮體樂府。中唐宮體樂府跟六朝最
大的差異處在於：詩中的女人不再是男人的寵物，她們變成了男人的
玩物。她們雖然可與男人大談戀愛，但大部份的時候總在等待男人賜
予愛情。

　　提到宮體樂府的復興，最容易聯想到的就是李賀。按照《樂府詩
集》所收錄的，李賀寫了四十個樂府題（五十六首）。但郭茂倩的取
捨採用比較嚴格的標準，如果放寬尺度，以盛唐以後自由擬作樂府的
精神來衡量，那麼李賀可能要佔全部作品的三分之一到二分之一之
間。以作品的比例之高，作品的質量之精而言，李賀可以說是以樂府
成名的詩人中，寫了大量的擬古樂府，從而在這類作品中表現了強烈
的個性與高度的藝術創造性，則除了李白外，恐怕就要數李賀了。其
〈花遊曲序〉、〈還自會稽歌序〉〔註16〕皆流露出酷愛簡文臣之宮體
詩，而賀本人此類作品亦甚多，如〈蘇小小歌〉、〈春懷引〉、〈洛姝眞
珠〉、〈宮娃歌〉、〈美人梳頭歌〉、〈漢唐姬飲酒詩〉等。

　　蠟光高懸照紗空。花房夜擣紅守宮。象口吹香龤甀暖。七

〔註16〕李賀〈還自會稽歌序〉云：「庾肩吾於梁時嘗作宮體謠引，以應和皇
　　　子。及國勢淪敗，肩吾先潛難會稽，後始返家。僕意其必有遺文：
　　　今無得焉，故作還自會稽歌以補其悲。」其〈花遊曲序〉亦云：「寒
　　　食諸五妓遊。賀入座，因採梁簡文詩調賦花遊曲，與妓彈唱。」分
　　　見《全唐詩》卷三百九十及三九二，明倫出版社，1978年。

星掛城闡漏板。寒入采恩殿影昏。彩鸞簾額著霜痕。啼蛄
弔月鉤欄下。屈膝銅鋪鎖阿甄。夢入家門上沙渚。天河落
處長洲路。願君光明如太陽。放妾騎魚撥波去。(〈宮娃歌〉,
《全唐詩》卷三九一)

西施曉夢綃帳寒。香鬟墮半髻沈檀。轆轤咿啞轉鳴玉。驚
起芙蓉睡新足。雙鸞開鏡秋水光。解鬟臨鏡立象床。一編
香絲雲撒地。玉釵落處無聲膩。纖手卻盤老鴉色。翠滑寶
釵簪不得。春風爛漫惱嬌慵。十八鬟多無氣力。妝成髮鬢
欹不斜。雲裾數步踏雁沙。背人不語向何處。下階自折櫻
桃花。(〈美人梳頭歌〉,《全唐詩》卷三九二)

　　李賀的樂府雖然是從六朝宮體樂府脫胎而來,但賀善以隱晦象徵
手法呈現淒艷迷離的境界,故不同於簡文君臣之暴露纖俗。

　　但在元和時代,李賀並不是孤立的現象,還有很多例子可以證明
宮體的影響有復活的趨勢。首先,在當時,「宮詞」一類的作品曾經
盛行一時,最著名的即是王建的宮詞百首。其次《全唐詩》收錄中、
晚唐〈送宮人入道詩〉八首〔註17〕,除了反映宮人入道的社會風氣外,
也可視為詩壇風尚的影響。除了李賀之外,當時還有一些特別重視六
朝樂府的詩人,如介於中、晚唐之間的張祜。根據《樂府詩集》,張
祜寫了三十六個樂府題,內容大半與相思、閨怨有關。晚唐皮日休以
為白居易貶抑張祜,乃因祜好作宮體,辭曲艷發之故〔註18〕。張祜的
例子最足以證明李賀是有同道的。

　　最特殊的還是元、白。元、白以提倡諷諭樂府出名,但他們的作
品竟也有宮體的影子。中、晚唐狎妓風氣很盛,詩人也不可豁免地加
入風流陣。李賀〈惱公〉、元稹〈會真詩三十韻〉〈夢遊春七十韻〉、
白居易〈江南喜逢蕭九徹,因話長安舊遊戲贈五十韻〉〔註19〕,或以

〔註17〕其中包括五首中唐詩人(王建、張籍、戴叔倫、于鵠、張蕭遠)的創
作,及三首晚唐人(殷堯潘、李商隱、項斯)的作品。
〔註18〕皮日休〈論白居易薦擬屈宋〉,見《皮子文藪》。
〔註19〕李詩見《全唐詩》卷三九一,元詩見卷四三二,白詩見卷四三六、四
六二。

惚恍掩抑的手法，或以寫實的筆觸鋪敘春夢冶遊。此外，元稹至少還有一卷「艷詩」﹝註20﹞，至於白居易，就〈長恨歌〉、〈琵琶行〉而論，也明顯地受了初唐盧照鄰、駱賓王等宮體歌行的影響。杜牧曾假借李戡之名，真斥元、白所作為「淫言蝶語」、「纖艷不逞」﹝註21﹞。這種批評誠然有文人相輕的心態，但元、白作品帶有宮體艷情的色彩則是不容置疑的。

　　中唐與使用淺白通俗語言的元白新樂府相並峙的是以孟郊、韓愈為代表的奇險冷僻一派，賈島、盧仝都是這一派詩人。是輩作詩偏重技巧，務去陳言，立奇驚俗，對當世及後代詩人都有相當深遠的影響。這一派吟詠女性的詩篇以孟郊最多，其他詩人都寥寥可數。其中韓愈以其最擅長的古詩寫〈謝自然詩〉、〈華山女〉，宣揚排斥傍老的理念；孟郊、盧仝率皆吟詠古題樂府。例如：

> 慈母手中線，遊子身上衣。臨行密密縫，意恐遲遲歸。誰言寸草心，報得三寸暉。（孟郊〈遊子吟〉，《全唐詩》卷三七二）誰家女兒樓上頭。指揮婢子掛簾鉤。林花撩亂心之愁。卷卻羅袖彈箜篌。箜篌歷亂五六弦。羅袖掩面啼向天。相思弦斷情不斷。落花紛紛心欲穿。心欲穿。憑欄干。相憶柳條綠。相思錦帳寒。直緣感君恩愛一迴顧。使我雙淚長珊珊。我有嬌靨待君笑。我有嬌蛾待君掃。鶯花爛漫君不來。及至君來花已老。心腸寸斷誰得知。玉階冪歷生青草。（盧仝〈樓上女兒曲〉，《全唐詩》卷三八八）

由上可知這派詩人的詠女性詩並不像其他類型的詩篇那麼奇險冷澀。

　　詠女性詩至中唐始展現它的多面性，不僅有客觀反映婦女現實生活的詩篇及純粹吟詠宮體樂府的作品，亦有主觀敘述冶遊艷情及宣揚

﹝註20﹞元稹《敘詩寄樂天書》云：「近世婦人，暈淡眉目，縮約頭鬢，衣服修廣之度，及匹配色澤，尤極怪艷，因為艷詩百首。」

﹝註21﹞杜牧〈李府君（戡）墓誌銘〉，見《樊川文集》卷九，頁137，里仁書局。

主題理念的作品。其中李賀魅麗奇異的風格，對晚唐濃麗深婉的詩風有很大的影響。

四、晚　唐

　　晚唐一向被視為唐詩的衰落期。本期詠女性詩以杜牧、李商隱、溫庭筠、韓偓所代表的頹廢派美學為主流，以皮日休、杜荀鶴等所代表的社會寫實詩為旁支。

　　杜牧是有名的風流浪子。《唐詩紀事》載有一則他的韻事：

> 牧佐宣成幕，遊湖州。刺史崔君張水戲，使州人畢觀，令牧間行閱奇麗。得垂髫者十餘歲。後十四年，牧刺湖州，其人已嫁，生子矣。乃悵而為詩曰：「自是尋春去較遲，不須惆悵怨芳時。狂風落盡深紅色，綠葉成陰子滿枝。」（卷五十六）

其〈遣懷〉詩亦云：

> 落魄江湖載酒行，楚腰纖細掌中輕。十年一覺揚州夢，贏得青樓薄倖名。（卷五二四）

牧既沈緬於歌台舞榭，花街柳巷中，自不免常常與妓女發生戀情，著名的〈贈別〉二首即是寫給他熟識的妓女：

> 娉娉裊裊十三餘，豆蔻稍頭二月初。春風十里揚州路，卷上珠簾總不如。
>
> 多情卻似總無情，唯覺樽前笑不成。蠟燭有心還惜別，替人垂淚到天明。（卷五二三）

　　杜牧在放蕩的生活中，結識不少身世飄零的女性，而同情其命運。在〈杜秋娘詩〉、〈張好好詩〉兩首詩中，詩人以淒婉動人之筆觸，敘寫兩女子之悲慘遭遇，滲入一己之憂憤，道出世態炎涼，對人生時代寄以無限感慨。此外，杜牧同類作品中也不乏體格卑弱，傷於輕艷的詩篇，如〈不飲贈官妓〉、〈憶鐘陵舊遊〉、〈閨情〉、〈詠襪〉〔註22〕等；而〈題桃花夫人廟〉、〈秋夕〉、〈過華清宮絕句〉之、〈宮詞〉二首等數首詩，詩句清麗、靈魂高潔，或以拗峭之筆作翻案文章，或具

〔註22〕見《全唐詩》卷五二二及五二三，明倫出版社，1978 年。

有悲天憫人的批判精神，自有其藝術上之獨特成就。

> 細腰宮裏露桃新，脈脈無言幾度春。至竟息亡緣底事，可
> 憐金谷墜樓人。（〈題桃花夫人廟〉，《全唐詩》卷五二三）
> 銀燭秋光冷畫屏，輕羅小扇撲流螢。天階夜色涼如水，臥
> 看牽牛織女星。（〈秋夕〉，《全唐詩》卷二五四）

溫庭筠與李商隱可說是晚唐唯美詩人的雙璧，二人之詩深受李賀的影響，同屬意工詞纖之流派，並稱「溫李」。但就戀愛的基本態度及由此產生的詩體而論，溫庭筠與李商隱卻顯示了對比的性格，他們各自選擇了最適合表現一己詩意的形式，義山選擇律體，而飛卿卻選擇樂府歌行。

李商隱愛情詩的抒情對象，明顯可知的有其妻妾王氏、商人之女柳枝、女道士宋華陽〔註23〕；也有些並未點明，可能出於作者的難言之隱，故意用「無題」或前二字命題以求隱晦。義山愛情詩往往徵引許多道教典故，故能構成生動優美之藝術形象，傳達真摯深刻之感情。但由於過份晦澀朦朧，解詩者咸有「無人作鄭箋」之憾！古今眾多的解釋主要集中在是別有寄託，還是實賦艷情的爭論之中。

> 偷桃竊藥事難兼，十二城中鎖彩蟾。應共三英同夜賞，玉
> 樓仍是水晶簾。（〈月夜重寄宋華陽姊妹〉，《全唐詩》卷五百四十）
> 鳳尾香羅薄幾重，碧文圓頂衣深縫。扇裁月魄羞難掩，車走
> 雷聲語未通。曾是寂寥金燼暗，斷無消息石榴紅。斑騅只繫
> 垂楊岸，何處西南待好風。（〈無題〉，《全唐詩》卷五百四十）
> 密鎖重關掩綠苔，廊深閣迥此徘徊。先知風起月含暈，尚自
> 露寒花未開。蝙拂簾旌終展轉，鼠翻窗網小驚猜。背燈獨共
> 餘香語，不覺猶歌起夜來。（〈正月崇讓宅〉，《全唐詩》卷五四一）

溫庭筠長期流連於燈紅酒綠的風月場所，見慣了飲食男女的惺惺作態，故他所歌詠的往往不是戀愛的熱情，而是對感官的放縱與解體。如〈偶遊〉、〈和王秀才傷歌姬〉〔註24〕等，所謂「與君便是

〔註23〕見吳調公《李商隱研究》，頁 123～136，明文書局，1988 年。
〔註24〕見《全唐詩》卷五七八，明倫出版社，1978 年。

鴛鴦宿，休向人間覓往還」；「月缺花殘、莫學多情」，完全一派浪子
口吻，逢場作戲，青樓薄倖，有何真情實愛可言？故被史學家斥為
無特操之文人。

最能代表他歌詠特色的首推描繪江南春日水濱戀情的樂府歌
行。詩人採取第三人為客觀的立場，將男女間夢幻般的邂逅，溶入
溫暖多彩的大自然中，其間雖飄蕩著淡淡的愁，但卻沒有深刻的別
離之恨及尖銳的挫敗感，他很少將戀愛的精神層面提昇，作有意識
地內省。由於深受李賀的薰陶，飛卿擯棄了樂府原有的敘述脈胳，
完全不顧意義上的開展，而讓飽含其個人基層感覺的自然形象接連
出現，其中隱伏著男女關係發展過程的巧妙暗示。於是，在這些自
然與性愛密切融合的樂府詩歌中，溫飛卿獨有的感官能世界逐告完
成〔註25〕。

> 買蓮莫破券，買酒莫解金，酒裏春容包離恨，水中蓮子懷
> 芳心，吳宮女兒腰似束，家在錢唐小江曲。一自檀郎逐便
> 風，門前春水年年綠。（〈蘇小小歌〉，《全唐詩》卷五七六）
> 蘭膏墜髮紅玉春。燕釵拖頸抛盤雲。城邊楊柳向嬌晚。門
> 前溝水波粼粼。麒麟公子朝天客。珂馬瑲瑲度春陌。掌中
> 無力舞衣輕。剪斷鮫綃破春碧。抱月飄煙一尺腰。麝臍龍
> 髓憐嬌嬈。秋羅拂水碎光動。露重花多香不銷。鸂鶒交交
> 塘水滿。綠芒如粟蓮莖短。一夜西風送雨來。粉痕零落愁
> 紅淺。船頭折藕絲暗牽。藕根蓮子相留連。郎心似月月未
> 缺。十五十六清光圓。（張靜婉〈采蓮曲〉，《全唐詩》卷五七五）

晚唐，五代之際，有韓偓以香奩體著稱。在《香奩集序》中，他
公開宣揚了編輯這部艷詩專集的宗旨。他說：

> 柳巷青樓，未嘗糠粃；金閨繡戶，始預風流。咀五色之靈
> 芝，香生九竅；咽三危之瑞露，美動七情。苦有責其不經，
> 亦望以功掩過。

〔註25〕見方瑜〈溫庭筠詩歌的意象和表現〉，收錄在《中國古典詩歌論集》，
頁 418～419，幼獅文化事業公司，1985 年。

像這樣放肆的說詞，在韓偓以前的詩人中從未有人提出過。「元和體」雖然對中唐以後的香艷文風產生了很大的影響，但元、白兩人都沒有無所顧忌到公開提倡艷詩的程度〔註26〕。

韓偓乃一代忠梗大臣，不少說詩者以為偓不宜有此香艷內容，紛紛為之辯護〔註27〕。近人徐復觀以為可信為偓之作品如「見花」、「裊娜」、「倚醉」、「已涼」、「妒媒」、「新上頭」、「無題四首」等詩，都是婉約深厚，決非一般所說的風懷詩（即色情詩），並推測某些詩如上例前三首乃為他晚年畸戀的對象而作。而其他色情詩如「五更」、「半睡」、「晝寢」等，大多是非常俗惡的，殆為和凝少年時代的作品〔註28〕。進士浮華，挾妓遊宴，原為中、晚唐之一般現象，而晚唐尤甚。《新唐書・選舉志》曰：「然進士科當唐之晚節，尤為浮薄，世所共患也。」偓又豈能獨免？明胡震亨《唐音癸籤》云：

> 韓致堯冶遊情篇，艷奪溫、李，自是少年時筆。翰林及南竄後，頓趨淺率矣。（卷八）

韓偓少時，曾有香奩艷體之作，固無損於其晚節之堅貞耿介。溫、李亦有不少詠男女低級情調之艷情詩，只不過未以「香奩」名集而已。

> 學梳蟬鬢試新裙，消息佳期在此春。為要好多心轉惑，遍將宜稱問旁人。（〈新上頭〉，《全唐詩》卷六八三）
> 倚醉無端尋舊約，卻憐惆悵轉難勝。靜中樓閣春深雨，遠處簾櫳夜半燈。抱柱立時風細細，遶廊行處思騰騰。分明窗下聞裁剪，敲偏闌干喚不應。（〈倚醉〉，《全唐詩》卷六八三）

晚唐詩壇固以華艷為主流，但仍有不少詩人繼承杜甫、白居易的現實主義和新樂府的傳統，深刻反映出動盪不安的時代婦女生活的面貌，如于濆〈里中女〉、皮日休〈橡媼嘆〉〈卒妻怨〉、唐彥謙〈采桑

〔註26〕元稹在談到《元氏長慶集》最後一類詩——「艷詩」之時，曾明確指出這些作品是「有干教化」的。
〔註27〕如宋・沈括《夢溪筆談・藝文三》曰：「和魯公有艷詞一編，名香奩集，凝後貴，乃嫁其名為韓偓。今世韓偓香奩集，乃凝所為也。」
〔註28〕徐復觀〈韓偓詩與香奩集論考〉，見《民主評論》十五卷四期。

女〉、杜荀鶴〈山中寡婦〉、韋莊〈秦婦吟〉等。他們共有的特點是使用淺白通俗的語言，故後人批評他們的作品淺露粗率、風格卑下。其中〈秦婦吟〉是唐代敘事詩傑作之一，全詩一千三百八十六字，著重在敘述從僖宗廣明元年（880）冬，黃巢陷長安，盤踞京城三年的城中光景，具有深刻的社會意義與歷史價值。本詩因為篇幅太長，茲擇錄其中敘述黃巢之亂期間，婦女遭受蹂躪及慘死的情形，以窺亂軍之凶暴。

> 河湟戍卒去。一半多不迴。家有半菽食。身為一囊灰。官吏按其籍，伍中斥其妻，處處魯人髽。家家杞婦哀。少者任所歸。老者無所攜。況當札瘥年。米粒如瓊瑰。累累作餓莩。見之心若摧。其夫死鋒刃。其室委塵埃。其命即用矣。其賞安在哉。豈無黔敖恩。救此窮餓骸。誰知白屋士。念此翻欻欻。（皮日休〈卒妻怨〉，《全唐詩》卷六百八）
> 東鄰有女眉新畫，傾國傾城不知價，長戈擁得上戎車，回首香閨淚盈把。旋抽金線學縫旗，纔上雕鞍教走馬。有時馬上見良人，不敢回眸空淚下。西鄰有女真仙子，一寸橫波剪秋水，粧成只對鏡中春，年幼不知門外事。一夫跳躍上金階，斜袒半肩欲相恥。牽衣不肯出朱門，紅粉香脂刀下死。南鄰有女不記姓，昨日良媒新納聘。瑠璨階上不聞行，翡翠簾間空見影，忽見庭際刀刃鳴，身首支離在俄頃。仰天掩面哭一聲，女弟女兄同入井。北鄰少婦行相促，旋拆雲鬟拭眉綠。已聞擊托壞高門。不覺攀緣上重屋。須臾四面火光來，欲下迴梯梯又摧。煙中大叫猶求救，梁斗懸尸已作灰。妾身幸符全刀鋸，不敢踟躕久回顧。旋梳蟬鬢逐軍行，強展蛾眉出門去。舊里從茲不得歸，六親自此無尋處。一從陷賊經三載，終日驚憂心膽碎。衣臥千金劍戟圍，朝餐一味人肝膾。驚惶縱入豈或歡？寶貨雖多非所愛。蓬頭垢面猥眉赤。幾轉橫波看不得。〔註29〕（韋莊〈秦婦吟〉）

〔註29〕見《全唐詩外編》十函九冊。

小　結

　　綜合上述，唐代詠女性詩繼承漢魏樂府的寫實精神及六朝樂府的審美情趣，在這兩股風潮下，大量創作樂府詠女性詩歌，只有少數詩人以其擅長的詩體吟詩女性詩歌，如李商隱、杜荀鶴以律詩；韓愈以古詩創作。如果以社會寫實及浪漫綺靡簡括這四期的詩風，無疑地，初唐完全被浪漫綺靡的風尚所籠罩，盛唐以社會寫實為主流，浪漫綺靡為旁支，中唐則平分秋色，晚唐剛好與盛唐相反。

第二節　詩人的創作動機

　　歷來吟詠女性詩歌的作者大多為男性，唐以前的女性詩人並不多見，即使在我國詩歌發展史上登峰造極的唐代，也僅有百二十餘首婦女詩歌，其中以李季蘭、薛濤、魚玄機最負盛名。由於作者性別的差異，詠女性詩的創作動機亦因之而異，大致可分為以下五種：一、純粹吟詠，二、代人言情，三、宣揚主題意念，四、有香草美人之寓託，五、直抒胸臆，其中第五點純粹為女性的創作動機。這六種創作動機只是大致的分法，某些詩的創作動機可能是多重的，很難十分嚴格地畫分，不必過於拘泥。

一、純粹吟詠

　　在諸多唐人閨怨詩裏，給人最明額的印象是同題的作品相當多，其所以如此，不外以下二種因素：一、在未創新格之時，藉題演練，二、為比美前人而在形式技巧上爭奇鬥艷，故而才力差者產生許多浮泛空洞、千篇一律的作品，有詩筆者常能化腐朽為神奇，予人耳目一新之感。

　　「自君之出矣」的詩作早在徐幹「室思」詩便已成就其雛型，以後的詩人取詩中的部分加以定型，多所創作，到了唐代，這種形式仍為詩人普遍樂於採用，如：

自君之出矣，明鏡罷紅妝。思君如夜燭，煎淚幾千行。（陳
叔達〈自君之出矣〉，《全唐詩》卷三十）

自君之出矣，不復理殘機。思君如滿月，夜夜減清暉。（張
九齡〈自君之出矣〉，《全唐詩》卷二十五）

自君之出矣，絃吹絕無聲。思君如百草，撩亂逐春生。（李
康成〈自君之出矣〉，《全唐詩》卷二十五）

自君之出矣，寶鏡爲誰明。思君如隴水，長聞嗚咽聲。（雍
裕之〈自君之出矣〉，《全唐詩》卷二十五）

這類詩作，由於它的形式固定，作法也相似，通常變化在第三句的取
喻，第四句是延續此一比喻，加以引申，是一習作的好題目，但這些
模擬之作，常無新意，可視爲純粹吟詠的典型。

其次是〈長門怨〉、〈婕妤怨〉、〈王昭君〉一類詠史性質的詩作，
及其他題爲〈怨詩〉、〈古別離〉、〈長相思〉諸類的閨怨詩。在題目上，
它是沿用舊有的詩題，在內容上，則歌詠相近的感情。由於詩人們樂
此不疲地擬作而呈現良莠不齊的水準，其中不乏爲文造情、無病呻吟
的作品，但也出現了不少含蓄蘊藉的好詩，例如：

漢帝重阿嬌，貯之黃金屋。咳唾落九天，隨風生珠玉。寵
極愛還歇，妒深情卻疏。長門一步地，不肯暫回車。雨落
不上天，水覆難再收，君情與妾意，各自東西流，昔日芙
蓉花，今成斷根草。以色事他人，能得幾時好。（李白〈妾薄
命〉，《全唐詩》卷二十四）

望凡葳蕤舉翠華，試開金屋掃庭花。須臾宮女傳來信，言
幸平陽公主家。（劉禹錫〈阿嬌怨〉，《全唐詩》卷三六五）

試妾與君淚，兩處滴池水。看取芙蓉花，今年爲誰死。（孟
郊〈怨詩〉，《全唐詩》卷二十）

昨夜裙帶解，今朝蟢子飛。鉛華不可棄，莫是槁砧歸。（權
德輿〈玉台體〉，《全唐詩》卷三二八）

或立意新奇，刻意求工，或從側面落筆，含蓄寫情，總見詩人們的巧
思慧心。這類詩作雖然常被爲有深層寄託或反映女性心聲，但是它擬
作的傾向也極爲明顯。

此外趙嘏有〈昔昔鹽〉二十首，是以隋·薛道衡〈昔昔鹽〉詩每句爲題，據題加以點染而成，其中除〈採桑秦氏女〉一首之外，各首均寫閨怨，並且剪裁題目的字句入詩。試看以下兩首：

當年誰不羨，分作竇家妻。錦字行行苦，羅帷日日啼。豈知登隴遠，祇恨下機迷。直侯陽關使，殷勤寄海面。(〈纖錦竇家妻〉，《全唐詩》卷二十七)

良人猶遠戍，耿耿夜閨空。繡户流宵月，羅帷坐曉風。魂飛沙帳北，腸斷玉關中。尚自無消息，錦衾那得同。(〈風月守空閨卷〉，《全唐詩》卷二十七)

趙嘏所寫的二十首，詩意是承襲薛偉道衡詩的原意，以寫征戰離別爲主，在字句上也部分相似，整體而言，應算作擴大型的擬作，只是格局加大，內容並無新意。

另外，唱和、酬贈的詩篇，亦當列爲約吟詠之作。例如：

露洗百花新，簾開月照人，綠窗銷暗燭，蘭徑掃清塵。雙燕頻驚夢，三桃競報春。相思寂不語，珠淚灑紅巾。(權德與〈雜言和常州李員外副使春日戲題十首并序之一〉，《全唐詩》卷三二八)

新妝宜面下朱樓，深鎖春光一院愁。行到中庭數花朵，蜻蜓飛上玉搔頭。(劉禹錫〈和樂天春詞〉，《全唐詩》卷三六五)

骰子逡巡裏手拈，無因得見玉纖纖。(牧)但知報道金釵落，髮鬆還應露指尖。(祜)(張祜〈妓席與杜牧之同詠〉，《全唐詩》卷七九二)

新粧巧樣畫雙蛾，謾裏常州透額羅。正面偷勻光滑笏，緩行輕踏破紋波。言辭雅措風流足，舉止低迴秀媚多。更有惱人腸斷處，選詞能唱望夫歌。(元稹〈贈劉採春〉，《全唐詩》卷四二三)

水精如意玉連環，下蔡城危莫破顏。紅綻櫻桃含白雪，斷腸聲裏唱陽關。

白日相思可奈何，嚴城清夜斷經過。只知解道春來瘦，不道春來獨自多。(李商隱〈贈歌妓二首〉，《全唐詩》卷五三九)

這類作品常為協韻、同題或塑造風流才子的形象而造情，大多為膚淺空泛的遊戲之作，但偶有體貼物情、意象精美的詩篇出現。

綜上以觀，閨怨詩中純粹吟詠之作不在少數。清‧金應圭〈詞選後序〉云：「規模物類、依託歌舞，哀樂不衷其性，慮歎無與乎情，連章累篇，義不出乎花鳥；感物指事，理不外乎酬應。雖既雅而艷，斯有句而無章，是謂游詞。」在詞是如此，在詩，則此類閨怨詩亦可作如是觀，不過，部分匠心獨運的詩篇，仍有其不朽的藝術價值。

二、代人言情

代人言情的閨怨詩與純粹吟詠的閨怨詩，只是詩題有別，內容並無不同。此類作品有的直接在詩題上標明為某人而作，如駱賓王〈艷情代郭氏答盧照鄰〉、〈代女道士王靈妃贈道士李榮〉，元稹〈代九九〉、白居易〈代賣薪女贈諸妓〉，但大部分的作品都泛寫各階層婦女的閨情離恨，具有反映婦女現實生活之功能。例如：

> 美人捲珠簾，深坐顰蛾眉。但見淚痕濕，不知心恨誰。（李白〈怨情〉，《全唐詩》卷一八四）
>
> 手燃寒燈向影頻，回文機生暗生塵。自家夫婿無消息，卻恨橋頭賣卜人。（施肩吾〈望夫詞〉，《全唐詩》卷四九四）
>
> 嫁得瞿塘賈，朝朝誤妾期。早知潮有信，嫁與弄潮兒。（李益〈江南詞〉，《全唐詩》卷三八三）
>
> 故國三千里，深宮二十年。一聲何滿子，雙淚落君前。（張祜〈宮詞〉，《全唐詩》卷五）
>
> 冰簟銀床夢不成，碧天如水夜雲輕。雁聲遠過瀟湘去，十二樓中月自明。（溫庭筠〈瑤瑟怨〉，《全唐詩》卷五七九）
>
> 打起黃鶯兒，莫教枝上啼。啼時驚妾夢，不得到遼西。（金昌緒〈春怨〉，《全唐詩》卷七六八）

以上皆是深情雋永，耐人尋味的好詩；當然代人言情的閨怨詩中也不乏虛情假意的庸俗之作。本章第三節對此類作品將有更深入的介紹，於此僅作綱要敘述。

三、宣揚主題意念

　　爲了宣揚主題意念而捏塑出來的人物，其形象往往有被醜化或美化的兩極化情形。前者於第三章已有幾首詩例〔註30〕，茲再以孟簡〈詠歐陽行周事〉、韓愈〈華山女〉；後者以劉商〈胡笳十八拍〉、羅虬〈比紅兒詩〉爲例。

　　孟簡〈詠歐陽行周事〉乃敘述進士歐陽詹與太原官妓的悲劇愛情故事〔註31〕，序文及詩云：

> 閩越之英。惟歐陽生。以能文擢第。奚始一命。食太學之祿。
> 助成均之教。有庸績矣。我唐貞元年己卯歲。曾獻書相府。
> 論大事。風韻清雅。詞旨切益。會東方軍興。府縣未暇慰薦。
> 久之。倦游太原。還來帝京。卒官靈臺。悲夫。生於單貧。
> 以徇名故。心專勤儉。不識聲色。及茲筮仕。未知洞房纖腰
> 之爲蠱惑。初抵太原。居大將軍宴。席上有妓。北方之尤者。
> 屢目於生。生感悅之。留賞累月。以爲燕婉之樂。盡在是矣。
> 既而南轅。妓請同行。生曰。十目所視。不可不畏。辭焉。
> 請待至都而來迎。許之。乃去。生竟以寒連不克如約。過期。
> 命甲遣乘。密往迎妓。妓因積望成疾。不可爲也。先死之夕。
> 剪其雲髻。謂侍兒曰。所歡應訪我。當以髻爲貺。甲至。得
> 之。以乘空歸。授髻於生。生爲之慟怨。涉旬而生亦歿。則
> 韓退之作何蕃書所謂歐陽詹生者也。河南穆玄道訪予。常歎
> 息其事。嗚呼。鍾愛於男女。素期效死。夫遺不蔽也。大凡
> 以斷割。不爲麗色所泪。豈若是乎。古樂府詩有華山畿。玉
> 臺新詠有盧江小吏。相死或類於此。暇日明作詩以繼之云。

> 有客西北逐。驅馬次太原。太原有佳人。神豔照行雲。座
> 上轉橫波。流光注夫君。夫君意蕩漾。即日相交歡。定情
> 非一詞。結念誓青山。生死不變易。中誠無間言。此爲太
> 學徒。彼屬北府官。中夜欲相從。嚴城限軍門。白日欲同
> 居。君畏仁人聞。忽如隴頭水。坐作東西分。驚離腸千結。

〔註30〕見本論文第三章第一節〈美艷風騷型〉，及第四節〈華麗驕奢的貴婦〉。
〔註31〕參見本章第三節五小節，長安宮妓及其他民妓。

－112－

滴淚眼雙昏。本達京師迥。賀期相追攀。宿約始乖阻。彼
憂已纏綿。高髻若黃鸝。危鬢如玉蟬。纖手自整理。剪刀
斷其根。柔情託侍兒。為我遺所歡。所歡使者來。侍兒因
復前。抆淚取遺寄。深誠祈為傳。封來贈君子。願言慰窮
泉。使者迴旋命。遲遲蓄悲酸。詹生喜言旋。倒屣走迎門。
長跪聽未畢。驚傷涕連連。不飲亦不食。哀心百千端。襟
情一夕空。精爽旦日殘。哀哉浩然氣。潰教歸化元。短生
雖別離。長夜無阻難。雙魂終會合。兩劍遂蜿蜒。丈夫早
通脫。巧笑安能干。防身本苦節。一去何由還，後生莫沈
迷。沈迷喪其真。（卷四七三）

末尾六句單刀直入的說教方式破壞了詩歌的藝術性，但卻讓讀者明瞭
詩人寫作的意圖——「懲尤物、窒亂階」，即序言中所言「大凡以斷
割不為麗色所泊，豈若是乎？」為了宣揚主題意念，詩人極力強調歐
陽詹「心專勤儉、不識聲色。及茲筮仕，未知洞房纖腰之為蠱惑」；
對於太原妓癡心殉情之事，不但沒有絲毫同情，反而將歐陽詹之死歸
咎為其「巧笑所干」的結果。與元稹作〈鶯鶯傳〉對於自己始亂終棄
之行為不但不以為忤，反而直斥鶯鶯尤物惑人的心態同出一轍。是以
知孟簡為了宣揚主題理念，不惜扭曲故事真相，醜化女主角形象，並
未客觀反映此愛情悲劇。

　　韓愈一生致力闓揚儒道，排斥佛老，〈華山女〉旨在斥神仙為虛
妄、荒唐之說。

街東街西講佛經。撞鐘吹螺鬧宮庭。廣張罪福資誘脅。聽
眾狎恰排浮萍。黃衣道士亦講說。座下寥落如明星。華山
女兒家奉道。欲驅異教歸仙靈。洗妝拭面著冠帔。白咽紅
頰長眉青。遂來陞座演真訣。觀門不許人開扃。不知誰人
暗相報。俄然振動如雷霆。掃除眾寺人跡絕。驊騮塞路連
輜軿。觀中人滿坐觀外。後至無地無由聽。抽簪脫釧解環
佩。堆金疊玉光青熒。天門貴人傳詔召。六宮願識師顏形。
玉皇領首許歸去。乘龍駕鶴去青冥。豪家少年豈知道。來
遶百匝腳不停。雲窗霧閣事恍惚。重重翠幕深金屏。仙梯

　　難攀俗緣重。浪憑青鳥通丁寧。（卷三四一）

韓愈首先指出佛教徒以廣張罪福的說教誘惑聽眾，從「華山──青熒」諸句諷刺華山女炫姿色又借仙靈惑眾、詐騙財產，「天門──歸去」四句云皇宮中的嬪妃都希望一睹道師的眞容，於是她被召入皇宮。末六句寫華山女和豪家少年的曖昧關係，馬茂先生云：

> 由窗、閣到慢、屏，是由外入內的過程。說雲，說霧，說重，說深，表示這個臥室和外界隔絕，形容環境氣氛的神祕。正因爲如此，所以華山女和豪門少年之間的事實，也就眞相難明，使外人產生一種「恍惚」之感了。〔註32〕

最後兩句表面意思是說，華山女是高不可攀的，那些少年們俗緣太重，屢次叮嚀也無用。實際上這是正意反說，諷刺深微入妙。朱熹《考異》云：

> 觀其卒章……褻慢甚矣，豈眞以神仙處之哉。

　　韓愈筆下的華山女是位以美色蠱惑信徒，到處招搖撞騙，過著半娼妓生活的女冠。雖然在中晚唐社會曾畸形地出現半娼妓女冠，但數目不會太多。顯然地，韓愈爲了宣揚主題理念刻意詆毀、醜化女冠的形象，他不曾從「食色性也」的觀點去同情更多恪守清規的女道士的悲哀。

　　劉商〈胡笳十八拍〉因原詩太長故略而不錄〔註33〕，本詩著重在塑造蔡琰忠貞節烈的形象，諸如第九拍以學蘇武字血書象徵其身在異域，心繫漢室的愛國情操，第十八拍強調她歷經浩劫回國後，「寒泉更洗沈泥玉，戴持巾櫛禮儀好」。

　　本詩對於她惡厭番邦之情著墨甚多，但缺乏描寫蔡琰被擄及其他百姓被蹂躪的實況；詩末也未刻劃她毅然割捨骨肉親情，滿懷希望回歸祖國後，再度受創的哀痛──她原以爲回國後可以善盡人子孝道，沒想到父母雙亡，故鄉哀鴻遍野，滿地腥羶。當她再嫁董祀後，一來

〔註32〕止水《韓愈詩選》評注馬茂元語，頁193，海流出版社。
〔註33〕見《全唐詩》卷三百三，明倫出版社，1978年。

因所託非人，二來因顛沛流離的悲慘遭遇在她心中留下深深的烙印，故她常有「流離成鄙賤，常恐復捐廢」的不安。是故作者雖以第一人稱口吻敘述，卻沒有透過個人悲歡離合的際遇，反映漢末黎民蒼生之苦厄，而且蔡琰也失去了她個人的色彩，她只是士人夫心目中一位理想女性的抽象道德概念之體現。

據《全唐詩》〈比紅兒詩〉并序及注，羅虬心儀雕陰官妓紅兒，愛而不得竟手刃紅兒，後追其冤乃擇古之美色佳人與紅兒比對，從而優劣之，遂題爲比紅兒詩。我們從百首比紅兒詩可看出，羅虬在「情人眼裏出西施」的心態下過度誇張紅兒的美色及魅力。茲錄二首，是可以嘗一臠肉而知一鼎之味的。

> 薄羅輕剪越溪紋，鴉翅低垂兩鬢分。料得相如偷見面，不應琴裏挑文君。
>
> 魏帝休誇薛夜來，霧綃雲縠稱身裁。紅兒秀發君知否，倚檻繁花帶露開。（卷六六六）

由上可看出，詩人並不是從正面刻劃紅兒秀的形貌，而是從側面落筆和弱彼強此的手法來突顯紅兒的皎好，這比起正面的刻劃，不惟省辭，而且使意境輕靈可喜。夸飾雖然是文學上不可或缺的修辭格，但羅虬唐突古人，貶抑歷史上知名的國色天香而高抬紅兒，顯然是過份美化紅兒了。〔註34〕

爲了宣揚主題理念而塑造出來的人物，只是個虛而不實的「警幻仙姑」，她不僅失去了個人色彩，且多半具有作者表達主題意念的工具性格——她們被機械式地分成二種類型：天使與魔女。這類詩篇純粹是男性的創作，尤以提倡實用文學觀的白居易最多。

四、有香草美人之寓託

毛詩序以儒家實用文學觀來解詩，認爲有益世道人心，有政治

〔註34〕參見第五章第一節間接烘托部分，比較其他詩人對楊貴妃、王昭君的讚嘆，即可看出羅虬之用意。

教化的功能者才有價值，因此對於某些情詩也不惜加以穿鑿附會。
由於〈毛詩小序〉的影響，後世不論在詩的創作上與闡釋上，無形
中產生了「託喻」詩一類的作品〔註 35〕或者詩人以表面非政治性的
事物，來暗喻他對政治事件的批評，他的政治態度等等。越是香艷
的題材，被用來「託喻」的可能性也越大，因爲男女怨慕之情，跟
君臣間盛衰的忠貞之感，雖然情感傾注的對象不同，表現在詩歌時，
卻可以有相同共感的意象。或者詩評家把根本不可能是政治性的作
品，以〈詩小序〉的方式解釋放政治作品。像〈周南‧關雎〉〔註 36〕
明明是男對女的思慕，既而結爲連理的情詩，清‧崔述《讀風偶識》
卻迂曲地把這位君子之欲求賢女，比作商湯訪伊尹於莘野，劉備訪
孔明於茅盧。

　　由於上述二點的糾纏，比興寄託之意極難確定，解詩者提出了文
學批評可視爲文學的再創作，「作者不必有此意，讀者何妨有此想」
〔註 37〕。然而太過拘執「比興寄託」，將文學淪爲政治教化的附屬品，
並不是我們所樂見的。那如何來衡量判斷一首詩有無比興寄託之意？
葉師嘉瑩曾提出三項標準：
　　一、就作者生平之爲人來作判斷。
　　二、就作者敘寫之口吻及表現之精神來作判斷。
　　三、就作品所產生的環境背景來作判斷。〔註 38〕
茲以此三點爲佐證，探析下列諸詩。
　　杜甫〈佳人〉乃是客觀紀實與主觀抒情的結合。詩云：
　　　絕代有佳人。幽居在空谷。自云良家子。零落依草木。關

〔註 35〕呂正惠〈中國詩人與政治〉引自《抒情傳統與政治現實》，頁 226，
　　　　大安出版社，1989 年。
〔註 36〕詩云：「關關雎鳩，在河之洲，窈窕淑女，君子好逑。參差荇菜，左
　　　　右流之。窈窕淑女，寤寐求之。求之不得，寤寐思服。悠哉悠哉！
　　　　輾轉反側。參差荇菜，左右采之。窈窕淑女，琴瑟友之。參差荇菜，
　　　　左右芼之。窈窕淑女，鐘鼓樂之。」
〔註 37〕見清周濟《介存齋論詞雜著》，新文豐出版公司，1988 年。
〔註 38〕見葉師嘉瑩《迦陵談詞》，頁 62～63，純文學叢書，1972 年。

中昔喪敗。兄弟遭殺戮。官高何足論。不得收骨肉。世情
惡衰歇。萬事隨轉燭。夫婿輕薄兒。新人巳如玉。合昏尚
知時。鴛鴦不獨宿。但見新人笑。那聞舊人哭。在山泉水
清。出山泉水濁。侍婢賣珠回。牽蘿補茅屋。摘花不插髮。
采柏動盈菊。天寒翠抽薄。日暮倚修竹。（卷二百十八）

前半透過一位烽火佳人自述兄弟既喪，又被夫婿拋棄的辛酸遭遇，後
半部以侍婢賣珠牽蘿補屋，敘佳人之能安貧，摘花、采柏、倚竹，雖
是寫景，主意是用來比喻佳人的貞節自守。此詩作於肅宗乾元二年秋
（759）。七月時，杜甫因避亂事，棄官西去，度隴山、客秦州，秦州
時患瘧疾，不宜居住。詩人親歷逃難、貧困與飢餓，藉〈佳人〉的遭
遇與情操，暗示自己「貧賤不能移」的清白自守。清楊倫評注云：「此
因所見有感，亦帶自寓意。」〔註39〕

　　「美人」一詞，有時是詩人的自況，有時是聖君明主或理想目標
的代稱。如李白〈長相思〉，詩云：

長相思，在長安。絡緯秋啼金井闌，微霜淒淒草色寒。孤
燈不明思欲絕，卷帷望月空長嘆。美人如花隔雲端。上有
青冥之高天，下有淥水之波瀾。天長路遠魂飛苦，夢魂不
到關山難。長相忍，摧心肝。（卷一六五）

本詩敘寫的口吻及表現之神情頗似屈原「求女」那一幕。「美人如花
隔雲端」是詩中唯一的單句，可見這一形象正是詩人所要強調的，且
這獨立句將全詩分成勻稱的兩部分，前半以景襯情，刻劃詩人愁苦落
寞的心緒；後半寫詩人「上窮碧落下黃泉」地追求美人之具體過程。
詩中的「美人」繼承屈原以來特殊的文化語碼，指所追求的理想人物；
而長安這個特定的地點，更暗示一種政治的寓托〔註40〕，表明此詩的
意旨在抒發詩人追求政治理想不遠的苦悶。王夫之深讚此詩隱而不露
之美，云：

〔註39〕見清楊倫《杜詩鏡詮》，頁230，華正書局，1989年。
〔註40〕周嘯天評李白〈長相思〉，見《唐詩鑑賞辭典》，頁255，上海辭書出
　　　　版社，1983年。

題中偏不欲顯，象外偏令有餘，一以爲風度，一以爲淋漓，烏乎，觀止矣。〔註41〕

王維〈西施詠〉乃是以歷史故事爲外殼，並添加了自己的想像，詩云：

艷色天下重，西施寧久微。朝仍越溪女，暮作吳宮妃，賤日豈殊眾，貴來方悟稀。邀人傳香粉，不自著羅衣。君寵益嬌態，君憐無是非。當時浣紗伴，莫得同車歸。持謝鄰家子，效顰安可希。（卷一二五）

由「邀人——是非」可看出王維筆下的西施是個恃而驕的美女，同時也帶出吳王重色亡國的荒淫故實。本篇說明有才情的人，如果機運好，得附驥尾，必能出類拔萃，但不要恃寵而驕毀了自己。東施效顰只是亦步亦驅，並無眞材實料，如何能有同車入宮的命運？

有些詩表面是寫男女之情，骨子裏卻是政治詩。如朱慶餘〈閨意獻張水部〉，詩云：

洞房昨夜停紅燭，待曉堂前拜舅姑，妝罷低聲問夫婿，畫眉深淺入時無？（卷五五五）

唐代應進士科考的士子有向名人行卷的風氣〔註42〕，得到權威人士的賞識和推薦，才有考中的希望。這種通過介紹人攀龍折桂的干謁頗似女子的拜託良媒，舉子在投贈給介紹人的詩中往往把自己比爲女性，因爲這些詩旨在向對方強調他的文才和急於成名的心情，這一切正好與女子的急於出嫁相對應。本篇投贈的對象是張籍，朱慶餘以女子的打扮是否合宜，來詢問自己的文章是否可以得到他的喜愛和賞識。張籍明瞭他的心意，在〈酬朱慶餘〉中，他道：

越女新妝出鏡心，自知明艷更沉吟，齊紈未足時人貴，一曲菱歌敵萬金。（卷三八六）

由於朱的贈詩用此體寫成，所以張的答詩也是如此。在這首詩，他將

〔註41〕見王夫之《唐詩評選》。
〔註42〕舉子把自己的習作投獻給長官、名人和前輩，以期得到他們的表揚，謂之行卷。

朱慶餘此成採菱女，說她相貌既美，歌喉又好，暗示他不必爲這次考試擔心。

　　此類作品乃繼承屈原香草美人的意象，有其長遠的文學淵源。詩人藉此曲折婉轉地傳達心聲，有「言在此而意在彼」的深層意，一般詩評者都給予很高的評價。

五、直抒胸臆

　　婦女詩歌率皆抒發切身經驗，故雖平淺直樸，不事雕琢，卻眞情流露，沁人心脾。

　　女性閨怨詩的創作大宗要推來自閨閣中的婦女，自名門閨秀到荊釵布裙，還佈於士、農、工、商的家庭。因此，她們的詩音，也最能反映社會的眞相。諸如棄婦的詩篇，無論因丈夫喜新厭舊、看破紅塵被棄，或犯七出之條──無子被棄，都可看出古代婦女在婚姻路上是毫無保障的。比起目不識丁的弱女，這些一才女多了一份幸運，她們如泣如訴的感夫詩，往往能使迷途的丈夫回心轉意。如愼氏〈感夫詩〉、薛媛〈寫眞寄夫〉。至於思婦的詩篇，也反映出因丈夫出外求取功名、買賣經商、戍邊征戰，造成與嬌妻青春常別離的生活，甚至有一去不復返，造成田園荒蕪、家庭破碎等嚴重的社會問題。

> 欲下丹青筆，先拈寶鏡寒。已經顏索莫，漸覺鬢凋殘。淚眼描將易，愁腸寫出難，恐君渾忘卻，時展畫圖看。（薛媛〈寫眞寄夫〉，《全唐詩》卷七九九）
>
> 蓬鬢荊釵世所稀，布裙猶是嫁時衣。胡麻好種無人種，正是歸時不見歸。（葛鴉兒〈懷良人〉，《全唐詩》卷八百一）
>
> 風卷平沙日欲曛，狼煙遙認犬羊群。李陵一戰無歸日，望斷胡天哭塞雲。良人平昔逐蕃渾，力戰輕行出塞門。從此不歸成萬古，空留賤妾怨黃昏。（翡羽仙〈哭夫〉，《全唐詩》卷八百一）

　　至於娼妓與女冠的吟詠，最是宛轉關情。因爲她們的社會身分十分特殊，不必受倫常禮教的束縛，故而有充分的自由與男性交遊，其

思想方式與精神狀態常在感性、釋放的眞情裏流動，復接受與文人學士應接唱和的影響，間接地豐富了她們的文學素養，溫潤了她們寫作的技巧，造成婦女詩歌質性的進步。

　　據《全唐詩》所錄，這些風塵才女的詩篇包括歡場生活的記載，及自傷淪落、祈盼縮結同心、羨慕荊釵布裙的心聲。其中以薛濤堪稱箇中翹楚，過往成都的詩人無不與她酬唱，在詩中讚美她的詩才，如元稹稱讚她「言語巧偷鸚鵡舌，文章分得鳳凰毛」；王建有句云：「掃眉才子知多少，管領春風總不如。」

> 花開不同賞，花落不同悲。欲問相思處，花開花落持。
> 攬草結同心，將以遺知音。春愁正斷絕，春鳥復哀吟。
> 風花日將老，佳期猶渺渺。不結同心人，空結同心草。
> 那堪花滿枝，翻作兩相思。玉筋垂朝鏡，春風知不知。
>
> （薛濤〈春望詞四首〉，《全唐詩》卷八百三）
>
> 羞日遮羅袖，愁春懶起妝，易求無價寶，難得有心郎。枕
> 上潛垂淚，花間暗斷腸。自能窺宋玉，何必恨王昌。（贈鄰
> 女〈魚玄機〉，《全唐詩》卷八百四）

　　總體而言，婦女自抒胸臆的詩篇，無論在質與量上都無法跟男詩人相提並論，但其抒情處比男性來得更細膩眞實。

小　語

　　由以上的分析可知代人言情、直抒胸臆之作的女性形象爲實有，宣揚主題理念，別有香草美人之寓託者爲虛擬，純粹吟詩者兼有實、虛二型。

第三節　婦女社會地位與現實生活的反映

　　本節係假定詩歌和社會間的關係是有機的、不能分割的，詩歌不僅反映所屬的社會及歷史環境，同時也是社會和歷史環境的產物﹝註

〔註43〕Korl Beckson & Authur Ganz. "Literary Terms-A Dictionary" P.47-48，雙

43〕。白居易〈與元九書〉主張「文章合爲時而著，歌詩合爲事而作」〔註44〕，以爲詩歌是社會的模擬及反映，但他在強調內容眞實性時，沒有把藝術的眞實跟生活的眞實區別開來；詩歌雖然以現實生活爲基礎，卻不是機械式地模擬，對內容要求到核實的程度，就會排斥虛構、誇張、幻想，使詩歌變成實事報導，甚至淪爲近似押韻的奏章，這點在進入本節之前務先分辨。茲分七小節，一一探討如下：

一、后　妃

　　兩唐書《后妃傳》中記載的三十三位后妃中竟有十三個不得善終，其中高宗王皇后與蕭良娣死於後宮爭寵，睿宗肅明皇后與昭成皇后被誣譖厭蠱咒詛，而爲太后所殺，以上四位都遭到武則天的毒手，武氏之暴戾凶狠可見一斑。肅宗韋妃與代宗睿眞皇后都因戰亂流落失蹤，武宗王賢妃則自殺殉葬；其餘六個全都死於政治鬥爭、宮廷玫變，而這六個中中宗韋庶人、上宮婉與肅宗張皇后是因干預朝政而爲政敵所殺，中宗和思皇后、玄宗楊貴妃與昭宗積善皇后完全是政治鬥爭的無辜犧牲品。

　　由上可看出對后妃威脅最大的是政治鬥爭，其次是失寵，最後便是皇帝的駕崩，可知要榮膺「第一夫人」的頭銜，往往要付出相當大的代價。唐代后妃中以楊貴妃最爲詩人們津津樂道，另外張祜〈孟才人嘆〉乃是寫王賢妃爲武宗殉葬之事〔註45〕；唐代亦有少數后妃有閨怨詩傳世，有些作品如徐賢妃〈長門怨〉、上宮婉容〈綵書怨〉乃純粹吟詠，而武后則天〈如意娘〉、江妃〈謝賜珍珠〉則有本事可考，除上述外，其餘后妃不見於唐詩。但唐詩中以漢代后妃爲主題的宮怨詩卻不勝枚舉，他們或藉古諷今、藉史抒懷，或藉史議論，各有特色。詩人所以捨當代后妃而吟詠漢代后妃，大概因爲所吟詠者爲帝王后

　　　　　葉書局。
〔註44〕見《全唐文》卷六七五。
〔註45〕參見第三章〈傾城傾國之禍水〉、〈矜重節烈之后妃〉兩小節。

妃，故須特別地隱晦含蓄。

初唐李昂〈賦戚夫人楚舞歌〉乃是詠戚夫人得寵之狀及憂呂后之妒：

> 定陶城中是妾家。妾年二八顏如花。閨中歌舞未終曲。天下死人如亂麻。漢王此地因征戰。未出簾櫳人已薦。風花菡萏落轅門。雲雨裴回入行殿。日夕悠悠非舊鄉。飄飄處處逐君主。閨門向裏通歸夢。銀燭迎來在戰場。相從顧恩不顧己。何異浮萍寄深水。逐戰曾迷隻輪下。隨君幾陷重圍裏。此時平楚復平齊。咸陽宮闕到關西。珠簾夕殿聞鐘聲。白日秋天憶鼓鼙。君王縱恣翻成誤。呂后由來有深妒。不奈君主容鬢衰。相存相顧能幾時。黃泉白骨不可報。翠釵翠羽從此辭。君楚歌兮妾楚舞。脈脈相看兩心苦。曲未終兮袂更揚。君流涕兮妾斷腸。已見儲君歸惠帝。徒留愛子付周昌。(卷一二〇)

據《漢書·外戚傳》載，漢王得定陶戚姬，愛幸，生趙王如意，戚姬常從上之關東，白夜啼泣，欲立其子，高祖亦有易立太子之意。高祖呂后對戚姬由來有深妒，待高容鬢衰，崩逝後，戚夫人便在呂后的擺佈下，扮演了一個慘絕人寰的角色。《外戚傳》又云：

> 高祖崩，惠帝立，呂后爲皇太后，乃令永巷囚戚夫人，髡鉗衣赭衣，令舂。戚夫人舂且歌曰：子爲王，母爲虜，終日舂薄暮，常與死爲伍！相離三千里，當誰使告汝？

呂后聽了〈永巷歌〉大怒，欲剷除戚姬的靠山，還誘騙周昌，趙王到京城，不久伺機派人毒死趙王，最後展開對戚姬最慘烈的報復：

> 太后遂斷戚夫人手足，去眼薰耳，欲瘖藥，使居鞠域中，名曰「人彘」。

呂后將戚夫人截手斷足，讓她變成瞎子、啞巴，並把她關在窟室裏，稱爲人豬。本詩僅敘述戚夫人被凌辱爲人豬以前的史實。由「定陶——鼓鼙」乃是寫戚姬得幸，隨高祖四處征戰，幾次身陷重圍，卻「顧恩不顧身」的模樣。由「君王——周昌」寫戚姬在高祖容鬢衰後，對

將來死生未卜的憂慮。

李昂生平傳略見辛文房《唐才子傳》：

> 昂，開元二年（714）王邱下狀元及第。天寶間，仕爲禮部
> 侍郎。（卷一）

則李昂此詩距武后則天於永徽六年（655）殺害王皇后及蕭良娣，最早僅隔五十九年，最晚不到百年。敏感的讀者容易將此二件歷史上慘絕人寰的宮闈鬥爭聯想在一起。按《唐會要》及《舊唐書·后妃傳》載，武則天本爲太宗才人，太宗崩，隨太宗嬪御居感業寺。高宗王皇后與蕭良娣爭寵，后乃召武則天入宮，離間上對良娣之寵，後果大幸，立爲昭儀，遂爲昭儀，遂與后及良娣遞相譖毀，帝終不納后言。俄兒，武昭儀誣陷王皇后與母柳氏求厭勝之術；又親手扼死自己的女兒，嫁禍王皇后殺害。高宗遂廢后及良娣爲庶人，囚於別院，改立昭儀爲皇后。後來，高宗念舊，有赦放后及良娣之念頭。武后爲了鞏固權位，以人神共憤的手段殺害后及良娣。《舊唐書·后妃上》載：

> 武后知之，令人杖庶人及蕭氏各一百，截去手足，投於酒
> 甕中，曰：「令此二嫗骨醉！」數日而卒。（卷五十一）

武后的陰狠毒辣、工於心計，史上大概只有漢后可以跟她媲美。即使李昂並無「指桑罵槐」的企圖，但此詩反映出在不健全的後宮制度下，后妃們爲了爭寵，鞏固權勢，因而互相傾軋，陰謀陷害的黑暗面。

武則天是中國第一位女皇帝，她的私生活淫慢。接《新唐書·后妃傳》載，她六十多歲時，寵愛薛懷義，所以教他入寺爲僧，以出家人名義入幸禁中。她到七十多歲又以美少年張易之、張昌宗兄弟「傅粉施朱衣錦繡服」和她及女兒太平公主燕居作樂。另外《升菴詩話》卷六錄張君房《脞說》云：

> 千金公主進洛陽男子，淫毒異常，武后愛幸之，改明年爲
> 如意元年，是年，淫毒男子亦以情殫疾元，後思之作此曲
> （指如意娘），被于管絃。

由上可知，〈如意娘〉是武后對洛陽男子感情的告白，詩云：

> 看朱成碧思紛紛，憔悴支離爲憶君。不信此來長下淚，問

箱驗取石榴裙。（卷五）

此詩情意纏綿，武氏雖貴為帝王后妃，也不免為情所困。

　　玄宗江妃，於開元初為高力士遴選入宮，侍明皇極具寵幸。後楊貴入侍，寵愛日奪，玄宗日漸疏離江妃。一日，玄宗忽憶江妃，命侍者賜江妃一斛珍珠，妃婉謝不受，乃以〈謝賜珍珠〉詩付使者轉贈於帝。詩云：

　　　　桂葉雙肩久不橫，殘妝和淚污血絹。長門盡日無梳洗，何
　　　　必珍珠慰寂寥？（卷五）

前三句以具體事實，寫「豈無膏沐，誰適為容」的悲苦心境，末句言感情是無價之寶，珍珠雖貴，又豈能取代昔日恩寵，故志節堅貞的江妃乃拒收此餅珍珠。此詩以失寵者立場，道出後宮無數女人的心聲，反映古代帝王一夫多妻的不合理制度，自有其現實意義。

　　一夫多妻的後宮制度導致所有望幸的嬪妃無不竭力獻媚較勁，她們的競爭類似朝廷上的文武百官，充滿了陰謀和傾軋，往往是成者為王，敗者為囚。幾千年來歷史上不斷重演這齣辛酸史，而畸形的後宮制度則是罪魁禍首。

二、宮　人

　　本節的宮人包括宮女、宮婢、宮妓。宮女的來源有三：一是選自民間；二是大臣家沒官的婦女〔註46〕。後宮女子之多，雖漢魏已然，但至隋煬帝而大盛。由唐太宗於宮人一事，可知隋代後宮之盛《舊唐書‧太宗本紀》載太宗即位之初「放掖庭宮女三千餘人」；又同卷載貞觀二年，太宗嘗謂侍臣曰：

　　　　婦女幽閉深宮，情實可愍。隋氏末年，求采無已，至於離
　　　　宮別館，非幸御之所，多聚宮人，皆竭人才力，朕所不取。
　　　　且灑掃之餘，更何所用？今將出之，任求伉儷，非獨以惜
　　　　費，亦人得各遂其性。（卷二）

_____

〔註46〕陳東原《中國婦女生活史》，頁93，河洛圖書出版社，1979年。

於是遣尚書左丞戴胄，給事中杜正倫等，於掖庭宮西門簡出之。第二次放宮人雖未明記人數，但仍顯示後宮人數之多寡，實取決於皇帝一人之好惡。太宗此言，不但道出宮人的苦況，更指出其工作的性質及浪費政府公帑的事實。

像唐太宗這般有遠見的帝王並不多，封建帝王每每派遣使者至民間挑選美女，以充後宮。唐玄宗天寶年間，奉密旨到民間采取艷異者爲花鳥使，元稹〈上陽白髮人〉記述了花鳥使藉皇帝的權勢擾亂民間的情況，以及良家女被選入宮後悲慘的遭遇。詩云：

> 天寶年中花鳥使。撩花狎鳥含春思。滿懷墨詔求膴御。走上高樓半酣醉。醉酣直入卿士家。閨闈不得偷迴避。良人顧妾心死別。小女呼爺血垂淚。十中有一得更衣。永配深宮作宮婢。御馬南奔胡馬感。宮女三千合宮棄。宮門一閉不復開。上湯花草青苔地。月夜閒聞洛水聲。秋池暗度風荷氣。日日長看提眾門。終身不見門前事。近年又送數人來。自言興慶南宮至。我悲此曲將徹骨。更想深冤復酸鼻。

（卷四一九）

花鳥使爲了滿足封建帝王的慾望，硬是活生生地將恩愛夫妻折散，當時又因楊貴妃專寵，後宮無復進幸的機會以致「宮女三千合宮棄」，她們被囚禁在後宮「終身不見門前事」，後宮對她們而言，無異是人間煉獄。

至於大臣家沒官的婦女，根據唐代法律，官吏及有地位的人犯了重罪時，除了本人受懲罰外，還要抄沒家產，妻女送入宮中充任奴婢。杜牧〈杜秋娘詩〉敘述李錡妾杜秋娘因李錡叛變被滅籍入宮，後又因捲入宮廷政變被遣回鄉里的身世與際遇。詩云：

> 京江水清滑。生女白如脂。其間杜秋者。不勞朱粉施。老濞即山鑄。後庭千雙眉。秋持玉斝醉。與唱金縷衣。濞既白首叛。秋亦紅淚滋。吳江落日渡。灞岸綠楊垂。聯裾見天子。盼眄獨依依。椒壁懸錦幕。鏡奩蟠蛟螭。低鬟認新寵。窈裊復融怡。月上白璧門。桂影涼參差。金階露新重。

閒捻紫蕭吹。莓苔夾城路。南苑雁初飛。紅粉羽林仗。獨
賜辟邪旗。歸來煮豹胎。臐飫不能飴。咸池昇日慶。銅雀
分香悲。雷音後車遠。事往落花時。燕謀得皇子。壯髮綠
緌緌。畫堂授傅姆。天人親捧持。虎睛珠絡褓。金盤犀鎮
帷。長楊射熊羆。武帳弄啞咿。漸拋竹馬劇。稍出舞雞奇。
嶄嶄整冠珮。侍宴坐瑤池。眉宇儼圖畫。神秀射朝輝。一
尺桐偶人。江充知自欺。王幽茅土削。秋放故鄉歸。觚稜
拂斗極。回首尚遲遲。四朝三十載。似夢復疑非。潼關識
舊吏。吏髮已如絲。卻喚吳江渡。舟人那得知。歸來四鄰
改。茂苑草菲菲。清血灑不盡。仰天知問誰。寒衣一匹素。
夜借鄰人機。（卷五二〇）

據杜牧詩前并序，「京江——淚滋」爲第一段，敘述金陵女杜秋娘，
年十五爲李錡妾，不但天生麗質又多才多藝，後錡叛，杜秋淚落。詩
中借吳王濞叛國被誅之事，比擬李錡。《新唐書·李錡傳》指李錡任
浙西觀察諸道鹽鐵轉使，榷酒槽運，錡得專之，後被誅，年已六十七。
「吳江——花時」爲第二段，敘述錡叛滅籍，杜秋入宮，見寵放景陵。
景陵爲憲宗的陵墓，故景陵即指憲宗。「燕謀——遲遲」爲第三段，
敘述憲宗崩殂，穆宗即位，桂秋被授爲自孟子傅姆，皇子後封爲漳王，
及太和中，漳王獲罪，杜秋因而放還鄉里。「四朝——人機」爲第四
段，敘述杜秋離京抵家鄉感傷繁華已逝，物是人非，她老貧無依，借
鄰家機夜織，晚景淒涼。

　　本詩亦反映出後宮處處潛伏著危機，宮人們常被捲入政治鬥爭、
宮廷政變。跟文宗宮人張十十等比起來，杜秋只被放還鄉里，還算是
幸運的。據《舊唐書·文宗二子》載，文宗因聽信楊賢妃誣陷，殺了
太子，事後又反悔，他不怪自己昏庸，卻責怪宮人張十十等，云：「陷
吾太子，皆爾曹也。」這些宮人便都被處死了（卷一七五）。可見低
賤的宮女命如草芥，任人宰割。

　　唐初置內教坊於禁中，訓練色藝精妙女子，以娛皇家是爲宮妓。
宮妓大部份是直接從民間搜羅選取的樂戶、倡優女子與少數平民女

子，還有一部份朝臣、外藩貢入的藝妓。宮妓的身份、地位比一般的
宮人要高一些。據崔令欽《教坊記》載：

> 一、妓女入宜春院，謂之內人，亦曰前頭人，常在上前頭
> 也。其家猶在教坊，謂之內人家，四季給米。其得幸者，
> 謂之十家，給第宅賜無異等。

> 二、樓下戲出隊，宜春院人少，即以雲韶院添之。雲韶謂
> 之宮人，蓋賤隸也，非直美惡殊貌，居然易辨明，內人帶
> 魚（袋），宮人則否。〔註47〕

宮妓除了生活待遇較優厚、衣飾與宮人有高低區別外，她們的行動
也比較自由，宮中對她們的束縛並不那麼嚴。年老色衰後她們可要
求出宮，不像宮人必須老死宮中，許渾〈贈蕭鍊師〉并序可以印證，
其云：

> 鍊師貞元初自梨園選爲內妓，善舞柘枝，宮中莫有倫比者，
> 寵錫甚厚。……後聞神仙之事，謂長生可致，乞奉黃老。
> 上許之。（卷五三七）

除了長期居住於宮中的宮妓外，唐玄宗時開始在京師設置左、右
兩個外教坊。這裏也養著大批藝妓，專門供奉宮廷，由宦官負責管理。
與宮妓不同的是，她們並不住在宮裏，需要時才進宮應差，因此她們
的行動比較自由。如元稹〈連昌宮詞〉云：

> 力士傳呼覓念奴，念奴潛伴諸郎宿。（卷四一九）

原則上宮妓是藝術家，只獻藝而不獻身，儘管受到比宮人還要
高的禮遇，但畢竟只是五十步與百步之差。五代王仁裕《開元天寶
遺事》載：

> 申王每至冬月，有風雨苦雪之際，使宮妓密圍於坐側，以
> 禦寒氣，直呼爲妓圍。〔註48〕

李商隱的〈宮妓〉亦云：

> 珠箔輕明拂玉墀，披香新殿鬥腰支。不須看盡魚龍戲，終

〔註47〕《教坊記》，頁5，收錄於《唐國史補等八種》，世界書局。
〔註48〕見《唐代叢書》，頁116，〈妓圍〉條。

　　遣君王怒偃師。(卷五三九)
由上可知以色藝邀寵的宮妓有時不免淪爲皇家的玩物，而且其好景往
往不常。

　　《全唐詩》載有許多幸運的宮人題詩紅葉或征袍，最後被恩放，
與有情人終成眷屬的神話故事〔註49〕，這說明被幽禁的宮人對人間情
愛的嚮往。「飲食男女」乃人之大欲，宮人何其不幸，竟被剝奪了此
權利？

三、貴　婦

　　這一類婦女中既有富貴顯赫的皇親貴戚、官僚貴族婦女，也包括
那些不入顯貴之流的下層官宦人家的婦女。她們的生活、地位差異很
大，但在宮、民分明的社會中，她們同屬於「官」女而不是「民」女。
茲分（一）貴族婦女，（二）下層宦門婦女，敍述如下：

（一）貴族婦女

　　楊氏諸姨因玄宗寵愛楊貴妃而封爲國夫人，富貴驕奢擬向宮掖，
據《舊唐書、楊貴妃傳》載：

> 韓、虢、秦三夫人歲給錢千貫，爲脂粉之資。……姊妹昆
> 仲（銛、錡）五家，甲第洞開，僭擬宮掖，車馬僕御，照
> 耀京邑，遞相夸尚。每搆一堂，費踰千萬計，見制度宏壯
> 於己者，即徹而復造，土木之工，不捨晝夜。玄宗頒賜及
> 四方獻遺，五家如一，中使不絕。開元已來，豪貴雄盛，
> 無如楊氏之比也。(卷五十一)

中唐詩人鄭嵎在〈津門詩〉裏堆砌鋪敘許多故實舊聞，其中也提到楊
氏諸姨窮奢極侈的情形：

> 八姨新起合歡堂，翔鸕賀燕無由窺。萬金酬工不肯去。矜
> 能恃巧猶嗟咨。(魏國創一堂。價費萬金。堂成。工人償價
> 之外。更邀賞伎之直。復受絳羅五千段。工者嗟而不顧。
> 虢國異之。問其由。工曰。某生平之能。殫於此矣。苟不

　　知信。願得螻蟻蜡蝎蜂薑之類。去其目而投於堂中。使之
　　有隙。失一物。即不論。工直也。於是又以繪絲珍貝與之。
　　山下人至今話故事者。尚以第行呼諸姨焉。）
　　四方節制傾附媚，窮奢極侈沽恩私。堂中特設夜明枕。銀
　　燭不張光鑒帷。（虢國夜明枕。置於堂中。光燭一室。西川
　　節度使所進。事載國史。略書之。）（卷五六七）

楊氏姐妹因裙帶關係而承恩澤，等到安史之亂暴發，楊貴妃縊死於馬
嵬坡後，她們就成了人人喊打的過街老鼠，虢國夫人與楊國忠妻裴柔
都慘遭殺害，其他人的下場也頗爲淒涼。這說明恃寵得來的富貴，一
旦靠山倒台，昔日的繁華就成了幻夢泡影。

　　貴族婦女的富貴權勢，大多是靠作爲男性附屬品的身份而得，
一旦男人失勢，她們也同樣受到株連。唐代官僚貴族婦女中王韞秀
的生平際還遇有典型性。她是肅宗、代宗兩朝宰相元載之妻，當年
她以官之女下嫁元載時，元尚無功名，受到王氏一門輕視，她遂夥
同夫婿入秦求舉，後來元載拜相，王氏銜宿恨寄詩嘲諷姨妹：

　　相國已隨麟閣貴，家風第一右丞詩。等年解笑鳴機婦，恥
　　見蘇秦富貴時。（卷七九九）

王韞秀又是個有見識的女子，元載得勢時，她會告誡他：「知道浮榮
不久長」〔註50〕，不要驕盛凌人。然而，元載還是未得善終，最後以
罪被誅。王氏按律應沒爲官婢，她仰天長嘆：「王家十三娘子，二十
年節度使女，十六年宰相妻，誰能書得長信、昭陽之事，死亦幸矣！」
堅決不肯入宮，只求一死。後來有人說她被赦免，也有人說她受苔刑
而死〔註51〕。她的一生正反映了貴族婦女們隨著丈夫的貧賤榮辱而升
沉不定的生活。

　　除了時時憂懼「浮榮不久長」外，貴婦們最常有的情緒，就是對
閨中寂寞，丈夫仕宦輕離的怨恨，諸如：

　　閨中少婦不曾愁，春日凝妝上翠樓，忽見陌頭楊柳色，悔

〔註50〕見《全唐詩》巷七九九，明倫出版社，1978 年。
〔註51〕唐范攄《雲溪友議下・窺衣帷》，頁 78，世界書局。

教夫婿覓封侯。（王昌齡〈閨怨〉，《全唐詩》卷一四三）

為有雲屏無限嬌，鳳城寒盡怕春宵。無端嫁與金龜婿，辜
負香衾事早朝。（李商隱〈為有〉，《全唐詩》卷五三九）

《全唐詩》名媛部份記載，杜羔中了進士，其妻趙氏在歡喜之餘摻雜
了另一種擔心：

長安此去無多地，鬱鬱蔥蔥佳氣浮。良人得意正年少，今
夜醉眠何處棲。（卷七九九）

貴族婦女沒有經濟能力，因而對男性的依附性更強，而貴族男性又往
往三妻四妾，風流成性，故她們往往有「種了芭蕉，又怨芭蕉」的矛
盾心態。

（二）下層宦門婦女

下層宦門婦女，她們家儘管「生常免租稅，名不隸征伐。」
〔註52〕沒有平民百姓稅、役之苦，但官俸微薄，生活並不富裕。元
稹在〈遺悲懷〉之一云：

謝公最小偏憐女，自嫁黔婁百事乖。顧我無衣搜藎篋，泥
他沽酒拔金釵。

野蔬充膳甘長藿，落葉添薪仰古槐。（卷四百四）

元稹初娶韋叢時，他還只是個秘書省校書郎，因為官階不高，薪俸微
薄，所以過著有一餐沒一頓的生活。

又如白居易〈贈內子〉：

白髮方興嘆，青娥亦伴愁。寒衣補燈下，小女戲床頭。暗
澹屏幃故。淒涼枕席秋。貧中有等級，猶勝嫁黔婁。（卷四
百四十）

白氏在唐憲宗元和十年（815）因事被貶為江州司馬，次年在抑鬱的
心情下寫下此詩，我們可以想見詩人當時的物質生活並不佳。

由上面兩首詩可看出這一階層婦女，由於出身、教養的因素，雖
身處困蹇，都能與夫婿共體時艱，無怨無悔地同呼吸、共命運，故元、

〔註52〕杜甫〈自京赴奉先詠懷〉，見《全唐詩》卷二一六，明倫出版社，1978
年。

白雖有不少風流韻事，但是妻子才是他們最深的眷戀。

四、平民婦女

此類弱女依其家庭環境可分爲（一）家庭富厚的商人婦，（二）一般勞婦貧女，茲敘述如下：

（一）家庭富厚的商人婦

《唐國史補下・敘舟檝之利》云：

> 大歷貞元間有俞大娘航船最大，居者養生送死嫁娶悉在其間，開巷爲國，操駕之工數百，南至江西，北至淮南，歲一往來，其利甚厚。

可知「南北東西不失家，風水爲鄉船作宅」〔註53〕是商人行賈逐利的典型生活，昔日商人婦既不能跟隨丈夫四處行賈，就必須飽嘗「望盡千帆皆不是」的相思苦。李白〈江夏行〉云：

> 憶昔嬌小姿。春心亦自持。爲言嫁夫婿。得免長相思。誰知嫁商賈。令人卻愁苦。自從爲夫妻。何曾在鄉土。去年下揚州。相送黃鶴樓。眼看帆去遠。心逐江水流。只言期一載。誰謂歷三秋。使妾腸欲斷。恨君情悠悠。東家西舍同時發。北去南來不逾月。未知行李遊何方。作箇音書能斷絕。遠來往南浦。欲問西江船。正見當壚女。紅妝二八年。一種爲人妻。獨自多悲悽。對鏡便垂淚。逢人只欲啼。不如輕浮兒。旦暮長相隨。悔作商人婦。青春長別離。如今正好同懽樂。君去容華誰得知。（卷一六七）

本詩是反映「悔作商人婦」的社會問題的敘事詩。詩中女主角原以爲結婚後便可與夫君長相廝守，沒想到自從爲夫妻後，他便浪跡各大商城作買賣，一去揚州，已經三年毫無音訊，故她自怨白艾而有「不如輕薄兒，旦暮長相隨；悔作商人婦，青春常別離」的心態。明胡震亨云：

> 江夏行、長干行並爲商人婦詠，而其源似出西曲。蓋古者

〔註53〕白居易〈鹽商婦〉，見《全唐詩》卷四二七，明倫出版社，1978年。

吳俗好賈，荊郢樊鄧間尤盛。男女怨曠哀吟，清商諸西曲所作也。太白往來襄漢金陵，悉其人情土俗，因采而演之爲長什。一從長干上巴峽，一從江夏下揚州。以盡乎行賈者之程，而言其家人失身誤嫁之恨，盼歸遠望之傷，使夫謳吟之者，足動其逐末輕利之悔。〔註54〕

這段引文，可以幫助設們理解江夏行、長干行的現實基礎，以及詩人創作的動機和過程。

其他如劉采春〈囉嗊曲〉、白居易〈琵琶行〉也都觸及到商人婦失身誤嫁之恨，皆有其現實意義。

莫作商人婦，金釵當卜錢。朝朝江口望，錯認幾人船。（〈囉嗊曲〉，《全唐詩》卷八百二）

商人重利輕別難，前月浮梁買茶去。去來江頭守空船，繞艙明月江水寒。夜深忽夢少年事，夢啼妝淚紅闌干。（〈琵琶行〉，《全唐詩》卷四三五）

（二）一般勞婦貧女

唐代婚姻特重門第，太宗疾山東士人自矜門第，廣索聘財，爲了遏止變相的賣婚，特命王妃、主婿皆取勳臣家，不議山東之族〔註55〕，高宗因李義府之請而詔後魏西李寶、太原王瓊、榮陽鄭溫、范陽盧子遷、盧渾、盧甫、清河崔宗伯、崔元孫、前燕博陵崔懿、晉趙郡李楷等子孫，不得自爲婚姻〔註56〕，中宗神龍年間又重申此詔〔註57〕。

因太宗禁王妃主婿議山東之族，故兩唐書后妃、公主列傳，僅見榮陽鄭顥尚宣宗女萬壽公主及代宗崔妃二例，而李唐皇室與山東士族通婚之實例幾無〔註58〕。

至於高宗、中宗禁止山東五姓，自相爲婚，似乎並未奏效。《資

〔註54〕瞿蛻園《李白集校注》引胡震亨語，洪氏出版社，1981年。
〔註55〕《資治通鑑》卷二百，高宗顯慶四年冬十月，洪氏出版社，1974年。
〔註56〕同前註。
〔註57〕《文苑英華》卷九百〈唐贈太子少師崔公神道碑〉。
〔註58〕向叔雲《唐代婚姻法與婚姻實態》，頁33，台大史研所碩士論文，1986年。

治通鑑》高宗顯慶四年冬十月載：

> 然族望爲時所尚，終不能禁，或載女竊送夫家，或女老不
> 嫁，終不與異姓爲婚。

此外，高宗宰相趙郡李敬玄前後三娶，皆山東上族，高宗知而不悅，然並不彰其過〔註59〕，可見山東士族仍自相爲婚。

　　至於社會上了直到晚唐宣宗時，人們仍以與山東士族通婚爲榮。此由下列諸侯例可以窺知。如唐太宗時魏徵、房玄齡、李勣家皆盛與爲婚〔註60〕。高宗宰相薛元超，以未娶得五姓女，列爲平生三恨（《唐語林》卷四）。玄宗時李彭年慕山東著姓婚姻，引就清列，以大其門（《舊唐書》卷九十）。德宗時，伊慎每求族望以嫁子（《唐語林》卷一）。宣宗時，宰相杜審權爲其子讓能，求婚清河崔程女，程初辭，詩人曰：「崔氏之門，若有一杜郎，其何堪矣。」後因杜相堅請，程不得已，乃取一姪娣嫁之（《唐語林》卷四）。

　　由上述可知唐代婚姻極重視門第與資財，符合此條件的山東士族富家女是眾人爭相求聘的結婚對象，而綠窗貧家女則乏人問津。白居易〈議婚〉反映出此種功利式婚姻：

> 天下無正聲。悅耳即爲娛。人間無正色。悅目即爲妹。顏
> 色非相遠。貧富則有殊。貧爲時所棄。富爲時所趨。紅樓
> 富家女。金縷繡羅襦。見人不斂手。嬌癡二八初。母兄未
> 開口，已嫁不須史。綠窗貧家女。寂寞二十餘。荊釵不直
> 錢。衣上無眞珠。幾迴人欲聘。臨日又蜘躕。主人會良媒。
> 置酒滿玉壺。四座且勿飲。聽我歌兩途。富家女易嫁。嫁
> 早輕其夫。貧家女難嫁。嫁晚孝於姑。聞君欲娶婦。娶婦
> 意何如。（卷四二五）

其他如元稹〈織婦詞〉亦云：

> 東家頭白雙女兒，爲解挑紋嫁不得。（余撥荊時，目擊貢綾
> 戶有終老不嫁之女。）檐前嫋嫋游絲上，上有蜘蛛巧來往，

〔註59〕《舊唐書‧李敬玄傳》卷八十一，鼎文書局，1976年。
〔註60〕同註55。

羨他蟲豸解緣天，能向盧空織羅網。（卷四一八）

除了諷刺絲稅征戍之急，慨嘆織婦機杼之苦外，也反映出貧女「苦恨
年年壓金線，爲他人作嫁衣裳」的不平心態。

「唐代豪放女」說明了人們心目中的唐代婦女是一群貞操觀念淡
薄的新女姓。從唐代的詔令、文獻史料可以看出唐人對離婚、再嫁抱
持著開明的態度，兩唐書公主列傳與列女傳，分別代表兩種不同典型
的女性，前者豪放自恣，據李樹桐的統計，唐代公主改嫁的共有二十
八人，內三嫁的四人〔註61〕；後者幾乎都是以禮自防、堅心守志，甚
至自毀容顏誓不再嫁的節婦烈女。於是可知「唐代豪放女」並非空穴
來風，但只限於某種階級身份如公主、女冠等。

《通典》卷五九禮十九：

> 貞觀元年二月詔：「……及妻喪達制之後，孀居服已除，並
> 須申以婚媾，令其好合。若守志貞潔，並任其性。」

由太宗的詔令，可以看出法令准許孀婦改嫁，但亦不干涉其守志貞潔
的自由。

《舊唐書‧列女傳》載，楚王靈龜妃上官氏夫死服終之後，諸兄
便說：「妃尚年少，又無所生，改醮異門，禮儀常範。」另一則又載，
崔繪妻盧氏，爲山東著姓。繪早終，盧既年少，兄常欲嫁之。由上述
二則可知守寡後再嫁爲唐代普遍風氣，不受社會輿論譴責。

世風雖然如此，但恪守「一女不事二夫」的節婦烈女還是大有人
在，像上述的靈龜記，盧氏分別以截耳割鼻、出家爲尼，表達嘗不改
嫁的決心。白居易〈婦人苦〉也提到：

> 婦人一喪夫，終身守孤子。有如林中竹，忽被風吹折。一
> 折不重生，枯死猶抱節。（卷四三五）

周仲美爲其夫所棄後，雖然悲憤欲絕，但仍抱持「婦人義從夫，一節
誓生死」的信念〔註62〕。

〔註61〕李樹桐〈唐代婦女的婚姻〉，《師大學報》十八期，1973 年 6 月。
〔註62〕見《全唐詩》卷七九九，明倫出版社，1978 年。

《唐律‧戶婚》下云：

> 若夫婦不相安諧而和離者，不坐。

保證了雙方協議離婚的權利。敦煌文書中有唐代放妻書樣文三件，內容大體都是說既然夫妻不和，必是前世冤家，雙方一起生活都不歡娛，家業也不能興旺，莫若分離，各自另覓佳偶。從文書中看，離婚是雙方情願的。有趣的是，離婚書中還對妻子再嫁的祝詞：

> 願妻娘子相離之後，重梳蟬鬢，美裙娥媚，巧逞窈窕之姿，選聘高官之主。解怨釋結，更莫相憎，一別兩寬，各生歡喜。〔註63〕

至於單意離婚者，《唐律》規定男方可以七出之條休妻，但婦女自專離夫而去，是法律所不許的；離去後因而改嫁更是法律所不容。《唐律疏議‧戶婚》云：

> 婦女從夫，無自專之道，雖見兄弟，送迎尚不踰閾。若有心乖唱和，意在分離，背夫擅行，有懷他志，妻妾合徒二年。因擅去即改嫁者，徒三年，故云加二等。

由法律對男、女性出單意離婚不同的規定，可窺知唐代是男尊女卑的社會。法律雖然不允許女子主動提出離異或棄夫而去，但社會上也有違反此規定的實例：前者如唐太宗時劉寂妻夏侯氏因父親失明，便自請離婚，奉養老父〔註64〕；後者如秀才楊志堅嗜學而家貧，妻子王氏索書求離，楊志堅以詩之曰：

> 當年立志早從師，今日翻成鬢有絲。落拓自知求事晚，蹉跎甘道出身遲。金釵任意撩新髮，鸞鏡從他別畫眉。此去便同行路客，相逢即是下山時。

王氏持詩到官府請求離婚改嫁，刺史顏真卿以為王氏「專學買臣之婦，厭棄良人；污辱鄉閭、傷敗風教」，所以判其離婚，任其改嫁，但責杖刑二十。四方聞此判決，無不心悅誠服，此後江表婦人，無敢

〔註63〕《敦煌資料》第一輯。

〔註64〕《舊唐書‧列女傳》卷一四三，鼎文書局，1976年。

棄其夫者〔註65〕。據此可知對於棄夫而去的行為，社會大眾仍抱持著
鄙夷不屑的態度，因此在當時妻棄夫而去的個案不會太多。

市井小民寒傖拮据的生活迫使平民婦女投入勞動市場以補貼家
用。江南女子最常見的勞動是浣紗、採蓮、採菱、搖漿、放牧。在如
夢似幻的江南水湄春光中及詩人的浪漫懷想下，江南女子的勞動都被
賦予無限的詩意。如王昌齡〈採蓮曲〉之二：

> 荷葉羅裙一色裁，芙容向臉兩邊開。亂入池中看不見，聞
> 歌始覺有人來。（卷一四三）

作者沒有直接描寫采蓮的辛苦，而是讓她們若穩若現地出沒於蓮葉田
田的水塘中，使采蓮女與綠葉紅蓮混融為一，構成一幅引人遐思的優
美意境。

江南以外的婦女最常見的勞動便是採桑紡織。創作新題樂府的詩
人，抱著「唯歌生民病，願得天子知」的態度，反映勞動婦女的種種
艱難。王建〈織錦曲〉云：

> 大女身為織錦戶。名在縣家供進簿。長頭起樣呈作官。聞
> 道官家中苦難。回花側葉與人別。唯恐秋天絲線乾。紅樓
> 葳蕤紫茸軟。蝶飛參差花宛轉。一梭聲盡重一梭。玉腕不
> 停羅袖卷。窗中夜久睡髻偏。橫釵欲墮垂著肩。合衣臥時
> 參沒後。停燈起在雞鳴前。一匹千金亦不賣。限日未成宮
> 裏怪。錦江水涸貢轉多。宮中盡著單絲羅。莫言山積無盡
> 日。百尺高樓一曲歌。（卷二九八）

由「一梭」至「鳴前」這幾句可以看出織錦女為了在預定的期限交貨，
焚膏繼晷、兢兢業業工作的情形。詩人除了哀愍織錦女之辛勞外，兼
諷宮廷之奢侈與官府之剝奪民力。

除了採桑紡織外，平民婦女若遇到無可避免的天災人禍，往往要
從事更辛若的勞動。戴叔倫〈女耕田行〉云：

> 乳燕入巢筍成竹，誰家二女種新穀。無人無牛不及犂。持
> 刀斫地翻作泥。自言家貧母年老。長兄從軍未娶嫂。去年

[註65] 同註51，上卷〈魯公明〉。

災疫牛困空。截絹買刀都市中。頭巾掩面畏人識。以刀代
牛誰與同。姊妹相攜心正苦。不見路人唯見土。疏通畦隴
防亂苗。整頓溝塍待時雨。日正南岡下餉歸。(卷二七三)

戴詩的主旨是憫農和反戰。該詩描寫了兩個耕田的姐妹，她們的長兄
從軍在外，家有老母，貧無耕作，因而不得不親自下地，用刀耕田。
當時的風俗，未出嫁的女子耕田會受人恥笑，但為了生活，兩姐妹只
得羞答答地埋頭幹活。

這些日常勞動是屬於身體上的負荷，如果丈夫出外求取功名或駐
防守邊，她們更要長期忍受相思的煎熬。唐詩中有許多代女性言情的
閨怨詩，例如：

雁盡書難寄，愁多夢不成。願隨孤月影，流照伏波營。(沈
如筠〈閨怨〉，《全唐詩》卷一一四)

月落星稀天欲明，孤燈未滅夢難成。披衣更向門前望，不
忿朝來鵲喜聲。(李端〈閨情〉，《全唐詩》卷二八六)

行人結束出門去，幾時更踏門前路。憶昔君初納采時，不
言身處遼陽戍。早知今日當別離，成君家計良為誰。男兒
生身自有役，那得誤我年少時。不如逐君征戰死，誰能獨
老空閨裏？(張籍〈別離曲〉，《全唐詩》卷三八二)

貧窮與勞動常與平民婦女相隨，她們雖然不能過著錦衣玉食的富
厚生活，但在經濟方面比貴婦們獨立自足；在感情方面也沒有「丈夫
好新多異心」的擔憂，她們在歷史上雖然籍籍無名，卻平穩地度過一
生，這未嘗不是一種幸運？

五、姬妾家妓

唐制允許庶妻的存在，其稱呼有孺人、媵、妾等。《大唐六典》
〈吏部司封郎中員外郎〉條云：

凡庶子有五品以上官封，皆封嫡母，無嫡母即封所生母，……
凡親王孺人二人，視正五品，媵十人，視正六品；嗣王郡王
及一品，媵十人，視從六品；二品，媵八人，視正七品；三
品及國公，媵六人，視從七品，四品，媵四人，視正八品，

五品，媵三人，視從八品，降此以往，皆爲妾。（卷二）

唐鬥訟律〈妻毆詈夫〉條疏議曰：

依令：「五品以上有媵，庶人以上有妾。」

據上所載，可知作爲庶妻的孺人、媵、妾等，其人數依官品的高低而有不同。親王、孺人二人、媵十人；嗣王郡王及一品，媵十人；二品，媵八人；三品及國公，媵六人；四品，媵四人；五品，媵三人；五品以下（不含五品）至庶人有妾。顯示官品愈高，庶妻入數愈多。由親王孺人，視正五品，媵視正六品看來，孺人地位顯然高於媵；由五品以下有媵，以下至庶人有妾看來，則媵高於妾。

向叔雲在《唐代婚姻法與婚姻實態》〔註66〕歸納《新・舊唐書》等史料，發現孺人之稱仍以皇室儲王爲主，諸王以下，一般用妾稱，媵稱之例較少，其中並見有王公庶妻稱妾，庶人妻稱媵之例，妾似乎成爲社會上庶妻的一般代稱。

嫡妻、庶妻雖同屬良人，但彼此地位卻大相逕庭。唐戶婚律〈以妻爲妾〉條疏議曰：

妻者，齊也，秦晉爲匹。妾通賣買，等數相懸。

媵、妾在法律上的地位遠遜於妻子，可由罪刑規定規知。

犯罪者	罪行	刑	罰
諸　妻	毆夫	徒一年。毆傷重者，加凡鬥傷三等（須夫告乃坐），死者斬，過失殺傷，各減二等。	
媵　妾	毆夫	徒一年半（各加妻犯夫一等），毆傷重者，加凡鬥傷四等，加入於死，過失殺傷，各減二等。	
媵　妾	詈夫	杖八十。	
妾	毆妻	徒一年半，死者斬（與犯夫同）。	
媵	毆妻	徒一年（減妾一等）。〔註67〕	

在毆詈罪方面，妻、媵妾同犯毆夫罪時，妻判刑較媵妾輕，媵妾則相

〔註66〕同註58，頁222。
〔註67〕資料來源乃根據《唐鬥訟律〈妻毆詈夫〉條》。

等；媵妾詈夫，罪刑也一樣，但媵妾同犯毆妻罪，媵判刑卻比妾輕。據此可看出，三者地位高低的順序當是妻、媵、妾。

　　妾在法律上的地位甚低，在家中的地位也極低賤。她們雖可恃寵而驕，但仍缺乏法律的保障。《新唐書‧嚴武傳》載嚴武因憤恨父親厚妾薄妻，竟擅殺父妾：

> 嚴武……母裴不為挺之所答，獨厚其妾英。武始八歲，怪問其母，母語之故。武奮然以鐵鎚就英寢，碎其首……武辭曰：「安有大臣厚妾而薄妻者，兒故殺之，非戲也。」文奇之，曰：「真嚴挺之子。」（卷五十四）

嚴武擅殺父妾，父親不但無責備之言，反誇讚他的行徑，由此可知姬妾性命之微賤。

　　買賣，轉贈是納妾的二種方法。張祜〈愛妾換馬〉云：

> 一面妖桃千里歸。嬌姿駿骨價應齊。乍牽玉勒辭金棧。催整花鈿出繡閨。去日豈無沾袂泣。歸時還有頓銜嘶。嬋娟躑躅春風裏。揮手搖鞭楊柳堤。（其一）
> 綺閣香消華廄空，忍將行雲換追風。休憐柳葉雙眉翠。卻愛桃花兩耳紅。侍宴永辭春色裏。趁朝休立漏聲中。思勞未盡情先盡。暗泣嘶風兩意同。（其二，《全唐詩》卷五一一）

張祜此詩乃敘述唐文宗開成年間，鮑生在途中用愛妾換得一匹好馬的故事。計有功《唐詩紀事》載：

> 世傳韋鮑二生，以妾換馬之事云：「韋生下弟東歸，同憩水閣，鮑有美妾，韋有良馬，鮑以夢蘭小情佐歡。飲酣，停盃閱馬軒檻。」韋曰：「能以人換，任選殊尤。」鮑欲馬之意頗切，密遣四絃更衣盛裝，頃之而至。乃命勸韋酒，歌云：「白露濕庭砌，皓月臨前軒，此時去留恨，含思獨無言。」又歌送鮑生酒云：「風颭荷珠雖暫圓，多生信有短因緣，西橋今夜三更月，還照離人泣斷絃。」韋乃命牽紫叱撥以酬之。（卷五十二）

四絃雖戀舊主，然而鮑生愛駿是甚於傾城。「嬌姿駿骨價應齊」說明了姬妾如同畜產，任意被販賣兜售，一點人性尊嚴也沒有。

此外亦有用強取豪奪的方式，霸占他人之姬妾，如《唐詩記事》
卷五十六載，浙西舉子趙蝦赴長安應試後，其姬為浙帥強占。趙蝦悲
憤異常，寄詩指斥浙帥：「寂寞堂前日又曛，陽台去作不歸雲。當時
聞說沙吒利，今日青蛾屬使君。」浙帥很慚愧，派人將其姬送赴長安。
趙蝦及第後赴任方出關，與其姬會於橫水驛。姬抱蝦慟哭而卒，送葬
於橫水之陽。

　　姬妾是主人的私有財產，一旦主人故去，她們往往被迫嫁賣。唐
李諤〈論妓妾改嫁書〉提到：

　　……聞朝臣之內，有父祖之沒，日月未遠，子孫便分其妓
　　妾嫁賣，實損風化，……復有朝廷重臣，位望通顯，平生
　　交舊，情若兄弟，朝聞其死，夕規其妾。〔註68〕

　　姬妾地位雖微賤，在唐詩中亦有少數妾棄夫而去的特例。《全唐
詩》卷八百載：趙氏，南海人。舉子韋滂從南海攜趙來，擬為房千里
妾，房倦於遊，未能與趙氏結合。後來，房遣人訪趙，趙已嫁韋滂了。
趙氏有〈寄情〉一首，詩云：

　　春風白馬紫絲韁。正值蠶娘未採桑。五夜有心隨暮雨，百
　　年無節抱秋霜。重尋繡帶朱藤合，卻忍羅裙碧草長。為報
　　西遊減離恨，阮郎繞去嫁劉郎。（卷八百）

　　又如謝秀才妾縞練不願和謝在一起，要改嫁他人，謝雖難捨，終
未能留下，後縞練心生感憶，李賀有詩詠此事。詩題中有「座人製詩
嘲誚」一語，當是在朋友宴會中遇到謝秀才，談及此事，同座紛紛作
詩嘲誚，李賀對他們的作品很不滿意，所以才「復繼四首」，但李賀
詩前兩首也微含嘲誚之意。詩云：

　　誰知泥憶雲，望斷梨花春。荷絲製機練，竹葉剪花裙。月
　　明啼阿姊，燈暗會良人。也識君夫婿，金魚挂在身。（其一）
　　銅鏡立青鸞，燕脂拂紫綿。腮花弄暗粉，眼尾淚侵寒。碧
　　玉破不復，瑤琴重撥絃。今日非昔日，何人敢正看？（其一）
　　（卷三九二）

〔註68〕見《古今圖書集成‧閨媛典上》，頁34，鼎文書局，1977年。

第一首說縞練原爲愛慕虛榮，享受而改嫁，終於釣到一個金龜婿，又何必懷想故夫呢？第二首前四句說她懷憶秀才，後四句說既然改嫁，便破鏡難圓，何況今日跟隨貴人，誰敢正眼相看？由李賀詩及「座人製詩嘲說」可看出，當時人對妾棄夫而去之行爲不予苟同。

　　唐代豢養妓爲法令所許，《唐會要‧雜錄》云：

　　　（中宗）神龍二年九月敕，三品以上聽有女樂一部，五品
　　　以上女樂，不過三人。（卷三十四）

可知官品愈高，家妓人數愈多。凡大官、富豪、文人家中，婢妾之外，必有家妓，專供主人娛樂；其身份界於妾與婢之間，兼帶伶人性質〔註69〕。萬楚〈五日觀妓〉云：

　　　西施謾道浣春紗，碧玉今時鬥麗華。眉黛奪將萱草色，紅
　　　裙妒殺石榴花。新歌一曲令人艷，醉舞雙眸斂鬢斜，誰道
　　　五絲能續命，卻知今日死君家。（卷一四五）

又白居易〈與牛家妓樂雨夜合宴詩〉云‧

　　　玉管清絃聲旖旎，翠釵紅袖坐參差。兩家合宴同房夜，八
　　　月連陰秋雨時。歌臉有情凝睇久，舞腰無力轉裙遲。人間
　　　歡樂無過此，上界西方即不知。（卷四五七）

從而可知唐代士大夫之耽於佚樂。

　　家妓與主人無倫理上的關係，主人可以隨意遣去或轉贈他人。前者如白居易〈不能忘情吟〉并序云：

　　　樂天既老，又病風，乃錄家事，會經費，去長物。妓有樊
　　　素者，年二十餘，綽綽有歌舞態，善唱柳枝，人多以曲名
　　　名之：由是名聞洛下。籍在經費中，將放之。（卷四六一）

又司空曙〈病中嫁女妓〉云：

　　　萬事傷心在目前。一身垂淚對花筵。黃金用盡教歌舞，留
　　　與他人樂少年。（卷二九二）

後者如孟棨《本事詩》載，韓翃少負才名，孤貞靜默，然家境貧窮，室惟四壁。一日，鄰居李生與韓暢飲，在「酒逢知己千杯少」的心情

〔註69〕見王桐齡〈唐京時代妓女考〉，史學年報一期，學生書局。

下，將家妓柳氏贈予韓翊（〈情感〉第一）。同書又載：

> 劉尚書禹錫罷和州，爲主客郎中；集賢學士李司空罷鎮在
> 京，慕劉名，嘗邀至第中，厚設飲饌。酒酣命妙妓歌以送
> 之。劉於席上賦詩曰：「高髻雲鬟宮樣妝，春風一曲杜韋娘。
> 司空見慣渾閑事，惱亂蘇州刺史腸。」李因以妓贈之。（〈情
> 感〉第一）

由上數例可看出家妓地位之低賤，她們像畜產般隨意被轉贈、買賣。

家妓既爲家庭娛樂品，故強梁勢豪爭相廣置，有奪人之妓以爲己
有者，如李逢吉奪劉禹錫之家妓〔註70〕，劉有〈懷妓〉詩云：

> 三山不見海沈沈，豈有仙蹤更可尋。青鳥去時雲路斷，姮
> 娥歸處月宮深。紗窗遙想春相憶，書幌誰憐夜獨吟。料得
> 夜來天上鏡，只應偏照兩人心。（卷三六一）

亦有奪人之妻以爲己之家妓者。《本事詩》載：

> 甯王曼貴盛，寵妓數十人，皆絕藝上色。宅左有賣餅者，妻
> 纖白明媚，王一見屬目，厚遺其夫！取之。寵惜逾等。環歲，
> 因問之：「汝復憶餅師否？」默然不對，王召餅師使見之，其
> 妻注視，雙淚垂頰，若不勝情。時王座客十餘人，皆當時文
> 士；無不悽異。王命賦詩。王右丞維詩先成曰：「莫以今時寵，
> 能忘舊日恩。看花滿目淚，不共楚王言。」（〈情感〉第一）

王維此詩乃借楚王奪息夫人之事指責甯王奪賣餅者之妻，後來甯王遂
將她歸還餅師，以喜劇收場。

姬妾家妓與主子的關係大多建立在金錢的交易上，一旦簽署了賣
身契，她們便不能作自己的主人了，有時還會面臨被轉贈、搶奪的命
運，有誰能了解這些紅伶的心事呢？

六、妓　女

近人高世瑜在《唐代婦女》一書中，將唐代妓女依照不同的身份

〔註70〕見《本事詩·情感第一》，筆者以爲李逢吉所奪者即劉禹錫家妓，據
《舊唐書·劉禹錫傳》，劉素與李逢吉不合；又《全唐詩》錄有劉〈懷
妓〉詩，與《本事詩》所引之詩雖有數字誤差，殆因不同版本所致。

分成三類：宮妓、官妓、家妓，並說：

> 如果說宮妓與教坊妓大體主應該算作藝人，家妓則類同姬
> 妾、婢女的話，那麼只有官妓具有後來意義上的娼妓性質，
> 所謂唐代娼妓主要是指這一部份人。

日本學者石田幹之助、岸邊成雄則依妓女的內容，區分爲宮妓、官妓、
家妓、民妓四項，營妓包括在官妓項內〔註71〕。茲折衷二說將唐代妓
女分成四類，並採取高氏的觀點，將宮妓視爲藝人、家妓視同姬妾婢
女，分別見諸一、五、七小節，本節專門探討具有後世娼妓性質的官
妓及民妓。

（一）地方官妓

　　官妓專供高官陪侍公私宴會之用，設置於地方政府的衙門內；營
妓則顧名思義，只對軍中開放。這些官妓大體有幾個來源：（一）世
代屬「樂籍」的官屬賤民女子，（二）良家女由於各種因素落入樂籍，
如薛濤，本是長安良家女，隨父遊宦，後來薛鄖病死，而她年已及笄，
因流落異鄉，無家產業，在現實生活的逼迫下，遂入樂籍。這些女子
一入樂籍，便成了官屬賤民，她們的地位與官奴婢差不多。

　　她們一般是集中居住於樂營，不能隨意出走，由官府供給衣糧，
隨時準備承應官差。《麗情集》云：

> 嚴尚書宇鎮豫章，以陳陶操性清潔，欲撓之；遣小妓號蓮
> 花者往侍焉。陶殊不顧，妓爲求去云：「蓮花爲貌玉爲腮，
> 珍重尚書遣妾來。處士不生巫峽夢，虛勞神女下陽台。」
> 陶答之曰：「近求詩書清於水，老大心情薄似雲。已向升天
> 得門戶，錦衾深媿卓文君。」（《叩彈集》十一）

又如元稹久聞西蜀薛濤有辭辯，愛而難得見焉，嚴師空潛知其意，每
遣薛往，後稹登翰林，以詩寄之：

> 錦江滑膩蛾眉秀，幻出文君與薛濤。言語巧偷鸚鵡舌，文

〔註71〕石田幹之助〈長安の歌妓〉，收入《唐史叢鈔》，頁 54～89。岸邊成
　　　雄《唐代音樂史研究》，頁 76～77 與 364～378。

章分得鳳皇毛。紛紛辭客多停筆，箇箇公卿欲夢刀。別後相思隔煙水，菖浦花發五雲高。(卷四二三)

官妓除了爲權勢更大的長官占有外，如果沒有地方長官的許可，不能隨意接客。但是這種限制並不很嚴格，全在長官個人好惡。《雲溪友議》載：

> 池州杜少府，亳州韋中丞，二君皆以長年，精求釋道。樂營女子，厚給衣糧，任其外住，若有宴飲，方一召來；柳際花間，任爲娛樂。譙中舉子張魯封，爲詩謔其賓佐，兼寄大梁李尚書，詩曰：「杜叟學仙輕蕙質，韋公事佛畏青娥。樂營卻是閑人管，兩地風情日漸多。」(卷十二)

由此可看出地方官妓大體上是依靠官府爲生，她們的任務是承應官差，以獻藝、陪席爲主，不以自由賣淫爲業，但事實上她們又往往私下自行接客。

官妓們既屬地方長官管轄，自長官全權支配，常常便成了他們私有財產。杜牧〈張好好詩〉并序云：

> 牧太和三年，佐故吏沈公江西幕。好好年十三，始以善歌來樂籍中。後一歲，公移鎮宣城，復置好好於宣城籍中。後二歲爲沈著作師以雙鬟納之。(卷五二〇)

由上面一段話可知：一、地方官轉職，官妓可以隨往任地。二、官妓落籍後，可以從良爲妾。

官妓既成爲長官之私有財產，奪妓之事便層出不窮。唐德宗時，名將李晟在四川與張延賞爲爭官妓而成仇，其後延賞入相，與晟又成政敵，幾至釀成禍亂〔註72〕。另外，下級官寵愛之妓，上級長官往往可以任意索取，計有功《唐詩紀事》載，于頔任襄陽節使時，聽說零陵太守戎昱有妓善歌且美，便派人奪取，昱以詩遺行曰：

> 寶鈿香娥翡翠裙，妝成掩泣欲行雲。殷勤好取襄王意，莫向陽台夢使君。(卷二七〇)

于頔雖霸道但還算通情達理，當他知道戎昱與零陵妓之情愫，便將她

〔註72〕《舊唐書‧張延賞》卷一二九，鼎文書局，1976 年。

遣還。

　　由奪妓事件可看出官妓對自己的命運絲毫沒有決定權；她們雖可以色藝邀寵，但往往紅顏薄命、好景不常。《全唐詩》注云：

　　　　廣明中，虯爲李孝恭從事，籍中有善歌者杜紅兒。虯令之歌，贈以綵。李孝恭以紅兒爲副戎所盼，不令受，虯怒，手刃紅兒。（卷六六六）

比紅爲雕陰官妓，只因細故，竟被羅虯殺死。後羅虯追其冤，作比紅詩百首，雖憑添詩壇幾許浪漫傳奇，但又何補一條寶貴的人命。

（二）長安官妓及其他民妓

　　孫棨《北里志‧序》云：

　　　　京中飲妓，籍屬教坊，凡朝士宴聚，須假諸曹署行牒，然後能致於他處，惟新進士設筵顧史，故使可行牒。

一般朝廷官員宴會，必先由官廳出具公文行牒，才能調用妓女陪待，而進士則不必多此一道手續。由此可看出：一、長安妓女的官妓身份，二、朝廷對新進士冶遊之縱容。《北里志‧王團兒條》又載，王福娘願意從良，自稱，某幸未係教坊籍，君子倘有意，一二百金之費爾。」可知未列入教坊籍的妓女不屬官府墊斷，所以可以由嫖客爲她們贖身，自行嫁人。然而，這些未列入教坊籍的妓女也仍未全脫官妓身份。同條又載：

　　　　曲中諸子，多爲富豪輩日輸一緡於母，謂之買斷。但未免官使，不復祗接於客。

妓女們即使是被人「買斷」，仍然必須承應官差，由此亦可看出長安妓女的官妓身份。

　　長安妓女雖也名隸官府，要承應官差，但她們的官奴味不那麼重，官府對她們管轄較鬆，她們也不明顯地屬於那個長官支配，身份比較自由，地位也略高一些；另外她們也不由官府供給衣糧，而是自行開業經營。這大概是因爲長安是各界人士，尤其是天之驕子──進士們冶遊的勝地，由於朝廷之縱容，逐漸向全社會開放。《北里志》云：

諸妓皆取平康里，舉子、新及第進士、三司幕府但未通朝
籍未直館殿者，咸可就詣。

在「鄙夫重色，小娘子愛才」〔註73〕的心態下，文人與進士的狎
妓刺激了他們創作的靈感，經過艷詩的渲染，嫖妓的行為使增添設分
風流浪漫的色彩。據《北里志》載，裴思謙及第後宿平康坊，賦詩曰：

銀缸斜背解鳴璫，小語低聲賀玉郎。從此不知蘭麝貴，夜
來新惹桂枝香。

及第進士鄭合敬也有一篇得意之作，詩曰：

春來無處不閒行，楚潤相看別有情。好是五更殘酒醒，時
時聞喚狀元聲。

兩詩都是以風流俊賞的口情描寫了作者夜宿平康娼館的一個場面，前
者自誇伴宿的妓女因獻身新狀元而感到非常榮幸的情景，後者則為作
者自述他在朦朧中聽到服侍他的楚娘，口口聲聲以狀元相呼時的陶醉
心理。

白居易在《江南逢蕭九徹，因話長安舊遊，戲贈五十韻》中，以
寫實的筆法敘述年輕時期狎妓的過程。此詩前半段云：

憶昔嬉遊伴。多陪歡宴場。寓居同永樂。師子尋前曲。聲
兒出內坊。花深熊奴宅。竹錯得憐堂。庭晚開紅藥。門閒
陰綠楊。經過悉同巷。居處盡連牆。時世高梳髻。風流澹
作妝。戴花紅石竹。帔暈紫檳榔。鬢動懸蟬翼。釵垂小鳳
行。拂胸輕粉絮。煖手小香囊。選勝移銀燭。邀歡翠玉觴。
爐煙凝麝氣。酒色注鵝黃。急管停還奏。繁弦慢更張。雪
飛迴舞袖。塵起繞歌梁。舊曲翻調笑。新聲打義揚。名情
推阿軌。巧語許秋孃。風暖春將暮。星迴夜未央。宴餘添
粉黛。坐久換衣裳。結伴歸深院。分頭入洞房。綵帷開翡
翠。羅薦拂鴛鴦。留宿爭牽袖。貪眠各占床。綠窗籠水影。
紅壁背燈光。索鏡收花鈿。邀人解袷襠。暗嬌妝靨笑。私
語口脂香。怕聽鐘聲坐。羞明映縵藏。眉殘蛾翠淺。鬢解

〔註73〕見〈霍小玉傳〉，《太平廣記》卷四八七，中文出版社，1973年。

綠雲長。(卷四六二)

前十二句、詩人列舉了幾家妓院的妓女之名，描繪平康坊樓館毗連，花木扶疏的環境。據《北里志‧海論三曲中事》條載：

> 二曲（南曲、中曲）居中者，皆堂宇寬靜，各有三數處事，前後植花卉，或有怪石盆池，左右對設，小堂垂簾，茵榻帷幌之類稱是。

可知平康娼館的環境十分幽雅。接著寫妓女出迎，描繪諸妓的服飾，特別對「時世妝」做了極細膩的刻劃。然後寫為接待嫖客而舉辦的宴會、奏樂、起舞、唱曲，一直鬧到深夜。最後寫酒闌席散，妓女們帶著留宿的客人，分別回到陳設華麗的洞房中，卸妝後親昵的情景。

除了長安外，洛陽揚州諸處的民營娼館也不少，唐代文人狎妓之風既盛，與歌妓交往酬唱之詩多不勝數，故臺靜農先生認為：

> 娼妓既成為唐代文人生活的一部份，故唐代文士表現於文學方面的浪漫情詞，大都是娼妓生活的反映。〔註74〕

但妓女社會地位低賤，在良賤不婚的情形下，文人與妓女的戀愛都以悲劇收場。駱賓王在〈艷情代郭氏贈盧照鄰〉一詩中〔註75〕洩露了盧照鄰早年冶遊的經歷：詩中的郭氏是一位蜀中女郎，盧照鄰遊蜀之日曾與她相戀，在盧離蜀之前，郭氏已懷有身孕，盧與郭約定，不久即回到她身邊，誰知他竟「倒提新縑成慊慊，翻將故劍作平平」，不但一去不返，隨後又在洛陽娶了新人。長詩以棄婦的自悲自傷收場，作者雖未明確告訴我們郭氏的身份，但在古代社會中，與文人維持婚外性關係的女人只能是娼妓之流。

又如太原妓與歐陽詹的殉情記：歐陽詹遊太原，悅一妓，分離之日，約定不久即返回太原娶她，其贈妓詩云：

> 驅馬漸覺遠，迴頭長路塵。高城已不見，況復城中人？去意既未甘，居情諒多辛。五原東北晉，千里西南秦。一屨不出

〔註74〕臺靜農〈論唐代士風與文字〉，收錄於《靜農論文集》，頁112，聯經出版社，1989年。

〔註75〕見《全唐詩》卷七十七，明倫出版社，1978年。

門，一車無停輪。流萍與繫瓠，早晚期相親！（卷三四九）

後來歐陽詹未能如約前來，妓女憂思成疾，臨死前剪下髮髻，並賦詩一首，留贈歐陽詹。詩云：

> 自從別後減容光，半是思郎半恨郎。欲識舊來雲髻樣，爲
> 奴開取縷金箱。（卷八百二）

妓女的死訊傳到歐陽詹耳中，他也悲慟死了。歐陽詹也許是有心人，但唐代婚姻非常重視「當色爲婚」，而且文人狎妓自命風流，對於婚姻自有現實的選擇。歐陽詹未能如期赴約，卻悲慟殉情，正暴露了他的矛盾心態。

　　不論是官妓或民妓，她們年老色衰後大致有四種歸宿：一、轉任鴇母。如《北里志》中的楊妙兒、王團兒便是年老後退爲假母。二、續操賤業。如名妓俞洛眞從良下嫁後，因不堪生活勞苦，遂又返任北里勾當；杜牧筆下的張好好，本是官妓，後來從良爲妾，不久又變成當爐賣酒的酒家女。三、出家入道。如李季蘭、薛濤等。四、從良做妻妾。唐律雖規定良賤不婚，但社會上仍有少數良賤通婚之例。如富人柳睦州設錦帳三十重，娶得京師名娼嬌陳爲妾〔註76〕；一般說來，娼妓從良只配爲妾，罕有爲正室者，楊國忠娶蜀娼裴柔爲妻算是特例〔註77〕。

　　由上可看出，娼妓們笙歌樂舞的繁華歲月一旦不在，她們往往晚景淒涼。江淮妓徐月英的〈敘懷〉最能道出娼妓的心酸：

> 爲失三從泣淚頻，此身何用處人倫。雖然日逐笙歌樂，長
> 羨荊釵與布裙。（卷八百二）

接《北里志》載，妓女的來源大致有三：

> （一）自幼爲丐有者，（二）或傭其下里貧家，爲不調之徒所漁獵，失身至此者，（三）良家子爲其家聘之，以轉求厚賂，誤陷其中者。（〈海論三曲中事〉）

不論官妓或民妓，她們若非世屬賤民女子，便是因環境所迫或被訪拐

〔註76〕《唐語林・賢媛》卷四。
〔註77〕見《新唐書・楊國忠》卷二○六，鼎文書局，1976年。

而墮入風塵，鮮有志願爲妓者。一旦爲妓，便過著人盡可夫的生活，不論在法律上或社會中，她們都被視爲賤民，從良爲妾是她們最好的歸宿，故徐氏以失「三從」爲憾，「三從」雖是禁錮婦女的禮教，她卻求之不得，令人聞之鼻酸。

七、奴　婢

《唐律》規定：「奴婢賤人，律比畜產」，「婢乃賤流，本非儔類」〔註78〕。《唐律疏議》卷六、卷十四將奴婢與良人嚴格區分，同時禁止良人與她們通婚，並將婢產子和馬生駒一樣列爲「生產蕃息」；在量刑方面，奴婢犯罪比良人罪加一等，法律雖規定殺奴婢是犯罪的，但與殺良民的量刑卻不一樣，只是「杖一百」或「徒一年」，不須抵命，所以主人常常可以隨意處治她們，如《舊唐書・房琯傳》載，房孺復妻崔氏一夕杖殺侍女二人，埋於雪中（卷一一一）。

在社會生活中，她們也被視作「賤類」和資產；她們沒有絕對的人身自由，命運完全受主人操縱。在敦煌遺書中有件罕見的奴隸買賣文書〔註79〕，文中特別強調「奴是賤不虛」，因爲唐朝法律規定掠奪良人有罪，據《唐會要・奴婢》載：

> 元和四年閏三月勒，嶺南黔中福建等道百姓，雖處遐俗，莫非吾民，多罹掠奪之虞，豈無親愛之戀，緣公私掠賣奴婢，宜令所在長吏切加捉搦，并審細勘責，委知非良人百姓，乃許交關，有違犯者，準法處分。（卷八十六）

「奴是賤不虛」對買賣雙方來說，只是爲了使買賣人口合理化，但對被出賣的胡奴來說，卻是永世做牛馬的判決書。

由《雲溪友議》載崔郊〈贈去婢〉一詩的本事，也可看出婢女被典賣、贈送的現象：

> 郊寓是漢上，其姑有婢端麗，郊有阮咸之惑。姑鬻之連帥于公頔。郊思慕無已。其婢因寒食偶出値郊。郊贈詩云：「公

〔註78〕見《唐戶婚律》卷六。
〔註79〕見敦煌文物研究所資料室〈文物〉十二期，1972年。

> 子王孫逐後塵，綠珠垂淚滿羅巾。侯門一入深如海，從此蕭
> 郎是路人。」……公睹詩，令召崔生，又見郊，握手曰：蕭
> 郎是路人，是公作耶，何不早相示也。遂命婢同歸。〔註80〕

由此可看出牌女的婚姻也自然全由主人匹配。《唐律疏議》卷十四〈戶
婚〉嚴格規定「良賤不婚」「同類相求」，但在「以妻爲妾」條曰：

> 若婢有子及經流放爲良者，聽爲妾。

可知婢女經由主人放免或被別人贖出嫁與良人，是法律上所允許的。
唐朝放婢女爲良女或部曲客女，必須經由家長立手書，長子以下署
名，再經申報官府，方可生效〔註81〕。《敦煌資料》第一輯〈放良書
樣文五件〉載：

> 蓋婢以人生于世，果報不同，貴賤高卑，並緣歸異。上以使
> 下，是先世所配，故伊從良，爲后來之善，其婢厶乙多生同
> 處，勵力今時，效納年齒，放她出離，如魚得水，任意沈浮，
> 如鳥透籠，翱翔弄翼。……擇選高門，聘爲貴室。后有兒姪，
> 不許干論。一任從良，榮于世並。山河爲誓，日月證盟。

由此可看出，所放免的是一名比較年輕的婢女。不管主人出自什動
機，畢竟是比較人道的作法。另外唐代有也贖婢爲婦的現象，《全唐
詩續補遺》收陳裕詩一首，內容便是〈有一秀才忽贖酒家青衣爲婦，
因嘲之〉：

> 秀才何事太忽忽，琴瑟無媒便自通。新婦旋裙纏離體。外
> 姑托布尚當胸。菜園箇箇皆鉗項，粳米頭頭盡翦鬃，一自
> 土和逃走後，至今失卻親家翁。（卷十七）

此詩的藝術價值雖不高，但反映出當時贖婢爲婦，常會遭人嗤笑
的情形。

婢女在婚姻上另一常有的遭遇是給主人當沒有名份的妾。歷代
來，無論在法律上或社會觀念，都承認主人對婢女、客女與部曲妻的

〔註80〕同註51，上卷〈襄陽傑〉。
〔註81〕《唐會要·奴隸》載：「顯慶二年十二月勒，放還奴婢爲良及部曲客
　　　　女者，聽之，皆由家長手書、長子已下連署，仍經本屬申牒。」

絕對優先占有權。《唐律疏議》云：

> 奸己家部曲妻、客女各不坐。(卷二十六)

奸淫自己家部曲妻、客女是無罪的，婢女自然更不用說了〔註82〕。元稹〈估客樂〉中的「越婢脂肉滑」；無名氏〈消失婢榜中〉的「內家方妒殺」等很多唐人詩詞、著述中都體現當時人心目中，婢女不只是勞動力，而且很自然是主人的玩物。

初唐喬知之爲婢女犧牲性命的史事可謂絕無僅有〔註83〕，許多婢女在不堪主人的折磨下伺機逃走，但仍揮不去賤民的烙印，也許在階級分明的唐代社會，只有投胎轉世、改頭換面，才能擺脫作牛作馬的命運。

小　結

本節擬透過唐代的法律及各種文獻典籍，重現當時婦女的社會地位及生活，窺諸唐詩發現其中有許多婦女現實生活的縮影。文學的寫實與歷史的核實不同，必須兼顧藝術品眞、善、美的特質，故詩人們將這些內容加以包裝，用更合乎藝術的形式出來。

〔註82〕據鄭聯芳〈唐律奴隸制度之研究〉，唐代賤民地位有高低之分，其順序爲：太常音聲人──雜戶──隨身、部曲妻──工樂──官戶──部曲──官奴婢──私奴婢。見《唐律評論》二十六卷十一期，頁25。

〔註83〕參見第三章〈殉身全節的紅粉知己〉一節。

第五章 唐詩中女性形象的藝術特質

　　本章是形式技巧的研究。唐詩中女性形象的藝術特質主要自以下三節突顯出來：一、五、七言首詩、絕句、律詩、樂府諸體各有不同的形式結構，其最適宜表現的題材及情調亦大異其趣，二、人稱的運用關乎詩人寫作的視野角度，及讀者對作品的感應度；賦體與比體兩種不同的表現手法，所呈現的女性形象有實、虛兩型，不同的人稱結合不同的表現手法會造成迴然有別的藝術效果，三、女性的外在形象主要利用直接刻劃、間接烘托的技巧來雕塑；內在形象則運用獨自與對話、由景襯情、人物本身的活動及潛意識來塑造，並透過與唐詩中詠男性詩歌的人物塑造之比較，見出其特色。

第一節　創作體裁

　　不同體裁的詠女性詩歌各有其不同的發展空間及限制，諸如古詩宜敘事詠史，但缺乏神韻；絕句宜表現微婉含蓄之情，不適宜於鋪陳議論，律詩形式精美，但多數詩人無法需活駕馭，反被其嚴整的聲調格律牽絆。

　　唐樂府詩率多不能入樂，實與古、近體無異，但因樂府詩是詠女性詩的創作大宗，分散至各體恐失其特色，故而別立一體。雜言體的

詠女性詩僅有王建〈望夫石〉、顧況〈瑤草春〉、韓翊〈章台柳〉、柳氏〈楊柳技〉等數首,諸詩實可看成短篇古詩,故不另闢專節討論。本節共分成古詩、絕句、律詩、樂府四種創作體裁,一窺諸體裁之特性,將有助於了解詠女性詩歌的藝術風貌。

一、古　詩

以古詩為體裁的詠女性詩歌約莫只有二十首,除了一首短篇五古外,其他皆是長篇五、七言古詩。

唐人五古率皆仿古。漢魏六朝的古詩差不多都是五言詩,五古以一韻到底、不雜律句為原則;又五古是上二下三的句式,中間只有一頓,節奏固定,因而造成凝重、莊嚴的詩風。

唐人七古因無所承故能自開蹊徑,可分為仿古七古及新式七古兩種。前者乃是仿照五古的聲律,只在每句上面添加兩個音,這樣它的格調自古;另外亦有仿五古一韻到底者,如韓愈〈華山女〉。後者乃依照律詩的格律,大抵四句一換韻、平仄韻遞用、並雜入律句,如白居易〈長恨歌〉、〈琵琶行〉〔註1〕。造成七古婉轉流宕,敘事生動的因素約有以下二點:一、七古上四下三的句式,實際上乃是二、三、三的結構,中間有兩頓,有助於流宕的音節變化,而且又可容納較多意象。二、新式七古換韻、平仄韻遞用、雜入律句的現象增添了音節、對稱之美。

五、七古長篇無論是敘事、議論或描寫都宜於鋪陳,中間加以開闔變化,但因形式有別造成不同的效果,茲擇錄韓愈〈謝自然詩〉及白居易〈長恨歌〉片段,具體分析如下:

> 果州南充縣。寒女謝自然。童騃無所識。但聞有神仙。輕生學其術。乃在金泉山。繁華榮慕絕。父母慈愛捐。凝心感魑魅。慌惚難具言。一朝坐空室。雲霧生其間。如聆笙竽韻。來自冥冥天。白日變幽晦。蕭蕭風景寒。簷楹暫

〔註1〕見王力《中國詩律研究》,頁350～362,文津出版社,1987年。

明滅。五色光屬聯。觀者徒傾駭。躑躅詎敢前。須臾自輕
舉。飄若風中煙。茫茫八絃大。影響無由緣。（卷三三六）

謝自然白日飛昇之事，當時人奉爲神仙，愈於「繁華──具言」四句
力排眾議，謂此特爲妖魅所惑；「一朝──由緣」諸句是描述謝自然
「仙化」的奇景。

聖主朝朝暮暮情。行宮見月傷心色。夜雨聞鈴腸斷聲。天旋
日轉迴龍馭。到此躊躇不能去。馬嵬坡下泥土中。不見玉顏
空死處。君臣相顧盡霑衣。東望都門信馬歸。歸來池苑皆依
舊。太液芙蓉未央柳。芙蓉如面柳如眉。對此如何不淚垂。
春風桃李花開夜。秋雨梧桐葉落時。西宮南苑多秋草。宮葉
滿階紅不掃。梨園弟子白髮新。椒房阿監青娥老。夕殿螢飛
思悄然。孤燈挑盡未成眠。遲遲鐘鼓初長夜。耿耿星河欲曙
天。鴛鴦瓦冷霜華重。翡翠衾寒誰與共。悠悠生死別經年。
魂魄不曾來入夢。臨邛道士鴻都客。能以精誠致魂魄。爲感
君主展轉思。遂教方士殷勤覓。排空馭氣奔如電。升天入地
求之徧。上窮碧落下黃泉。兩處茫茫皆不見。忽聞海上有仙
山。山在虛無縹緲間。樓閣玲瓏五雲起。其中綽約多仙子。
中有一人字太眞。雪膚花貌參差是。金闕西廂叩玉扃。轉教
小玉報雙成。聞道漢家天子使。九華帳裏夢魂驚。攬衣推枕
起裵回。珠箔銀屏邐迤開。雲鬢半偏新睡覺。花冠不整下堂
來。風吹仙袂飄颻舉。猶似霓裳羽衣舞。玉容寂寞淚闌干。
梨花一枝春帶雨。（卷四三五）

〈長恨歌〉之意旨不在「懲尤物、窒亂階」，而在歌頌生死不渝的愛
情。本大段由「聖主──入夢」諸句，詩人用以景觀情的藝術手法，
刻劃明皇失去貴妃後悲苦淒慘的心理狀態，「臨邛──雙成」諸句，
龔用漢武帝語道士夜降夫人魂的神話故事，「聞道──帶雨」諸句，
描寫貴妃又驚又喜的心理狀態。

韓詩、白詩皆發揮了長篇古詩鋪敘之特色。但就詞藻而言，韓詩
古質樸厚；白詩富麗豐贍。就節奏而言，〈謝自然詩〉爲先刪寒元通
韻，故顯得四平八穩；〈長恨歌〉全詩共一百二十句，入律者七十句，

似律者三十句，仿古者二十句。一韻四句者二十三處，二句者六處，八句者兩處。平仄韻相間者二十五處，以平韻承平韻者兩處，以仄韻承仄韻者三處〔註2〕，故造就了參差錯落、婉轉流宕的音節之美。就意象之呈現而言，韓詩描述「仙化」之過程，雖訴諸不少圖像畫面，但因受句式限制，未若〈長恨歌〉跳盪著繽紛多采的畫面場景。

　　由上之分析可知形式與風格是密切相關的。詩評家歸納前人五、七古長篇有「五言古詩以簡質渾厚為正宗」〔註3〕、「七古煒煜而譎誑」〔註4〕之結論。其他五古長篇如王維〈西施詠〉、杜甫〈佳人〉；七古如杜甫〈觀公孫大娘舞劍器行〉、白居易〈琵琶行〉、韋莊〈秦婦吟〉皆有上述特色。

　　此外，古體詠女性詩歌尚有于濆〈里中女〉一首短篇五古，詩云：

　　　　吾聞池中魚，不識海水深。吾同桑下女，不識華堂陰。貧
　　　　窗苦機杼，富家鳴杵砧。天與雙明眸，只教識蒿簪。徒惜
　　　　越娃貌，亦蘊韓娥音。珠玉不到眼，遂無奢侈心。豈知趙
　　　　飛燕，滿髻釵黃金。（卷五九九）

本詩旨在揭露唐末貧富懸殊的社會現象，然而此意念並非訴諸直接的議論說理，而是通過類比、對比的藝術手法及視覺、聽覺意象來表達的，故清婉而有餘味。

　　五、七古皆主於鋪敘，但形式影響風格，造成不同的效果。無論長、短篇五古用詞皆宜古質樸厚，但短篇五古因為篇幅有限不宜於鋪排，而以包蘊無窮、意長神遠為要。

二、絕　句

　　唐代詠女性詩以絕句為創作體裁者包括了大量的閨怨、宮怨詩，及少許詠史記事詩。

〔註2〕同上，頁440。

〔註3〕見施補華《峴傭說詩》。

〔註4〕劉熙載借〈文賦〉之語形容七古之風格。見《藝概》卷二，頁70，華山書局。

　　絕句形式短小，不適宜記事詠史，它通常都呈現悠悠長長的人生世相中一刹那間的心領神會。好絕句的要件爲「婉曲回環、刪蕪就簡，句絕而意不絕。」〔註5〕、「語近情遙、含吐不露」〔註6〕，惟含蓄不盡，使人低徊想像，玩味無窮，才是上乘之作。例如：

> 三日入廚下，洗手作羹湯。未諳姑食性，先遣小姑嘗。（王建〈新嫁娘〉，《全唐詩》卷三○一）
> 紗窗日落漸黃昏，金屋無人見淚痕。寂寞空庭春欲晚，梨花滿地不開門。（劉方平〈春怨〉，《全唐詩》卷二五一）

這兩首詩皆著墨於人物心理狀態之刻劃。前者由新嫁娘本身的活動可看出她的巧思慧心，本詩取材自生活瑣事，富現實色彩，但此情此境則易引入聯想──初出茅廬之人，對大千世界還不太熟悉，非得先請教老練的人不可〔註7〕。後者由一、三句黃昏、暮春時節蕭索的景色，及二、四句掉淚、掩門的動作，勾勒出宮人的幽怨寂寞。本詩表面上雖代宮人言情，卻與詩人懷才不遇的牢愁緊緊相扣。

　　絕句因爲篇幅短小，講究刪蕪就簡，所以一詩往往只達一意，非常集中、精契，但其缺憾是不容易表現複雜的內容。如果要用這最不適合捕捉刻劃外在現象世界的詩體來記事詠史，最好的辦法除了利用組詩外，也可在詩前加序，說明故事原委，前者如白居易〈燕子樓詩三首〉、李商隱〈北齊二首〉，後者如張祜〈孟才人歎〉，〈比紅兒詩〉則兼有附注及組詩。可見這種體制上的選擇與堅持是有意的，詩人並非不知用絕句來記事詠史有其本質困難，其用心無非繫合抒情與敘事，使相穿透混融爲一〔註8〕。另外，王維〈息夫人〉、李商隱〈嫦娥〉則運用典故以簡馭繁，藉隱喻達到抒發情感的目的及效果。

　　七絕是晚唐詠史的主要體式，因爲以詩論史還常只是針對一點立

〔註5〕見元・楊載《詩法家數》，頁473，藝文印書館。
〔註6〕見清・沈德潛《說詩晬語》卷下，頁550。
〔註7〕見喻守真《唐詩三百首詳析》，頁276，中華書局。
〔註8〕龔鵬程〈另一種詩──雜事詩的特質與發展〉見《文化、文學與美學》，頁145，時報文化企業出版公司。

論，並不是全面性的批評，而中國詩歌的抒情本質也不適合全面論史；經過中晚唐詩人的嘗試，發覺以七絕最適合在最精簡的篇幅中一針見血，對歷史人事作獨到的判斷〔註9〕。晚唐史論型詠史詩大致有以下三種表現手法：一、只呈現畫面，不著一字議論，但諷意自見，如杜牧〈過華清宮三首絕句之一〉、張祐〈虢國夫人〉、李商隱〈北齊二首之二〉，二、兼有意象畫面暨敘述議論，如杜牧〈題桃花夫人廟〉、李商隱〈北齊二首之一〉，三、純粹議論，如羅隱〈西施〉、崔道融〈西施灘〉。

> 長安迴望繡成堆，山頂千門次第開。一騎紅塵妃子笑，無人知是荔枝來。（杜牧〈過華清宮三首絕句之一〉，《全唐詩》卷五二一）
>
> 一笑相傾國便亡，何勞荊棘始堪傷。小憐玉體橫陳夜，已報周師入晉陽。（李商隱〈北齊二首之一〉，《全唐詩》卷五三九）
>
> 家國興亡自有時，吳人何苦怨西施。西施若解傾吳國，越國亡來又是誰。（羅隱〈西施〉，《全唐詩》卷六五六）

前二種表現手法符合內斂蘊藉，含吐不露的要求，是高度抒情化的表現，第三種雖然立意新奇，但缺乏迴環不盡的餘味，不免有意竭神枯、語實味短的弊病。清紀曉嵐云：

> 議論以指點出之，神韻自遠。若但議論而乏神韻，則胡曾詠史，僅有「名論」矣，詩固有理足意正而不佳者。〔註10〕

紀氏的話正說明描象的議論不是詩的本色，必須具體地將情景指點出來，才具有神韻。

三、律 詩

　　以律詩為體裁的詠女性詩歌大都產生於中晚唐且為數不多，就所占律詩的比率而言，五律最是寥若星辰，殆因深受聲調格律的束縛，

〔註9〕廖振富《唐代詠史詩之發展與特質》，頁280，師大中研所碩士論文，1989年5月。

〔註10〕紀曉嵐《三色印本李義山詩集》卷上。

無法靈活驅遣之故。

　　律詩八句之中基本上是以兩句爲一意義單位。在一個僅以四聯構成的緊湊詩體中，首聯與末聯的地位確實太重要，以致不能維繫一個三部份的結構。印象描寫與心理表現的區別常導致一個二分的結構，前者占首三聯，後者爲末聯。簡潔的形式和準確的結構大有助於鞏固新美典的二大基石：外在世界的內化（internalization of the external）及內在世界的形式化（formalization of the internal），前者即是主客觀的情景交融，後者乃主觀的沈思內省〔註11〕。試以李商隱〈無題〉詩爲例：

　　　颯颯東風送雨來，芙蓉塘外有輕雷。金蟾齧鎖燒香入，玉
　　　虎牽絲汲井迴。賈氏窺簾韓掾少，宓妃留枕魏王才。春心
　　　莫共花爭發，一寸相思一寸灰。（卷五三九）

詩人以女性口吻描寫一位深鎖幽閨的女子在愛情路上挫傷。首聯以飄忽悽迷的環境氣氛，烘托出女主人公正在萌發躍動的春心和難以名狀的迷惘苦悶。頷聯寫女子觸景生情。室內戶外所見惟閉鎖的香爐、汲井的轆轤，香爐和轆轤在詩詞中常和男歡女愛繫聯在一起，故它們又同時牽動她的情思。頸聯由上聯的「燒香」引出賈氏窺簾，贈香韓掾；由「牽絲（思）」引出甄后留枕東阿王，情思不斷。詩人藉此意象畫一個傳達她對愛情的渴望。末聯是女主人公面對愛情的落空後沈痛的告白：盪漾的春心切莫與春花爭研競發，因爲寸寸的相（香）思都化成了灰燼！由以上的簡析可看出本詩前三聯是主客觀的情景交融，末聯則是主觀的沈思內省，類同此結構的詩篇尚有李商隱〈重過聖女祠〉、杜荀鶴〈山中寡婦〉等。

　　律詩擁有最凝鍊的體式，由於中間兩聯對仗的要求，盡量要求容納不同時空的事物，以增加內涵的深度，它的時空推展就不再是順時性的直線敘述，而往往是跳躍的靈活變化；如果頷聯、頸聯能妥善運用對等原理的對比性或類似性，往往可以達到很好的藝術效果。試以

〔註11〕高友工〈律詩的美典〉，頁25，見《中外文學》十八卷二期。

下列諸詩為例：

> 承恩不在貌，教妾若為容。風暖鳥聲碎，日高花影重。（杜
> 荀鶴〈春宮怨〉）
>
> **春蠶到死絲方盡，蠟炬成灰淚始乾。**曉鏡但愁雲鬢改，夜
> 吟應覺月光寒。（李商隱〈無題〉）
>
> 可憐閨裏月，常在漢家營。少婦今春意，良人昨夜情。（沈
> 佺期〈雜詩〉）
>
> 誰愛風流高格調，共憐時世儉梳妝。敢將十指誇針巧，不
> 把雙眉鬥畫長。（秦韜玉〈貧女〉）

除了最後一首為貧女的獨白外，其餘皆是時空交錯的對句。前二首運
用對等原理的類似性加強風和日麗、深情執著的效果；後二首運用對
等原理的對比性（沈詩領聯是同一事物對立方面的並舉；頸聯是兩種
對立事物的映襯）造成戲劇性張力，從而突顯獨守空閨的寂寞及「貧
賤不能移」的人格情操。

　　七律之為體，只要把平仄對偶安排妥適，就很容易支撐起一個看
來頗為堂皇的空架子，所以，這種體式最適宜於作奉和應制贈答等酬
應之用〔註12〕。因此有不少文人與娼妓、女道士的贈答詩及宮體艷情
詩皆以律詩為之，這類詩歌固多遊戲筆墨之作，但亦有少數不落俗套
的作品。例如：

> 小小生金屋，盈盈在紫微。山花插寶髻，石竹繡羅衣。每
> 出深宮裏，常隨步輦歸。只愁歌舞散，化作彩雲飛。（李白
> 〈宮中行樂詞之一〉，《全唐詩》卷一六四）
>
> 水剪雙眸霧剪衣，當筵一曲媚春輝。瀟湘夜瑟怨猶在，巫
> 山曉雲愁不稀。皓齒乍分寒玉細，黛眉輕蹙遠山微。渭城
> 朝雨休重唱，滿眼陽關客未歸。（崔仲容〈贈歌妓〉，《全唐詩》
> 卷八百一）

李詩借步輦故實〔註13〕、正面描摹、側面烘托點染小宮女的嬌憨天真

〔註12〕葉師嘉瑩《杜甫秋興八首集說》，頁15，中華叢書。

〔註13〕隋代詩人虞世南奉煬帝命嘲司花女袁寶兒的詩云：「學畫鴉花半未
　　　　成，垂肩嚲袖太憨生。緣憨卻得君王惜，常把花枝傍輦行。」李詩

及風韻神采，將宮中行樂的情景寫得麗而不膩、工而疏宕。崔詩以隱喻法烘托歌女之姣好，並著墨在其色藝娛人的生活外，別有憂愁暗恨生的另一面。這類意象精美，深沉感人的詩篇絕非爲文造情的泛泛之作所能比擬的。

　　律詩除了有五律、七律外，尚有排律。排律除了首尾兩聯不必對仗外，其餘必須屬對精切。由於排律有嚴謹的格律限制，以之爲體裁的作品原就不多，且七排所須才力更大，故唐人不以之詠女性詩歌；五排詠女性詩計有六首，五排除了講究對仗外，敘事手法和古詩無異，這六首詩呈現兩種（五古、律詩）截然不同的風味：一是簡質渾厚，如許渾〈贈蕭鍊師〉；另一是靡麗緻巧，如元稹〈會眞詩三十韻〉〈夢遊春七十韻〉、白居易〈代書一百韻寄微之〉〈和夢遊春一百韻〉〈江南喜進蕭九徹，因話長安舊遊，戲贈五十韻〉。

四、樂　府

　　唐代詠女性詩以樂府爲創作大宗。茲將樂府分爲擬樂府及新樂府，分別探討如下：

　　擬樂府包括詠古題古意及借古題詠新意兩種。前者如：

　　　梧桐相待老，鴛鴦會雙死。貞婦貴殉夫，捨生亦如此！波瀾誓不起，妾心古井水。（孟郊〈烈女操〉，《全唐詩》卷三七二）
　　　芳蹊密影成花洞，柳結濃煙花帶重。蟾蜍碾玉挂明弓，捍撥裝金打仙鳳。寶枕垂雲選春夢，鈿合碧寒龍腦凍。阿侯繫錦覓周郎，馮仗東風好相送。（李賀〈春懷引〉，《全唐詩》卷三九四）

操、引具是樂府詩題之一，詩人藉樂府古題吟詠古意，但孟詩實爲五古；李詩實爲七律。其他如高適〈秋胡行〉、李白〈秦女休行〉〈長干行〉、李賀〈蘇小小歌〉等都是詠古題古意之作。

　　　妾有羅衣裳，秦王在時作。爲舞春風多，秋來不堪著。（崔國輔〈怨詩〉，《全唐詩》卷一一九）

　　　　第三聯爲此典故，暗寫此小宮女之嬌憨。

> 于闐采花人，自言花相似。明妃一朝西入胡，胡中美女多
> 羞死。乃知漢地多明姝，胡中無花方可比。丹青能令醜者
> 妍，無鹽翻在深宮裏。自古妒蛾眉，明沙埋皓齒。（李白〈于
> 闐採花〉，《全唐詩》卷一六三）

崔詩表面上代宮女言情，實乃「刺先朝舊臣見棄」〔註14〕。按崔國輔
係開元進士，官至禮部員外郎，天寶間被貶，故詩人極有可能以宮女
秋扇見捐的命運隱喻自己因「廉頗老矣」而被貶的下場。李詩是借事
引喻，以刺時君昏憒，借聽於人，而賢不肖易置，亦借明妃陷虜傷君
子不逢明時，爲讒妒所蔽，蓋亦以自寓意焉。清王琦評注云：

> 昭君事本畫工醜圖其形，以致不得召見，太白則謂「丹青
> 能令醜者妍，無鹽翻在深宮裏」，熟事化新，精采一變，眞
> 所謂聖於詩者也。〔註15〕

凡詠史而加油添醋，作者的主觀意識必強，作品必賦予深層意。其他
如喬知之〈綠珠怨〉、李白〈白頭吟〉、貫休〈杞梁妻〉等都是借古題
詠新意之作。以上兩首樂府，崔詩實爲五絕；李詩實爲五、七雜言詩。

　　自唐初至李白及中晚唐宮體樂府，雖然樂調亡佚、詩樂分立，然
多依傍古題，取法古辭，故能保持樂府之特別風格，此中以崔國輔、
李白、施肩吾、李賀、溫庭筠、張祐的詠女性詩歌最多，除了李白有
不少繼承漢樂府「感於哀樂，緣事而發」的現實主義詩篇，其餘詩人
皆大量擬作帶有艷情色彩的宮體樂府。

　　新樂府包括一、盛唐「即事名篇，無復依復」的樂府，二、元結
的〈系樂府〉，三，元和新題樂府，四、皮日休的〈正樂府〉。以上諸
詩繼承漢樂府寫實精神，具有「補察時政」「洩導人情」的功能。茲
舉二例於下：

> 泰娘家本閶門西。門前綠水環金堤。有時妝成好天氣。走
> 上皐橋折花戲。風流太守韋尚書。路傍忽見停笙簴。斗量
> 明珠鳥傳意。紺幰迎入專城居。長鬟如雲衣似霧。錦茵羅

〔註14〕高步瀛《唐宋詩舉要》引劉海峰語，頁760，明倫出版社，1971年。
〔註15〕瞿蛻園《李白集校注》引王琦語，頁294，洪氏出版社，1981年。

薦承輕步。舞學驚鴻水榭春。歌傳上客蘭堂暮。從郎西入
帝城中。貴遊簪組香簾櫳。低鬟緩視抱明月。纖指破撥生
胡風。繁華一旦有消歇。題劍無光履聲絕。洛陽舊宅生草
萊。杜陵蕭蕭松柏哀。妝奩蟲網厚如繭。博山爐側傾寒灰。
蘄州刺史張公子。白馬新到銅駝里。自言買笑擲黃金。月
墮雲中從此始。安知鵬鳥座隅飛。寂寞旅魂招不歸。秦嘉
鏡有前時結。韓壽香銷故篋衣。山城少人江水碧。斷雁哀
猿風雨夕。朱弦已絕為知音。雲鬢未秋私自惜。舉目風煙
非舊時。夢尋歸路多參差。如何將此千行淚。更灑湘江斑
竹枝。(劉禹錫〈泰娘歌〉,《全唐詩》卷三五六)

本詩乃是以家妓泰娘悲歡離合的際遇為主軸的敘事詩,也「泰娘——
胡風」為第一段,本段著墨於她婀娜多姿的體態及輕歌曼舞的丰采,
是她人生中的黃金時期,劉詩并序交代故事梗概云:

泰娘,本韋尚書家主謳者,初,尚書吳郡得之,命樂工誨
之琵琶,使之歌且舞。無幾何,盡得其術。居一二歲,攜
之以歸京師,京師多新聲善工。於是又損去故技,以新聲
度曲,而泰娘名字,往往見稱於貴遊之間。

從「繁華——寒灰」為第二段,寫元和初尚書薨於東京,泰娘失所恃,
遂流落民間賣唱。「蘄州——自始」為三段,寫她被蘄州刺史張愻所
賞識,她又成了張家的家妓。「安知——篋衣」為四段。本段借用三
個典故以言張愻坐事武陵,不久客死該地。「山城——竹技」為第五
段,言愻卒後,泰娘無所歸,在荒僻的武陵,無人知其容藝,故日抱
樂器而哭,其音噍殺以悲。其時,詩人亦被貶至朗州,故有「同是天
涯淪落人」之慨歎,寫泰娘處境堪哀,亦自傷己之遭黜。

秋深橡子熟。散落榛蕪岡。傴僂黃髮媼。拾之踐晨霜。移
時始盈掬。盡日方滿筐。幾暴復幾蒸。用作三冬糧。山前
有熟稻。紫穗襲人香。細穫又精舂。粒粒如玉璫。持之納
於官。私室無倉箱。如何一石餘。只作五斗量。狡吏不畏
刑。貪官不避贓。農時作私債。農畢歸官倉。自冬及於春。
橡實誑飢腸。吾聞田成子。詐仁猶自王。吁嗟逢橡媼。不

覺淚霑裳。（皮日休〈橡媼嘆〉，《全唐詩》卷六百八十）

本詩通過橡媼悲慘的命運，揭出唐末貪官狡吏之惡行。前八句描寫拾橡實老媼的苦難生活時，側重刻劃人物的形體外貌及行爲過程，中間二十四句乃老媼倒敘造成她食橡實充飢的原因，本段側重在人物心理狀態之刻劃，末四句作者以對比手法唾罵貪官污吏，並對遭迫害的老媼一掬同情之淚。

新樂府率皆五古、七古長篇或雜言體，詩人比較能夠隨心所欲地刻劃人物形貌、心理狀態，並適時穿插獨白及對話以突顯人物性格，故往往能塑造出栩栩如生的藝術形象。

詩的各種體式以樂府的性質最爲複雜。五、七言，古、律、絕，主要從形式上來分辨，但一首詩算不算樂府，卻往往要出詩題內容來決定。由上數例可知以樂府爲題裁的詠女性詩歌，實際上包括五、七言古、律、絕及雜言體，又唐樂府繼承漢魏古樂府的寫實精神，以及六朝宮體的審美趣味，故樂府詠女性詩能呈現多種風貌，並且位居詠女性詩歌之冠。本節宜與第四章第一節並看，對於樂府詠女性詩會有更深入的了解。

小　結

綜合上述，不同詩體的特殊結構，各有其最適於表現的題材與情調，即使是同類詩體，往往也因五、七言不同的句式，而呈現彼此或異的味道。

第二節　人稱與表現手法

中國古典詩歌有嚴格的形式限制，欲於有限的篇幅中表現最豐富的意涵，勢必刪蕪就簡、濃縮精鍊，故詩中的主詞有時被省略，使人不易捕捉；有的則用代用語，形成明喻或隱喻；有的使語氣混淆、藏其頭而露其尾；有的甚至採取一種一定式，表現爲複雜而曖昧之形式

〔註16〕。唐代詠女性詩的人稱類別有下列五種：（一）第一人稱形式，
（二）第二人稱形式，（三）第三人稱形式，（四）第一、二人稱混合
形式，（五）第一、三人稱混合形式。根據每首詩的表現手法又可分
為賦體及比體兩種，蓋「賦」乃直陳其事〔註17〕，凡是率直地敘述一
個事件或故事、或率直地抒發其情愫或感慨、或率直地吐露其思想或
意念者均是賦體。根據作比喻之事物與被喻之對象的關係程度可分為
明喻及隱喻，詠女性詩多假託型隱喻而少明喻。不同的人稱口吻結合
不同的表現手法會造成迥然不同的感受及效果。由於混合人稱形式僅
有賦體，故合併討論。茲分四小節，敘述如下：

一、第一人稱

　　所謂第一人稱的形式，乃是指以「我」之口吻所作的敘述、描摹
或比喻。包括女詩人的自敘；係個人經驗的表出。亦有男詩人以假託
之形式為之，係反映一般婦女的現實生活或別有香草美人之寓託。茲
分賦體、比體說明如下：

（一）賦　體

　　第一人稱敘述形式之詩有下列二種：

　　1、自敘：乃詩人自身的情感，意念與經驗的直接表出，如程長
文〈獄中書情上使君〉。詩云：

> 妾家本住鄱陽曲。一片貞心比孤竹。當年二八盛容儀。紅
> 牋草隸恰如飛。盡日閒窗刺繡坐。有時極浦採蓮歸。誰道
> 居貧守都邑。幽閨寂寞無人識。海燕朝歸衾枕寒。山花夜
> 落階墀濕。強暴之男何所為。手持白刃向簾幃。一命任從
> 刀下死。千金豈受暗中欺。我心匪石情難轉。志奪秋霜意
> 不移。血濺羅衣終不恨。瘡黏錦袖亦何辭。縣僚曾未知情
> 緒。即使教人繫囹圄。朱脣滴瀝獨銜冤。玉筋闌干歎非所。

〔註16〕姚一葦〈中國詩中的人稱問題芻論〉，收在《欣賞與批評》，頁101，
　　　　聯經出版事業公司，1989年。
〔註17〕孔穎達云：「詩文直陳其事不譬諭者，皆賦辭也。」見《毛詩正義》。

十月寒更堪思人。一聞擊析一傷神。高鬠不梳雲已散。蛾
眉罷掃月仍新。三尺嚴章難可越。百年心事向誰說。但看
洗雪出團扉。始信白圭無玷缺。(卷七九九)

本詩因敘述者與詩中人物合一,故情感眞摯動人,與讀者的交流感應
度最強,是最主觀的表現形式。女詩人自抒胸臆之詩皆具備此特色。

2、假設:此間所謂假託之形式,乃指詩人化身爲另一個人所作
之敘述。如顧況〈棄婦詞〉云:

古人雖棄婦。棄婦有歸處。今日妾辭君。辭君欲何去。本
家零落盡。慟哭來時路。憶昔未嫁君。聞君甚周旋。及與
同結髮。值君適幽燕。孤魂託飛鳥。兩眼如流泉。流泉咽
不燥。萬里關山道。及至見君歸。君歸妾已老。物情棄衰
歇。新寵方妍好。拭淚出故房。傷心劇秋草。妾以憔悴捐。
羞將舊物還。餘生欲有寄。誰肯相留連。空床對虛牖。不
覺塵埃厚。寒水芙蓉花。秋風墮楊柳。記得初嫁君。小姑
始扶床。今日君棄妾。小姑如妾長。回頭語小姑。莫嫁如
兄夫。(卷二六四)

此類作品之重點不在表現個別的特殊經驗或事件,而是表現一般,具
有典型的代表性。顧況的〈棄婦詞〉所描寫的不是某一個別的少婦。
而是代表當時許多棄婦凄涼的境遇。其他如李白〈長干行〉、白居易
〈井底引銀瓶〉、李賀〈宮娃歌〉等皆是同類型作品,這一類型的詩
因爲不是作者自身的經驗,便融入了詩人想像的成份,由於融入了想
像的成份,便或多或少含有象徵性──那一抽象而普遍的意義。是故
此類詩比起「自敘」的形式來得理性與冷靜。〔註18〕

(二)比 體

兩物因性質類似,或以實物喻實物,或以具體喻抽象,彼此間有
一對一的關係可循者稱爲比體。「比」在表現上分爲兩類:一爲明喻,
乃明白地指出以甲喻乙;一爲暗喻,僅對甲有所陳述,而不涉及乙,

〔註18〕同註16,頁117。

更不指出甲與乙之相關性，完全讓讀者去揣測。

　　詠女性詩第一人稱比體僅有假託型隱喻，如杜荀鶴〈春宮怨〉：

　　　　早被嬋娟誤，欲妝臨鏡慵。承恩不在貌，教妾若爲容。風暖
　　　　鳥聲碎，日高花影重。年年越溪女，相憶采芙蓉。(卷六九一)

這首詩表面上看來是宮女的自敘，但杜荀鶴把外在的客觀眞實塗抹上
高度的主觀色澤，作者在此係以宮女自況，宮女之被嬋娟所誤，一如
文人之爲才華所誤。這類作品因爲相當含蓄曖昧，容易產生歧義，必
須考查作者生平、留心作品特有的文化語碼，才能挖掘其言外之意。
其他如張籍〈節婦吟〉、朱慶餘〈近試張水部〉、秦韜玉〈貧女〉等皆
是同類型詩篇。

　　用第一人稱敘述口吻可使作者與人物、讀者間的交流達到最大
值，因爲敘述者與人物合一，就使讀者如聽「望盡千帆皆不是」的商
人婦、身心備受荼毒的宮女、在情與義之間掙扎徊徘的節婦、孑然一
身的棄婦、爲人作嫁的貧女侃侃而談，故親切眞實、扣人心絃。並可
自然地將外在世界與人物內心世界合爲一體，將描寫、敘述、抒情融
於一爐。但其限制就是敘述者只能剖析自己的心理狀態，卻不能刻劃
自己的外貌，也無法敘述外部動作。

二、第二人稱

　　第二人稱之形式乃指以對方口吻所作之敘述，不外表達對於對方
的讚美、思念及戲謔，是敘述視野最狹窄的人稱形式，若非當事人，
恐不易引起共鳴。茲敘述如下：

（一）賦　體

　　大抵文人與娼妓的酬贈詩及詩人贈內詩皆屬此形式，具有濃厚的
實用性質。

　　　　萬里橋邊女校書，枇杷花裏閉門居。掃眉才子于今少，管
　　　　領春風總不如。(王建〈寄蜀中薛濤校書〉，《全唐詩》卷三百一)
　　　　照梁初有情，出水舊知名。裙衩芙蓉少，釵茸翡翠輕。錦

　　長書鄭重，眉細恨分明。莫近彈棋局，中心最不平。(李商
隱〈無題〉)

　　黃昏不語不知行，鼻似煙窗耳似璫。獨把象牙梳插髻，崑
崙山上月初明。(崔涯〈嘲李端端〉，《全唐詩》卷八百七十)

王詩乃讚美薛濤的文才，李詩是悼亡詩，崔詩則類似打油詩，並無多
大的文學價值。

（二）比　體

　　第二人稱比體的詠女性詩屈指可數，有純隱喻及假託型隱喻，後
者僅一見──張籍〈酬朱慶餘〉，茲以下列二詩說明純隱喻。

　　中唐韓翃有個妾姓柳。當他離開京城至他處赴任時，他把她留在
家裏，而她後來被一位異族的將軍劫去，失望之餘韓翃寄〈章台柳〉
一詩予柳氏。詩云：

　　章台柳，章台柳，昔日青青今在否？縱使長條似舊垂，亦
　　應攀折他人手。(卷二四五)

在這首詩中，章台是妓樓的委婉語，「柳」是被用為複合意象以及女
人名字的雙關語。故柳氏亦以〈楊柳枝〉答韓翃，詩云：

　　楊柳枝，芳菲節。可恨年年贈離別，一葉隨風忽報秋，縱
　　使君來豈堪折。〔註19〕(卷八百)

在這二詩中，她被擬、自擬為無助的、纖弱的楊柳。折柳贈別是中國
古代的傳統習俗，這種含意和聯想更進一步強調她那楚楚可憐、無依
無靠的處境──任人攀折的路邊楊柳，要是能得到路人的喜愛則被珍
惜而去，否則被拋棄而受狂風暴雨的蹂躪。

　　第三人稱臆體的酬贈詩多為文造情、浮泛無物的文字遊戲，韓、
柳採用第二人稱比體的贈答詩，則具有霧裏看花的藝術效果。

三、第三人稱

　　第三人稱形式乃指以「他」之口吻所作之敘述、描摹或比喻，由

───────────────────
〔註19〕唐人小說〈柳氏傳〉見《太平廣記》卷四八五，中文出版社，1973
　　　年。

於這類詩遠較第一人稱的形式客觀，故是使用最廣泛的敘事方法。第三人稱形式之詩可分爲二類：一爲客觀寫實之形式，包括根據歷史記錄、民間傳說所作之敘述，或對某一事件、境遇、狀態之描摹，或以男性口吻寫作的宮體艷情詩及香奩詩；二爲假託之形式，係男詩人別有寓託之作品。茲分別說明如下：

（一）賦　體

第三人稱敘述口吻之詩有下列三種：

1、作者完全退諸幕後，成爲一個純粹的記錄者。如白居易〈繚綾〉：

> 繚綾繚綾何所似。不似羅綃與紈綺。應似天台山上月明前。
> 四十五尺瀑布泉。中有文章又奇絕。地鋪白煙花簇雪。織
> 者何人衣著誰。越溪寒女漢宮姬。去年中使宣口敕。天上
> 取樣人間織。織爲雲外秋雁行。染作江南春水色。廣裁衫
> 袖長製裙。金斗熨波刀翦紋。異彩奇文相隱映。轉側看花
> 花不定。昭陽舞人恩正深。春衣一對直千金。汗霑粉汙不
> 再著。曳土蹋泥無惜心。繚綾織成費功績。莫比尋常繒與
> 帛。絲細繰多女手疼。扎扎千聲不盈尺。昭陽殿裏歌舞人。
> 若見織時應也惜。（卷四二七）

本詩前三分之二以誇張鋪敘之筆強調繚綾費織乃稀世珍品，後以受寵的昭陽舞人暴殄天物相對照，詩人雖不著一字議論而諷意自明。其他如杜甫〈麗人行〉、鮑溶〈采葛行〉亦是同類型作品。

2、作者據歷史記錄或民間傳說故事所作之敘述。

如李賀〈漢唐姬飲酒歌〉，乃根據史實描寫董卓毒弒漢少帝，其妻唐姬誓不再醮的故事。此類作品不一定要完全忠於史實，詩人亦可添枝加葉，凡想像的成份愈多，作者的主觀意識亦必愈強。如僧貫休〈杞梁妻〉云：

> 秦之無道兮四海枯，築長城兮遮北胡。築人築土一萬里，
> 杞梁貞婦啼嗚嗚。上無父兮中無夫，下無子兮孤復孤。一
> 號城崩塞色苦，再號杞梁骨出土。疲魂飢魄相逐歸，陌上

少年莫相非。(卷八二六)

樂府〈杞梁妻〉僅南朝吳邁遠及唐貫休兩詩被保存下來，相較兩詩內容發現貫休之詩有三點驚人的改變：一、杞梁由春秋齊人變成秦朝人，二、秦築萬里長城，連人築在裏頭，杞梁也是其中之一，三、杞梁之妻一號而城崩，再號而其夫的骸骨出土。這個故事之所以有如此地轉變，顧頡剛先生認為至少有二個原因：一是樂府中〈飲馬長城窟行〉與〈杞梁妻歌〉的合流，一是唐代時勢的反映〔註20〕。由此可知詩人乃是以民間傳說為外殼，於此已知的符號中注入自身的情感與意念。

3、宮體艷情詩與香奩詩。唯美的興味結合寫實手法產生了中晚唐宮體艷情詩及香奩詩。如韓偓〈詠手〉云：

> 腕白膚紅玉筍牙，調琴抽線露尖斜。背人細撚垂臙鬢。向
> 鏡輕勻襯臉霞。悵望昔逢褰繡幔。依稀曾見托金車。後園
> 笑向同行道，摘得蘼蕪又折花。(卷六八三)

詩中堆砌各種以玉手調琴抽線、輕撩髮絲、勻面、掀被、托車、摘花等美的意象。因敘述者乃站在客觀的立場欣賞被物化的女人，故與讀者的交流感應力最弱。

（二）比　體

第三人稱比體的用意不在敘述或描摹事件，蓋敘述與描摹在此只是作為手段，它的目的係埋藏在敘述與描摹的背後，必須揭開這重重的外衣，深入到它的內在，方能明白它的意義，例如李商隱〈嫦娥〉。詩云：

> 雲母屏風燭影深，長河漸落曉星沉。嫦娥應悔偷靈藥，碧
> 海青天夜夜心。(卷五百四十)

本詩係運用「嫦娥奔月」的典故。首句是三個靜態意象，次句是二個動態意象，點出嫦娥所在的環境。三、四句乃是作者據此神話幻想出

〔註20〕顧頡剛〈孟姜女故事的轉變〉，收在陳鵬翔主編的《主題學研究論文集》，頁195～199，東大圖書公司印行，1983年。

嫦娥雖能常生不死,卻成為時間俘虜的心理狀態。馮浩云:「或為入道而不耐孤子者致誚也。」〔註21〕張爾田云:「嫦娥偷藥」比一婚王氏,結怨於人,空使我一生懸望好合無期耳。所謂悔也,蓋亦為子直陳情不省而發。」〔註22〕由於無法確知詩人筆下象徵的事物及人物的具體所指,故顯得曖昧而多義,以上兩種解釋皆有可能成立。其他如杜甫〈佳人〉亦是第三人稱比體。

第三人稱口吻,敘述者既不與人物或讀者合一,也不在作品中直接露面,作為一個隱身人,他可以自由來去,上下飛騰,從各種不定視點或近或遠或正或側地拍攝敘述對象的各種圖像,使作品得到最開闊的視域和最靈活的方位。但其短處也隨之而來:由於敘述者、敘述對象與讀者間總保持最大的距離,故彼此間的感發力度也降到最低值。

四、人稱混合形式

甲、第一、二人稱混合形式

此類型詩歌有以第一人稱為主、第二人稱為賓,亦有以第二人稱為主、第一人稱為賓的形式,前者如羅隱〈贈妓雲英〉,後者如韋應物〈送楊氏女〉。

羅隱〈贈妓雲英〉云:

鍾陵醉別十餘春,重見雲英掌上身。我未成名君未嫁,可能俱是不如人?〔註23〕

本詩以抒作者不遇之憤為主,引入雲英為賓,以賓為襯,構思甚妙。前二句讚美雲英雖徐娘半老猶然風姿綽約,暗況作者有過人的才氣,第三、四句蘊含「同是天涯淪落人」的不平之鳴。這種欲抑先揚、跌宕多姿的筆法,對於表現抑鬱不平的心志是很合宜的。

〔註21〕見馮浩《玉谿生詩箋註》。
〔註22〕見張爾田《李義山詩辨正》。
〔註23〕本詩見《唐詩紀事下》卷六十九,鼎文書局,1971年。

韋應物〈送楊氏女〉云：

> 永日方慼慼。出門復悠悠。女子今有行。大江泝輕舟。爾
> 輩況無恃。撫念益慈柔。幼爲長所育。兩別泣不休。對此
> 結中腸。義往難復留。自小闕內訓。事姑貽我憂。賴茲託
> 令門。仁恤庶無尤。貧儉誠所尚。資從豈待周。孝恭遵婦
> 道。容止順其猷。別離在今晨。見爾當何秋。居閒始自遣。
> 臨感忽難收。歸來視幼女。零淚緣纓流。（卷一八九）

本詩以第二人稱敘述爲主體，敘楊氏幼而失恃，姊代母職撫育幼妹，
而今將嫁爲人婦，詩人深恐楊氏不諳閨訓，故不憚煩地告示楊氏要遵
守婦道。末六句以第一人稱口吻敘送別之後自己傷感的情緒，而以見
幼女流淚，迴應前文「兩別泣不休」。

　　娼妓與尋芳客以第二人稱口吻寫作的酬贈詩大多僅止於逢場作
戲，少有眞情流露之作；第一、第二人稱混合形式的酬贈及贈內悼亡
詩因爲「有我」，故往往有至情至性之作。

乙、第一、三人稱混合形式

　　這類型詩歌係以第三人稱之敘述爲主體，作者係立於旁觀者之地
位，或記錄其所見所聞，或穿插自己的情感與意念。例如韋莊的〈秦
婦吟〉，本詩從「中和癸卯春三月」至「借問女郎何處來」爲第一人
稱口吻之敘述；其餘均爲秦婦第三人稱口吻之敘述，並藉由秦婦引出
金天神與新安翁之獨白。作者於此僅記錄自己之所見所聞，並不表示
自己的意見，把一切留給讀者，故這類詩顯得冷靜而客觀。但由詩人
對資料的剪裁取捨，仍然可窺出其情感與意念。其他如杜甫〈石壕吏〉
亦是同類型作品。

　　另一形式即以第三人稱記錄所見所聞，復以第一人稱述說自己之
感慨或議論。前者如杜甫〈觀公孫大娘弟子舞劍器行〉云：

> 昔有佳人公孫氏。一舞劍氣動四方。觀者如山色沮喪。天
> 地爲之久低昂。燿如羿射九日落。矯如群帝驂龍翔。來如
> 雷霆收震怒。罷如江海凝清光。絳脣珠袖兩寂寞。況有弟

子傳芬芳。臨潁美人在白帝。妙舞此品神揚揚。與余問答
既有以。感時撫事增惋傷。先帝侍女八千人。公孫劍器初
第一。五十年間似反掌。風塵傾動昏王室。梨園子弟散如
煙。女樂餘姿映寒日。金粟堆南木已拱。瞿唐石城草蕭瑟。
玳筵急管曲復終。樂極哀來月東出。老夫不知其所往。足
繭荒山轉愁疾。（卷二二二）

此詩自「昔有佳人公孫氏」至「妙舞此曲神揚揚」係以第三人稱之口
吻敘述與描摹公孫氏及其弟子之舞技。至「與余問答既有以，感時撫
事增惋傷」則係作者自身感慨之抒發。自「先帝侍女八千人」至「瞿
塘石城草蕭瑟」又復為第三人稱之敘述。結尾四句則純然自傷窮愁潦
倒。故全詩為第一、三人稱混合之形式。其他如劉禹錫〈泰娘歌〉、
白居易〈琵琶行〉皆是抒發「同是天涯淪落人」之傷的詩篇。

　　後者如王維〈洛陽女兒行〉，除了末兩句「誰憐越女顏如玉，貧
賤江頭自浣紗」為議論外，通篇以第三人稱口吻敘述洛陽女兒豪奢之
生活。又如皮日休〈橡皮媼〉除了末四句「吾聞田成子，詐仁猶自王。
吁嗟逢橡媼，不覺淚霑裳」兼有議論、感慨外，通篇以第三人稱倒敘
法，追溯橡皮媼之不得溫飽乃是貪官污吏與民爭利的結果。這二首詩
的議論簡潔有力，不但傳達詩人寫作之意旨，亦不損害其藝術效果。
但某些新樂府詩人標榜「歌詩合為事而作」，故於詩中大發冗長之議
論，平淡寡味減損了悠揚之詩意。如孟簡〈詠歐陽行周事〉、白居易
〈古冢狐〉〈李夫人〉〈鹽商婦〉等。

　　此類第一人稱與第三人稱混合形式，於我國敘事詩中最是常見。
其體例不外以第三人稱口吻敘述故事原委，描摹其情狀，復以第一人
稱口吻抒發感慨、議論。此類詩因以敘事為主，故均屬賦體。

小　結

　　人稱的運用關乎詩人寫作的視野角度，及讀者對作品的感應度；
賦體與比體兩種不同的表現手法，所呈現的女性形象有實存與虛擬兩
型。不同的人稱結合不同的表現手法會造成不同的感受及效果。

第三節　人物塑造

　　人的形象可分爲具體的外在形象及抽象的內在形象二種，兩者時
而表裏一致，時而大相逕庭。外在形象可藉直接刻劃、間接烘托的技
巧呈現出來；內在形象可藉獨白與對話、由景襯情、人物本身的活動、
幽邃的潛意識流露出來。茲一一敘述如下：

一、形貌之刻劃

　　本節旨在分析詩人對人物外形直接刻劃與間接烘托的技巧。

　　所謂直接刻劃乃是指對女性的雲鬟秀髮、容貌服飾作細膩地詠
唱。詩歌受限於形式篇幅，對人物的直接刻劃最常用三兩筆點染勾勒
的寫意方式；宮體艷情詩以女子的風情爲吟詠的對象，故多用精緻細
膩的工筆描繪。

> 至老雙鬟只垂頭，野花山葉銀釵並。（杜甫〈負薪行〉）
> 青雲教綰頭上髻，明月與作耳邊璫。（李賀〈大堤曲〉）
> 青絲髮落叢鬢疏，紅玉膚銷繫裙慢。（白居易〈園陵妾〉）
> 鳳側鸞欹鬢腳斜，紅攢黛斂眉心折。（韋莊〈秦婦吟〉）
> 蘭香墜髮紅玉春，燕釵拖頸拋盤雲。……掌中無力舞衣輕，
> 剪斷鮫綃破春碧。抱月飄煙一尺腰，麝臍龍髓憐嬌嬈。（溫
> 　庭筠〈張靜婉採蓮曲〉）

寫意忌臉譜化、類型化，要抓住人物特徵，撇開枝葉，才能切中肯綮，
達到以最經濟的筆觸來突顯人物的效果。如白詩不但寫實，而且呼應
失時的主題；溫詩則強調張靜婉濃密如雲的秀髮及纖腰善舞的輕盈。

> 態濃意遠淑且眞，肌理細膩骨肉勻。繡羅衣裳照暮春，蹙
> 金孔雀銀麒麟。頭上何所有？翠爲匎葉垂鬢唇。背後何所
> 見？珠壓腰衱穩稱身。（杜甫〈麗人行〉）
> 時世流行無遠近，腮不施朱面無粉。烏膏注脣脣似泥，雙
> 眉畫作八字低。妍媸黑白失本態，妝成盡似含悲啼，圓鬟
> 無鬢堆髻樣，斜紅不暈赭面狀。（白居易〈時世妝〉）
> 時世寬妝束，袖軟異文綾。裙輕單絲縠，裙腰銀線壓。梳

掌金篦產。帶襸紫葡萄，夸花紅石竹。凝情都未語，付意
微相矚。（白居易〈和夢遊春一百韻〉）

注口櫻桃小，添眉桂葉濃。曉奩粧秀靨，夜帳減香筒。（鈿
鏡飛孤鵲，江圖畫水葓。）陂陀梳碧鳳，腰褭帶金蟲。（杜
若含清靄，河蒲聚紫茸。）月分蛾黛破，花合靨朱融。髮
重疑盤霧，腰輕乍倚風。（李賀〈惱公〉）

透過詩人細微的鋪陳，我們由人物華麗精美的穿著打扮可推測其身份
——若非身在朱門，則可能是北里煙花。諸類詩作，有的藉此特殊、
誇張的形貌刻劃，達到詩人嘲弄諷刺之目的，如前二首；有的僅是為
了表現其審美趣味，如後二首。

間接烘托可分為弱彼強此，以物體作比喻兩種。

一枝紅艷露凝香，雲雨巫山枉斷腸。借問漢宮誰得似，可
憐飛燕倚紅妝。（李白〈清平調之二〉）

明妃一朝西入胡，胡中美女多羞死，乃知漢地多明妹，胡
中無花方可比。（李白〈于闐采花〉）

西施謾道浣春紗，碧玉今時鬥麗華。眉黛奪將萱草色，紅
裙妒殺石榴花。（萬楚〈五月五日觀妓〉）

楊家有女初長成，養在深閨人未識。天生麗質難自棄，一
朝選在君王側。回眸一笑百媚生，六宮粉黛無顏色。（白居
易〈長恨歌〉）

姓字看侵尺五天，芳菲占斷百花鮮。馬嵬好笑當時事，虛
賺明皇幸蜀川。（羅虬〈比紅兒詩〉）

青絲高綰石榴裙，腸斷當筵酒半醺。置向漢宮圖畫裏，入
胡應不數昭君。（比紅兒詩）

這種弱彼強此的比方，詩家謂之「尊題」〔註24〕。尊題是採用「紅花
雖好，也要綠葉扶持」的手法來突出主體，這種修辭法生動而含蓄，
比起正面刻劃，不但用語簡潔，而且使意境輕靈可喜。李白詩乃混合
尊題、人面桃花互比的手法，技巧更為高明。

〔註24〕見明楊慎《升庵詩話》卷八、十四。

以物體作比喻的修辭來雕塑女性美,可分爲明喻及隱喻兩種。前者多爲散句,例如:

胡騰身是涼州兒,**肌膚如玉鼻如錐**。(李端〈胡騰兒〉)

長鬟如雲衣似霧,錦茵羅薦承輕步。(劉禹錫〈泰娘歌〉)

芙蓉如面柳如眉,對此如何不淚垂。(白居易〈長恨歌〉)

早在《詩經・碩人篇》,詩人運用明喻的技巧已有斐然的成績了,唐詩人除了承襲此技巧外,並擴及隱喻的手法,例如:

睡臉桃破風,汗妝蓮委露。……最似紅牡丹,雨來天欲暮。

(元稹〈夢遊春七十韻〉)

玉蓉寂寞淚闌干,梨花一枝春帶雨。(白居易〈長恨歌〉)

娉娉嫋嫋十三餘,荳蔻梢頭二月初。(杜牧〈贈別二首之一〉)

水翦雙眸霧剪衣,……皓齒乍分寒玉細,黛眉輕蹙遠山微。

(崔仲容〈贈歌妓〉)

再則詩人更進而利用電影蒙太奇手法,將人花縮合爲一,例如:

雲想衣裳花想容,春風拂檻露華濃。若非群玉山頭見,會
向瑤台月下逢。(李白〈清平調之一〉)

薄妝新著澹黃衣,對捧金爐侍醮遲。向日似矜傾國貌,倚
風如唱步虛詞。乍開檀炷疑聞語,試與雲和必解吹。爲報
同人看來好,不禁秋露即離披。(韋莊〈使院黃葵花〉)

李詩讚歎貴妃超絕人寰的花容,只有在天上仙境才看得到;韋詩由黃葵花與女冠道袍類似的顏色形成原始的聯想,再由「向日似矜傾國貌」、「不禁秋露即離披」兩句具有希承君王恩澤及興發遲暮之慨的符號語碼,引人作更深一層聯想——隱喻女冠深沉悲哀的生命〔註25〕。

直接刻劃與間接烘托,互有長短。直接刻劃的優點在於用寫意及工筆把人物直接勾勒出來,兼具動靜之美,使讀者可以快速地掌握到人物的外在形象,但相對地也限制了讀者的想像空間。間接烘托多訴

〔註25〕參見李豐楙〈唐人葵花詩與道教女冠〉,《中外文學》十六卷六期,頁
47~57,1987 年 11 月。

諸意象畫面，屬靜態的刻劃，讓讀者可以低徊想像於無窮，但缺點是不容易掌握到具體的形象。唐詩中對人物形貌的刻劃充斥許多俗爛、陳腐的套語及意象；本節數例因爲詩人馮恃過人的才力跳出此窠臼，故這些詠女性美的詩句千古以來依然流傳人口。

二、獨白與對話

　　「內心獨白」是第一人稱自言自語的方式。在傳統寫法中，「內心獨白」只用來表現人物在特定心境中的思想、情緒和感覺等，而且只片斷地使用，僅僅是心理描寫中的一種技巧〔註26〕。

　　流瀉人物內心宜重視下列兩點：（一）採取人物素常講話習用的語彙與語氣，（二）讓人物置身於矛盾衝突的環境中〔註27〕。試以下列諸詩爲例：

　　　　八歲偷照鏡，長眉已能畫。十歲去踏青，芙蓉作裙衩。十
　　　　二學彈箏，銀甲不曾卸。十四藏六親，懸知猶未嫁。十五
　　　　泣春風，背面鞦韆下。（李商隱〈無題〉，《全唐詩》卷五三九）
　　　　大堤上，留北人。郎食鯉魚尾，妾食猩猩脣。莫指襄陽道，
　　　　綠浦歸帆少。今日菖蒲花，明朝楓樹老。（李賀〈大堤曲〉，《全
　　　　唐詩》卷三百九十）

李商隱筆下這位愛美要好之女子雖有摽梅之怨，卻保持一貫的自矜自重，乃詩人孤芳自賞之寫照；李賀筆下的大堤娼女則主動地挽留她心儀的男子，並透露及時行樂的心聲。由於詩人們掌握了兩位懷春少女素常講話習用的語彙與語氣，不但呈現她們一內斂、一外放的性格，亦顯示詩人不同的創作動機。

　　　　兔絲附蓬麻。引蔓故不長。嫁女與征夫。不如棄路旁。結
　　　　髮爲妻子。席不煖君床。暮婚晨告別。無乃太匆忙。君行
　　　　雖不遠。守邊赴河陽。妾身未分明。何以拜姑嫜。父母養
　　　　我時，日夜令我藏。生女有所歸。雞狗亦得將。君今往死

〔註26〕參見《小說結構美學》，頁123，木鐸出版社，1988年。
〔註27〕參見丁樹南譯《人物刻劃基本論》，頁62，文星叢刊，1967年。

地。沈痛迫中腸。誓欲隨君去。形勢反蒼黃。勿爲新婚念。努力事戎行。婦人在軍中。兵氣恐不揚。自嗟貧家女。久致羅襦裳。羅襦不復施。對君洗紅妝。仰視百鳥飛。大小必雙翔。人事多錯迕。與君永相望。(杜甫〈新婚別〉,《全唐詩》卷二一七)

全詩除了以興起興結外,通篇爲新嫁娘的獨白。詩人將新嫁娘置身於小愛與大愛的矛盾衝突中。從「嫁女與征夫,不如棄路旁」的悔恨——「羅襦不復施,對君洗紅妝」的深情;「誓欲隨君去」的感情用事——「婦人在軍中,兵氣恐不揚」的洞悉事理,她無時無刻不在感情與理智間徘徊掙扎。當理智戰勝感情時,我們不但爲她的大愛喝采,也深深同情其際遇。

對話在小說與敘事詩的主要功能有四:(一)呈現性格,(二)流露心理狀態,(三)提供背景資料,(四)推展情節〔註28〕。但小說的對話講究人物語言的個性化,即切合人物的身份地位,各肖其聲口;而詩歌如果是從抒情敘事詩的角度來考慮,詩人與人物的口吻合一,則較符合詩的美學法則,因爲它更宜於創造詩的意境,使抒情文字不致中斷〔註29〕。

對話在敘事詩中多揉合數種功能,少呈現單一功能者。試以下列諸詩爲例:

問爾因何得如此?婿作鹽商十五年,不屬州縣屬天子。每年鹽利入官時,入少官家多入私。官家利薄私家厚,鹽鐵尚書遠不知。(白居易〈鹽商婦〉)

鹽商婦的對話僅有提供寫作背景的單一功能,無關乎人物的塑造。陳寅恪先生認爲諸句與樂天數年前所擬〈策林〉有謂「自關以東,上農大賈,易其資財,入爲鹽商,少出官利,唯求隸名,居無征徭,行無權稅,身則庇於鹽籍,利盡入於私室」無異〔註30〕,僅將奏文改成該

〔註28〕同27,頁66。
〔註29〕肖馳《中國詩歌美學》,頁116,北京大學出版社,1986年。
〔註30〕陳寅恪《元白詩箋證稿》,頁256,明倫出版社,1970年。

文，至於表達對鹽鐵之弊的看法則同。

> 含情凝睇謝君王。一別音容兩渺茫。昭陽殿裏恩愛絕。蓬
> 萊宮中日月長。回頭下望人寰處。不見長安見塵霧。唯將
> 舊物表深情。鈿合金釵寄將去。釵留一股合一扇。釵擘黃
> 金合分鈿。但教心似金鈿堅。天上人間會相見。臨別殷勤
> 重寄詞。詞中有誓兩心知。七月七日長生殿。夜半無人私
> 語時。在天願作比翼鳥。在地願爲連理枝。天長地久有時
> 盡。此恨綿綿無絕期。(白居易〈長恨歌〉)

海上仙山深情美麗的貴妃不因陰陽阻隔猶然信誓旦旦的告白，不但揭
示她黯然神傷的心理狀態，亦表現其溫柔敦厚的性格。長恨歌突出的
不是戲劇性的場面，而是人物主觀的感情流瀉，這段對話更加強了本
詩的抒情性。

> 聽婦前致詞：三男鄴城戍，一男附書至，二男新戰死；存
> 者且偷生，死者長已矣。室中更無人，惟有乳下孫；孫有
> 母未去，出入無完裙。老嫗力雖衰，請從吏夜歸。(杜甫〈石
> 壕吏〉)

老嫗這段對話除了交代她奮力保存宗嗣血裔的背景資料外，也透露她
堅毅不撓的性格，並推展役及老嫗的情節。

> 自言本是京城女。家在蝦蟆陵下住。十三學得琵琶成。名
> 屬教坊第一部。曲罷曾教善才伏。妝成每被秋娘妒。五陵
> 年少爭纏頭。一曲紅綃不知數。鈿頭雲篦擊節碎。血色羅
> 裙翻酒汙。今年歡笑復明年。秋月春風等閒度。弟走從軍
> 阿姨死。暮去朝來顏色故。門前冷落鞍馬稀。老大嫁作商
> 人婦。商人重利輕別離。前月浮梁買茶去。去來江口守空
> 船。繞船月明江水寒。夜深忽夢少年事。夢啼妝淚紅闌干。
> (白居易〈琵琶行〉)

琵琶女這段對話有提供生平資料、流露心理狀態、推展情節的功能。
由她神女生涯中，門庭若市與門可羅雀的對比，刻劃出年老色衰後，
她冷清淒慘的心理狀態。又這段對話詳昔而略今，觸發詩人「同是天
涯淪落人」之感，而白居易寫自己的遭遇，則完全不提被貶以前的事，

頗有以彼之詳，補此之略的用意存在。在情節發展的過程中，運用互為映襯、互為補充的敘述技巧，使敘述簡潔外，更營造兩者間命運交融為一的親切感。

　　獨白包括女詩人第一人稱的自敘，及男詩人第一人稱假託型的敘述與隱喻；對話因為占篇幅，故只有在第三人稱、第一三人稱混合形式的敘事詩才出現。

三、心理狀態的描寫

　　詩歌對人物心理狀態的描寫主要運用下列四種技巧：（一）獨白與對話，（二）由景襯情，（三）由動作刻劃心理，（四）夢－與潛意識的密談。其中（一）（四）是直接的心理狀態描寫，而（二）（三）是間接的描寫。第一種技巧已於第二小節分析過，不擬再贅，茲就其他三種技巧探討如下：

　　由景襯情是使用最普遍的心理狀態描寫。客觀物象一旦進入詩人的構思，就帶上了詩人主觀的色彩。這時它要受到兩方面的加工：一方面，經過詩人審美經驗的淘洗與篩選，以符合詩人的美學理想和美學趣味；另一方面，又經過詩人思想感情的化合與點染，滲入詩人的人格和情趣。經過這兩方面加工的物象進入詩中就是意象〔註31〕。中國詩歌的抒情性在於呈現意象畫面，故由景襯情的心理描寫具有濃郁的藝術美感。

　　東邊日出西邊雨，道是無晴還有晴。（劉禹錫〈竹枝詞〉）
　　楊花撲帳春雲熱，……白騎少年今日歸。（李賀〈蝴蝶飛〉）
　　幽蘭露，如啼眼，無物結同心，煙花不堪剪。……冷翠燭，勞光彩，西陵下，風吹雨。（李賀〈蘇小小歌〉）
　　蠟光高懸照紗空，花房夜搗紅守宮。象口吹香毿毿暖，七星挂成聞漏板。寒入罘恩殿影昏，彩鸞簾額著霜痕。啼蛄弔月鉤闌下，屈膝銅鋪鎖阿甄。（李賀〈宮娃歌〉）
　　松門到曉月裴回，柏城盡日風蕭瑟。松門柏城幽閉深，聞

<hr>

〔註31〕袁行霈《中國詩歌藝術研究》，頁61，五南圖書公司，1989年。

蟬聽燕感光陰。眼看菊蕊重陽淚，手把梨花寒食心。(白居易〈園陵妾〉)

風回日暮吹芳芷，月落山深哭杜鵑。猶似含顰雍巡狩。九疑如黛隔湘川。(李群玉〈黃陵廟〉)

風暖鳥聲碎，日高花影重。年年越溪女，相憶采芙蓉。(杜荀鶴〈春宮怨〉)

由景襯情的心理狀態描寫乃掌握到人物主觀感情與客觀物象的互動關係。大凡人們神清氣爽之際，總覺花好月圓、水碧山青；心情慘澹之時，則草木含悲、猿鳴鶴唳。這些或喜或悲的意象不僅傳達詩中人物的心情，也呈現普遍大眾的心靈寫照，故能令人一詠再三歎、低徊想像於無窮。

由行動刻劃心理乃是通過人物的外象來表現人物的內象，與「意識流」的心理刻劃恰好背道而馳。

開簾見新月，即便下階拜。細語人不聞，北風吹羅帶。(李端〈拜新月〉)

終日望夫夫不歸，化作孤石苦相思。望來已是幾千載，只似當時初望時。(劉禹錫〈望夫石〉)

林花撩亂心之愁，**卷卻羅袖彈箜篌。**箜篌歷亂五六絃，**羅袖掩面啼向天，相思絃斷情不斷，**落花紛紛心欲穿。(盧仝〈樓上女兒曲〉)

還君明珠雙淚垂，恨不相逢未嫁時。(張籍〈節婦吟〉)

聞道漢家天子使，九華帳裏夢魂驚。**攬衣推枕起裝回，珠箔銀屏邐迤開。雲鬢半偏新睡覺，花冠不整下堂來。**(白居易〈長恨歌〉)

千呼萬喚始出來，猶抱琵琶半遮面。……沈吟放撥插弦中，整頓衣裳起斂容。(白居易〈琵琶行〉)

當通過動作來刻劃心理時，有一點宜謹記在心，即一旦建立了人物的內型特質，則其動作必須與此特性相呼應，不可逾越其分寸。如白居易筆下的琵琶女在歷盡人世滄桑後，已不復有當年「鈿頭銀篦擊節碎，血色羅裙翻酒污」的豪放快意了，所以，雖拗不過千呼萬喚的懇

切邀請，仍有半遮半掩的矜持。接著，琵琶女在彈奏琵琶時極度宣洩其感情，後以「沈吟放撥插絃中，整頓衣裳起斂容」理性自覺的動作，緩和激動昂揚的情緒，乃呼應其自矜自重的人格特質。

　　夢之爲物恰似詩人所描述的「花非花，霧非霧，夜半來，天明去」〔註32〕如此虛幻又忽焉來去，令人無法捉摸。弗洛依德以爲夢是受挫性慾的滿足，這種說法已被多數人斥爲太過偏狹，但不可否認地它的確是某些未竟心願補償。以下諸詩包括求夢、描述夢境、夢也夢不成三類型：

> 寶枕垂雲髻選春夢，鈿合碧寒龍腦凍。阿侯繫錦覓周郎，
> 馮仗東風好相送。(李賀〈春懷引〉)
> 打起黃鶯兒，莫教枝上啼。啼時驚妾夢，不得到遼西。(金
> 昌緒〈春怨〉)
> 夢入家門上沙渚，天河落處長洲路。(李賀〈宮娃歌〉)
> **金鵝屏風蜀山夢**，鸞蹋鳳帶行煙重。(李賀〈洛姝真珠〉)
> 來是空言去絕蹤，月斜樓上五更鐘。**夢爲遠別啼難喚**，書
> 被催成墨未乾。(李商隱〈無題〉)
> 淚濕羅襟夢不成，夜深前殿按歌聲。紅顏未老恩先斷，斜
> 倚熏籠坐到明。(白居易〈後宮詞〉)
> 可憐無定河邊骨，曾是春閨夢裏人。(陳陶〈隴西行〉)

前兩首是求夢，一是懷春少女渴望在夢中與所歡相會，一是思婦盼望夢見征夫。中間四首以省淨之筆描述夢境，有思歸放還的渴望，繾綣枕席的酣暢、愛情幻滅的憂傷。無論是求夢或夢中之境皆是「日有所思」的結果，而白詩中的宮女連夢也夢不成，更體現其「剪不斷、理還亂」的心情。

　　以上四種是詩歌中較常見的心理狀態描寫。有些詩歌並不限於一種描寫技巧，如〈宮娃歌〉乃混合「由景襯情」及夢境的描寫，〈長恨歌〉乃混合動作與對話，〈琵琶行〉乃交融動作、對話與夢境，如此更能淋漓盡致地傳達人物內心的款曲。

〔註32〕白居易〈花非花〉，見《全唐詩》卷四三五，明倫出版社，1978 年。

小　結

　　唐詩中對男性的塑造也不外上述幾種技巧，但匠心略有不同。就
形貌刻劃而言，詠男性詩多用寫意點染，比喻法、人物互詠（如杜甫
人馬、人鷹合寫；李賀人馬合寫），少用工筆鋪敘、尊題格。就性格
心理狀態的描寫而言，詠男性詩最常以人物本身的活動、獨白來刻劃
心理、性格，其次是由景襯情，罕用對話、夢境來刻劃。諸如：

　　　　蓬頭垢面貌眉赤，……衣裳顛倒語言異。面上誇功彫作字。
　　　　（韋莊〈秦婦吟〉）

　　　　滿面塵灰煙火色，雲鬢蒼蒼十指黑。（白居易〈賣炭翁〉，《全
　　　　唐詩》卷四二七）

　　　　夜雨岡頭食蓁子，杜鵑口血老夫淚。（李賀〈老夫采玉歌〉，《全
　　　　唐詩》卷三九一）

　　　　玉鞭金鐙驊騮蹄，橫眉吐氣如虹霓。（齊己〈輕薄行〉，《全唐
　　　　詩》卷八四七）

　　　　東郊瘦馬使我傷。骨骼硉兀如堵牆。絆之欲動轉敧側。此
　　　　豈有意仍騰驤。細看六印帶官字。眾道三軍遺路旁。皮乾
　　　　剝落雜泥滓。毛暗蕭條連雪霜。去歲奔波逐餘寇。驊騮不
　　　　慣不得將。士卒多騎內廄馬。惆悵恐是病乘黃。當時歷塊
　　　　誤一蹶。委棄非汝能周防。見人慘澹若哀訴。失主錯莫無
　　　　晶光。天寒遠放雁為伴。日暮不收烏啄瘡。誰家且養願終
　　　　惠。更試明年春草長。（杜甫〈瘦馬行〉，《全唐詩》卷二一七）

前二首是對人物形貌三言兩語的點染勾勒，第三首是隱喻，第四當是
明喻，第五首寫病馬之寂寞狼狽以自況。

　　　　抽刀斷水水更流，舉杯澆愁愁更愁。人生在世不稱意，明
　　　　朝散髮弄扁舟。（李白〈宣州謝朓樓餞別校書叔雲〉，《全唐詩》卷
　　　　一七七）

　　　　長安惡少出名字，樓下劫商樓上醉。天明下直明光宮，教
　　　　入五陵松柏中。（王建〈羽林行〉，《全唐詩》卷二九八）

　　　　囝生閩方。閩吏得之。乃絕其陽。為臧為獲。致金滿屋。
　　　　為髡為鉗。如視草木。天道無知。我罹其毒。神道無知。

彼受其福。郎罷別囝。吾悔生汝。及汝既生。人勸不舉。
不從人言。果獲是苦。囝別郎罷。心摧血下。隔地絕天。
及至黃泉。不得在郎罷前。(顧況〈囝〉,《全唐詩》卷二六四)
萬里橋西一草堂,百花潭水即滄浪。風含翠篠娟娟淨,雨
裛紅蕖冉冉香。厚祿故人書斷絕,恒飢稚子色淒涼。欲填
溝壑唯疏放,自笑狂夫老更狂。(杜甫〈狂夫〉,《全唐詩》卷二
二六)

前二首通過人物的活動;刻劃其愁苦的心理狀態及狂妄滑溜的性格,
第三首借閩地被掠奪為奴隸的孩童的獨白,揭露此種為富不仁的行
為,第四首借美好景色與惡劣處境的對比,突顯「狂」之精義!

　　同是雕塑人物肖像,因為詩人吟詩男性詩時偏好謳歌帝王將相
鑣炳的功蹟、豪傑俠客颯爽的英姿、隱士的高風亮節,或自傷命運
偃蹇,故多著墨於人物的活動及內心獨白,罕見對人物形貌作細膩
之鋪陳。因詠男性詩歌描寫的重心與詠女性詩歌或異,故而呈現不
同的風格與情趣。

第六章　結　論

　　本節擬透過以下四點的分析歸納，一窺唐詩中女性形象的特色。

一、就體裁的承襲與創新而言

　　（一）漢魏六朝的古詩幾乎都是五古。七古在曹丕時正式成立，但旋又成為絕響，遲至盛唐之世方始漸行。唐人除了繼承簡質樸厚的五古敘事詩，並開創煒煜而譎誑、抒情意味濃厚的七古敘事詩。

　　（二）樂府民歌是唐代詠女性詩歌「取之不盡，用之不竭」的創作體裁。唐人繼承「緣事而發」的漢魏古樂府、熱烈奔迸的吳歌西曲、帶有艷情色彩的宮體樂府，並開創新樂府一種。所謂新樂府包括：盛唐「即事名篇、無所依傍」的樂府、元結的〈系樂府〉、元和新樂府、皮日休的〈正樂府〉，他們秉持古樂府寫實的精神，而元白樂府更塗抹上強烈的政治改革訴求，故新樂府的作品除了反映婦女社會地位與現實生活的詩篇外，尚有為了宣揚主題理念而醜化、美化詩中人物的作品，這是道前人所未嘗道的內容。

　　（三）吳歌西曲多五言四句，宮體詩有不少五、七言八句，已經具有絕句、律詩的雛形了，但這二種體裁直到初唐才正式成立，且以律詩為體裁的詠女性詩歌大多產生在中晚唐。

二、就內容的承襲與創新而言

（一）唐詩中多了女道士此特殊的身份類型，非慕道求眞的女冠，其放浪形骸之程度不亞於娼妓。

（二）唐詩不僅表彰有美德的正面人物，亦歌詠有缺陷美的反面人物。唐詩中的女性形象依人物不同身份階級，每種形象類型又可細分成幾種不同的表現方式。

（三）唐以前的詩歌在反映婦女現實生活層面上，大致以閨閣婦女爲限，而歌姬舞女、青樓娼女等身份卑賤的女子在宮體詩中只是被描寫的寵物，唐詩中始有記錄這些以色藝娛人者悲歡離合的際遇，兼寓「同是天涯淪落人」之慨的敘事詩。

（四）唐以前暨唐詩中的女性形象皆有實有虛。實者爲代人言情、自抒胸臆之作；或實或虛者爲純粹吟詠之作；虛者爲別有寓託、宣揚主題理念之作。這五類作品中，爲了宣揚主題理念而塑造人物形象，是唐以前所未嘗有的內容。唐以前直抒胸臆的詩篇皆是閨閣婦女的創作，而且數目很少。唐代女詩人的作品約有百二十餘首，上至后妃，下至方外，無所不包，尤以娼女、女冠之作最可注意。另外，唐人繼承屈原、曹植以女人作爲第一、第三人稱假託型隱喻，並擴及各種身份階級的假託對象。

三、就詩壇風尚的呈現而言

唐以前的詠女性詩歌，由風騷——漢魏古樂府——南北朝樂府民歌——梁陳宮體詩，在特定的詩壇風尚影響下，幾乎僅呈現單一風格。即使在晉、宋詩人咸致力於玄言、游仙詩及山水、田園詩的創作，文人詠女性詩歌相當罕見的情況下，傅玄的數首樂府詩、左思〈嬌女詩〉、石崇〈昭君辭〉、吳邁遠〈杞梁妻〉仍保存風騷、漢魏樂府之古意，由此可知唐以前詠女性詩歌寫實與浪漫風格之變的關鍵在東晉以來的吳歌西曲，因爲構成梁陳宮體詩的主要風貌即是模擬吳歌西曲柔媚綺麗之風格，並結合律體音韻之諧美。

唐詩的發展一般可分為初、盛、中、晚唐四期，這四期可依佛教生、住、異、滅的流轉，加以區分。如以簡單二分法來區分詠女性詩，則除了初唐明顯地呈現浪漫色彩外，其餘三期皆雜揉寫實與浪漫兩風格——盛唐以寫實為主，以浪漫為佐；中唐則寫實與浪漫並峙；晚唐以浪漫為主流，以寫實為旁支。

四、就人物塑造的技巧而言

（一）唐以前多用直接刻劃，少用間接烘托。在直接刻劃方面，善用工筆，少用寫意。早期儒家實用文字觀認為純粹描摹女性美的作品是不登大雅之堂的，故詩經、漢魏樂府少有刻劃閨閣婦女形貌的詩篇，即使在〈陌上桑〉、〈羽林郎〉、〈孔雀東南飛〉諸詩中有大段鋪敘女主人公形貌之美的文辭，詩人亦僅藉此呼應其內在的美德。至於宮體詩，對姬妾倡妓之形貌刻劃可謂細膩有餘但創意不足，詩人筆下的女人仿佛都是同個模子打造出來的。唐人對詩中人物形貌的刻劃多用寫意。只有在宮體艷情詩及新樂府中，詩人才藉工筆表達其審美情趣及嘲諷之意旨，由於詩人頗善於掌握人物特徵，故能以最經濟的手法達到突顯人物的效果。在間接烘托方面，〈衛風‧碩人〉、〈陌上桑〉、〈北方有佳人〉以明喻法、誇張法烘托絕色美人，令人印象深刻，可惜這些鳳毛麟角只是曇華一現。直到唐代，詩人除了繼承前人的寫作技巧外，並擴及尊題格、隱喻法、人花互詠的技巧。

（二）獨白與對話的運用，在唐以前的詠女性詩歌中已有卓然的成績了。詩經〈國風〉及吳歌西曲有很多以女子口吻寫作的詩篇，由於詩人採取人物素常講話習用的語彙及語氣，並讓人物置身於矛盾衝突的環境中，故能成功地流瀉人物的內在世界並暗示其性格。對話在唐以前的敘事詩中主要的功能有四：提供背景資料、呈現性格、流露心理狀態、推展情節。唐代詠女性詩歌在此部份顯然承襲多於開創，但有二個現象值得注意：1、唐代僅有杜甫〈石壕吏〉、

白居易〈鹽商婦〉、〈長恨歌〉、〈琵琶行〉、韋莊〈秦婦吟〉五首敘事詩運用對話，數量反而比唐以前少。2、爲了加強敘事詩的抒情性，對話由人物語言的個性化（如〈孔雀東南飛〉）轉爲詩人與人物的口吻合一（如〈長恨歌〉、〈琵琶行〉）。

（三）唐以前對心理狀態的描寫多用獨白與對話或由動作刻劃心理的技巧，由景襯情或夢的運用僅一、二見。由景襯情的心理描寫最能表現中國詩歌的抒情性，唐人也將此技巧發揮到令人歎爲觀止之境地！

參考資料

一、古籍專著

1. 《全唐詩》，康熙敕修，明倫出版社，民國 67 年。
2. 《全唐詩外編》，王重民等，木鐸出版社，民國 72 年。
3. 《詩經釋義》，屈萬里，文化大學出版部，民國 77 年。
4. 《楚辭補注》，洪興祖，漢京出版社。
5. 《古詩源箋註》，王藴文箋註，華正書局，民國 73 年。
6. 《樂府詩集》，郭茂倩，里仁書局，民國 69 年。
7. 《先秦漢魏晉南北朝詩》，遂欽立，木鐸出版社，民國 72 年。
8. 《玉台新詠箋注》，吳兆宜注，明文書局，民國 77 年。
9. 《古今圖書集成三九閨媛典》，陳夢雷編，鼎文書局，民國 66 年。
10. 《太平廣記》，李昉等撰，中文出版社，民國 62 年。
11. 《舊唐書》，劉昫，鼎文書局，民國 65 年。
12. 《新唐書》，歐陽修，鼎文書局，民國 65 年。
13. 《唐國史補》，李肇，世界書局，民國 51 年。
14. 《唐律疏議》，長孫無忌，商務四庫全書本，民國 75 年。
15. 《唐會要》，王溥，世界書局，民國 51 年。
16. 《資治通鑑》，司馬光，洪氏出版社，民國 63 年。
17. 《春秋經傳集解》，杜預注，新興書局，民國 68 年。
18. 《漢書》，班固，鼎文書局，民國 76 年。
19. 《後漢書》，范曄，鼎文書局，民國 66 年。
20. 《李白集校注》，瞿蛻園校注，洪氏出版社，民國 70 年。
21. 《杜詩鏡詮》，楊倫注，華正書局，民國 78 年。
22. 《李賀詩集》，未著錄注者，里仁書局，民國 69 年。
23. 《李商隱詩集疏注》，葉蔥奇疏注，里仁書局，民國 76 年。

24. 《唐詩紀事》，計有功，鼎文書局，民國 60 年。

25. 《唐才子傳》，辛文房，商務四庫全書本，民國 75 年。

26. 《本事詩》，孟棨，同前。

27. 《雲溪友議》，范攄，世界書局，民國 51 年。

28. 《北里志》，孫棨，世界書局，民國 51 年。

29. 《唐語林》，王讜，世界書局，民國 51 年。

30. 《中國文學史》，葉師慶炳，學生書局，民國 76 年。

31. 《中國文學發展史》，劉大杰，華正書局，民國 75 年。

32. 《中國文學流變史——詩歌篇》，李曰剛，聯貫出版社，民國 63 年。

33. 《樂府文學史》，羅根澤，文史哲出版社，民國 61 年。

34. 《白話文學史》，胡適，遠流圖書公司，民國 75 年。

35. 《中國歷代故事詩》，邱燮友，三民書局，民國 74 年。

36. 《中國詩歌藝術研究》，袁行霈，五南圖書公司，民國 78 年。

37. 《中國詩歌美學》，肖馳，北京大學出版社，1986 年。

38. 《中國詩學》，劉若愚原著杜國清譯，幼獅文化公司，民國 72 年。

39. 《中國詩學思想篇》，黃永武，巨流圖書公司，民國 77 年。

40. 《中國詩學設計篇》，同前。

41. 《中國詩學鑑賞篇》，同前。

42. 《中國韻文裏頭所表現的感情》，梁啟超，台灣中華書局，民國 72 年。

43. 《歷代樂府詩選析》，傅錫壬譯註，五南圖書公司，民國 77 年。

44. 《中國詩律研究》，王力，文津出版社，民國 76 年。

45. 《唐詩鑑賞辭典》，上海出版社，1983 年。

46. 《唐詩三百首詳析》，喻守真，台灣中華書局，民國 79 年。

47. 《唐宋詩舉要》，高步瀛，明倫出版社，民國 60 年。

48. 《元白詩箋證稿》，陳寅恪，明倫出版社，民國 59 年。

49. 《中唐樂府詩研究》，張修蓉，文津出版社，民國 74 年。

50. 《李義山詩析論》，張淑香，藝文印書館，民國 76 年。

51. 《李商隱研究》，吳調公，明文書局，民國 77 年。

52. 《晚唐風韻》，遏兆光、戴燕著，漢欣文化公司，80 年。

53. 《抒情傳統與政治現實》，呂正惠，大安出版社，民國 78 年。

54. 《迦陵談詩二集》，葉師嘉瑩，東大圖書公司，民國 74 年。

55. 《詩選與校箋》，聞家驊，九思出版社，民國 67 年。

56. 《詩論》，朱光潛，漢京文化公司，民國 71 年。

57. 《古詩文修辭例話》，路燈照、成九田，商務書局，民國 76 年。

58. 《漢魏六朝樂府詩》，王運熙、王國安，國文天地，民國 79 年。

59. 《南朝詩魂》，楊明，漢欣文化公司，民國 80 年。

60. 《閒坐說詩經》，金性堯，漢欣文化公司，民國 80 年。

61. 《欣賞與批評》，姚一葦，聯經出版公司，民國 78 年。

62. 《藝術的奧秘》，姚一葦，台灣開明書局，民國 77 年。

63. 《文化、文學與美學》，龔鵬程，時報文化公司，民國 77 年。

64. 《人物刻劃基本論》，丁樹南譯，文星叢刊，民國 56 年。

65. 《小說結構美學》，未註明作者，木鐸出版社，民國 77 年。

66. 《中國小說美學》，葉朗，天山出版社，民國 70 年。

67. 《文學與美學》，趙滋藩，道聲出版社，民國 67 年。

68. 《文藝論談》，王師夢鷗，學英出版社，民國 73 年。

69. 《中國小說敘事模式的轉變》，陳平原，久大文化公司，1990 年。

70. 《形名學與敘事理論》，高辛勇，聯經出版公司，民國 76 年。

71. 《文學論》，韋勒克等著，王師夢鷗等譯，志文出版社，民國 76 年。

72. 《社會心理學》，李美枝，大洋出版社，民國 70 年。

73. 《精神分析與文學》，王溢嘉編譯，野鵝文庫，民國 76 年。

74. 《根源之美》，莊申編著，東大圖書公司，民國 77 年。

75. 《中國古典詩歌論集》，鄭師騫等，幼獅出版社，民國 74 年。

76. 《中國詩歌研究》，羅宗濤等，中央文物供應社，民國 74 年。

77. 《中國文化新論——文學篇（一）（二）》，蔡英俊等，聯經出版社，民國 71 年。

78. 《主題學研究論文集》，陳鵬翔主編，東大圖書公司，民國 72 年。

79. 《唐詩論文集》，呂正惠編，長安出版社，民國 74 年。

80. 《古典文學叢書》，學生書局。

81. 《文學評論第八集》，書評書目社。

82. 《楚辭論文集》，游國恩，九思出版社，民國 66 年。

83. 《靜農論文集》，臺靜農，聯經出版社，民國 78 年。

84. 《風騷與艷情》，康正果，雲龍出版社，民國 80 年。

85. 《唐代婦女》，高世瑜，三秦出版社，民國 77 年。

86. 《中國婦女生活史》，陳東原，河洛圖書公司，民國 68 年。

87. 《中國婦女史論集》，鮑家麟編著，稻香出版社，民國 77 年。

88. 《中國婦女史論集續集》，同前，民國 80 年。

89. 《中國婦女史論文集》，李又寧、張玉法，商務書局，民國 77 年。

90. 《風起雲湧的女性主義批評‧台灣篇》，子宛玉編，谷風出版社，民國 77 年。

91. 《相思千里》，李瑞騰，業強出版社，1991 年。

92. 《唐詩故事‧唐代的婦女》，王曙，貫雅文化公司，民國 79 年。

93. 《唐代的比丘尼》，李玉珍，學生書局，民國 78 年。

94. 《唐代的后妃與外戚》，羅龍治，桂冠圖書公司，民國 67 年。

95. 《歷代女子集》，未註名編者，廣文書局，民國 70 年。

96. 《中國才女》，周宗盛，大林出版社，民國 70 年。

97. 《中國女性的文學生活》，未註明作者，河洛圖書公司，民國 66 年。

二、期　刊

1. 〈直與紆——詩經國風中兩種女性角色的聲音〉，吳若芬，《中外文學》十二卷十二期。

2. 〈苦難與敘事詩的兩型——論蔡琰「悲憤詩」與「古詩爲焦仲卿妻作」〉，柯慶明，《中外文學》十卷四、五、六期。

3. 〈就有關蔡文姬及其所作之詩歌論中國詩中的女性形象〉，呂福克，《文史哲學報》三十三期。

4. 〈三面「夏娃」——漢魏六朝詩中女性美的塑像〉，張淑香，《中外文學》十五卷十期。

5. 〈南朝宮體詩研究〉，林文月，《文史哲學報》十五期。

6. 〈宮體詩人的寫實精神〉，林文月，《中外文學》三卷三期。

7. 〈論宮體詩〉，洪順隆，《文藝復興月刊》一百期。

8. 〈唐詩中的依蘭裔胡姬〉，蘇其康，《中外文學》十八卷一期。

9. 〈唐人葵花詩與道教女冠〉，李豐楙，《中外文學》十六卷六期，1987 年。

10. 〈唐代公主入道與送宮人入道詩〉，李豐楙，《第一屆唐代學術會議論文集》，1993 年。

11. 〈唐代詩壇兩紅顏——薛濤與魚玄機〉，張仁育，《國文天地》三十四期。

12. 〈唐宋時代妓女考〉，王桐齡，《史學年報》第一期。

13. 〈論詞學中之困惑與《花間》詞之女性敘寫及其影響〉，葉師嘉瑩，《中外文學》二十卷八期。

14. 〈英美「女性形象」詩選〉，宋美瑾譯，《中外文學》十四卷十期。

15. 〈女性主義與文學批評〉，廖炳惠，《當代》第五期。

16. 〈文學術語辭典——女性主義批評〉，王德威，文訊。

17. 〈韓偓詩與香奩集論考〉，徐復觀，《民主評論》十五卷四期。

18. 〈女性與文學專輯〉，《聯合文學》二卷五期。

19. 〈論唐詩的語法、用字與意象〉，梅祖麟、高友工著、黃宣範譯，《中外文學》一卷十、十二、十三期。

20. 〈唐詩的語意研究：隱喻與典故〉，梅祖麟、高友工著、黃宣範譯，《中外文學》四卷七、八、九期。

21. 〈律詩的美典〉，高友工作、劉翔飛譯，《中外文學》十八卷二～三期。

22. 〈中國古典詩裏的戲劇表現〉，賴瑞和，《中外文學》一卷六期。

23. 〈中國古典詩裏的「有我」與「主觀敘述」〉，周誠真，《中外文學》一卷九期。

三、論　文

1. 《唐代敘事詩研究》，梁榮源，台大中研所碩士論文，民國 61 年。

2. 《「六十種曲」婦女形象研究》，許瑞玲，師大國研所碩士論文，民國 79 年。

3. 《唐代閨怨詩研究》，許翠雲，師大國研所碩士論文，民國 78 年。

4. 《全唐詩婦女詩歌之內容分析》，嚴紀華，政大中研所碩士論文。

5. 《唐代詠史詩之發展與特質》，廖振富，師大國研所碩士論文，民國 78 年。

6. 《唐傳奇的人物刻劃》，張曼娟，東吳中研所碩士論文，民國 75 年。

7. 《白居易敘事詩研究》，林明珠，東吳中研所碩士論文，民國 79 年。

8 《唐代婚姻與婚姻實態》，向叔雲，台大史研所碩士論文，民國 75 年。

9. 《記者形象及關連因素之研究》，羅燦煐，政大新研所碩士論文，民國 71 年。

10. 《報紙內容與民意代表形象之研究》，何台明，政戰新研所碩士論文，民國 78 年。